VIER HOCHZEITEN UND EIN HIGHLANDER

POPPY J. ANDERSON

Weitere Buchreihen der Autorin

- Die New York Titans Reihe
- Die Fitzpatrick Reihe
- Die Hailsboro Reihe
- Die Ashcroft Saga
- Die Taste of Love Reihe

Poppy J. Anderson

Vier Hochzeiten und ein Highlander

Liebesroman

1. Auflage März 2018

Covergestaltung: Catrin Sommer rausch-gold.com
Unter Verwendung von © Mariyana M – shutterstock.com
© Ksw Photographer – shutterstock.com © NemesisInc – shutterstock.com
Korrektorat: SW Korrekturen e.U.
www.poppyjanderson.de
poppyj.anderson@googlemail.com
Besuchen Sie mich auf Facebook:
www.facebook.com/pages/Poppy-J-Anderson

Poppy J. Anderson

c/o copywrite Literaturagentur

Georg Simader

Woogstr. 43

60431 Frankfurt

PROLOG

„Wie kannst du so früh am Morgen schon so wach aussehen, wenn du die ganze Nacht in der Bibliothek gesessen hast?“

Harper sah von ihrem Frühstück auf und beobachtete, wie ihre Freundin Mac ihr gegenüber an den Tisch in der Mensa trat und anscheinend mit ihr frühstücken wollte, denn sie stellte ihr voll beladenes Tablett auf dem Tisch ab und setzte sich anschließend in aller Seelenruhe auf einen Stuhl.

Ein Blick auf Macs Tablett genügte, um Harper wissen zu lassen, dass sich ihre Freundin bei *dem* Zuckerkonsum spätestens am frühen Mittag nicht mehr würde konzentrieren können. Sie verstand die Essgewohnheiten ihrer Freundinnen einfach nicht, denn auch Blair stopfte alles in sich hinein, was sie kriegen konnte.

Die beachtliche Ansammlung an Pop-Tarts, einer Schüssel Cheerios sowie Lucky Charms mit Schokomilch und einem halben Liter Orangensaftkonzentrat würde Macs Insulinspiegel raketenartig in die Höhe schießen lassen, bevor er so schnell wieder absank, dass sie in ein tiefes Energieloch fiele und über dem Schreibtisch einschlafen würde. In diesem Zustand würde sie dem Unterricht niemals folgen können – vom Lernen ganz zu schweigen.

Das hätte Mac sogar wissen können, wenn sie in Biochemie aufgepasst hätte, anstatt via Handy mit Greg O'Donnell vom benachbarten Babson College zu flirten.

Harper ignorierte das Naserümpfen, mit dem ihre Freundin ihr Frühstück musterte – eine Schüssel Porridge mit Nüssen und frischem Obst. Stattdessen rümpfte sie die Nase, denn Mac sah aus, als habe sie die Nacht durchgemacht. Nun gut – Mac hätte in ihrer jetzigen Aufmachung, die aus einem Paar zerrissener Jeansshorts und einem zerknitterten T-Shirt bestand, noch immer auf einer Oscar-Gala erscheinen können und dort für Furore gesorgt, weil sie sogar mit Augenringen und unfrisierten Haaren die wohl schönste Frau der Welt war. Das sagte Harper ganz neidlos, zumal Mac nicht der Typ war, der mit seinem Aussehen hausieren ging oder gar angab. Lediglich die Tatsache, dass ihre Freundin schon morgens eine riesige Menge industriell hergestellten Zucker in sich hineinschaufeln konnte und kein Gramm zunahm, war beneidenswert.

„Woher weißt du, dass ich bis nachts gelernt habe?", wollte Harper von ihr wissen und trank anschließend einen Schluck Milch. „Oder bist du unter die Hellseher gegangen?"

Mac verdrehte die Augen und wirkte, als habe Harper etwas selten Dämliches von sich gegeben. „Blair und ich haben uns die Nacht um die Ohren geschlagen und einen Matt-Damon-Marathon veranstaltet. Alle drei Teile der Bourne-Reihe. Du bist nicht in euer Zimmer gekommen, und irgendwie gehe ich nicht davon aus, dass du ein heißes Date hattest."

Damit hatte Mac zwar recht, schließlich stand Harper momentan nicht der Sinn danach, mit jemandem auszugehen, aber der Kommentar versetzte ihr dennoch einen kleinen Stich. Bemüht scherzhaft erwiderte sie daher: „Weil ich nicht der Typ für heiße Dates bin?"

Das schien Mac zu überraschen, denn sie verschluckte sich beinahe an einem Pop-Tart und schüttelte hastig den Kopf. „Nein, natürlich nicht! Natürlich bist du der Typ für heiße Dates, auch wenn du dir auffallend viel Mühe machst, auf heiße Dates zu verzichten."

Harper ignorierte die letzte Bemerkung. „Gut gerettet."

„Damit hat das gar nichts zu tun. Eigentlich dachte

ich, dass du zu beschäftigt bist, um irgendeinen Angehörigen des männlichen Geschlechts an dich heranzulassen, es sei denn, er arbeitet in der Bibliothek und kann dir einen alten Schinken besorgen, der eigentlich vergriffen ist."

Nun war es an Harper, die Augen zu verdrehen. Sie wollte nicht wie eine nörgelnde, alte Oma klingen, die als Spaßbremse verschrien war, kam jedoch nicht umhin, Mac zu antworten. „Natürlich bin ich zu beschäftigt, um ein Date zu haben. Die vielen Prüfungen ..."

„... wirst du sowieso mit Bravour meistern. Also geh aus und hab etwas Spaß. Von Alan O'Brian habe ich gehört, dass Quinn Sanderson tierisch auf dich steht." Mac zwinkerte ihr zu und genoss es offenbar, sich beim Frühstück in der Mensa als Kupplerin zu betätigen. „Der ist ziemlich süß."

Obwohl Alan O'Brian und Quinn Sanderson beide aufs Boston College gingen, das nur ein paar Meilen entfernt von Wellesley lag, kannte sogar Harper den Ruf der beiden Lacrossespieler. Wollte Mac sie wirklich mit einem Aufreißer verkuppeln? Sie sollte mittlerweile wissen, dass Harper nicht auf der Suche nach unverbindlichem Sex war. Während Mac bereits Ausschlag und nervöse Zuckungen bekam, sobald sie mit einem Mann öfter als dreimal ausging, wollte Harper nicht jemanden daten, der nur an Sex mit ihr interessiert war. Sie hatte genaue Vorstellungen davon, wie ein Freund sein musste, mit dem sie eine Beziehung einging. Großmäulige Lacrossespieler, die den Ruf besaßen, alles flachzulegen, was bei drei nicht auf den Bäumen war, gehörten nicht dazu.

„Quinn Sanderson steht doch auf jede, die keine Skrupel hat, für ihn das Höschen auszuziehen", flüsterte sie, weil man nie wissen konnte, welche Professoren sich ebenfalls in der Mensa herumtrieben.

Das Problem hatte Mac nicht, die laut blökte: „Jetzt stell dein Licht mal nicht unter den Scheffel. Nur weil Quinn keine Probleme damit hat, Mädels die Höschen auszuziehen, heißt das nicht, dass er nicht wählerisch ist. An deiner Stelle würde ich ..."

„Ich kann mir gut vorstellen, was du an meiner Stelle tun würdest", unterbrach Harper sie freundlich. „Aber ich bin nicht auf der Suche nach einem Freund. Außerdem haben Alan O'Brian und Quinn Sanderson keinen guten Ruf."

„Wer spricht denn von ihrem Ruf? Und niemand hat gesagt, dass du ihn direkt heiraten sollst, Harper. Was spricht gegen ein nettes Date, ein paar heiße Küsse und etwas Gefummel in seinem Auto?"

Was dagegen sprach? So ziemlich alles! Das musste auch ihr sicherlich angewiderter Gesichtsausdruck gesagt haben, auf den Mac antwortete, indem sie sich einen weiteren Pop-Tart in den Mund schob.

Zwar sagte Mac nichts, sondern kaute nachdenklich, aber Harper hatte das Bedürfnis, sich vor ihrer

Freundin zu verteidigen. „Die Prüfungen sind wichtig! Ich will mich nicht ablenken lassen. Und ganz bestimmt nicht von einem Kerl, der mich nur befummeln will."

„Hey, es ist deine Sache, wenn du lieber in der Bibliothek sitzen und lernen willst, anstatt dich befummeln zu lassen."

Schon wieder hatte Harper das Gefühl, sich wie eine spießige Großmutter zu benehmen. „Vielleicht hättet Blair und du ebenfalls in der Bibliothek sitzen und lernen sollen, anstatt euch Matt Damon anzuschauen."

„Hallo? Hast du eine Ahnung, wie heiß seine Bauchmuskeln sind?"

„Und hast du eine Ahnung, wie hoch der Prozentsatz aller Studenten im zweiten Jahr ist, die ihre Prüfungen nicht schaffen?"

„Nein, das habe ich nicht, aber das wirst du mir sicherlich gleich sagen."

Nein, das würde Harper nicht tun.

Mac, Blair und selbst Lucy verstanden nicht, wie es war, von einem Stipendium abhängig zu sein, das sich nur dann Jahr für Jahr erneuerte, wenn sie überdurchschnittliche Leistungen zeigte. Ihre Freundinnen waren nicht auf eine Stiftung angewiesen, die die Collegegebühr bezahlte, weil es sich ihre Eltern leisten konnten, sie nach Wellesley zu schicken. Falls Mac in Biochemie ein Ausreichend bekam, dann war das kein

Beinbruch, aber bei Harper sah es nun einmal ganz anders aus.

Während der gesamten Highschoolzeit hatte sich Harper ein Bein ausgerissen, um später ein gutes College besuchen zu können. Heutzutage musste man ein ausgezeichnetes College besuchen und einen erstklassigen Abschluss machen, um später einen Job zu bekommen, in dem man gutes Geld verdiente. Mit dem Abschluss eines Communitycolleges kam man nicht weit.

Harper wollte nicht böse klingen und sicherlich nicht missgünstig, weil sie Blair, Mac und Lucy in ihr Herz geschlossen hatte, aber keine von ihnen machte sich große Gedanken darum, woher sie Geld bekommen mussten. Blairs Dad hatte einen Haufen Geld an der Wallstreet gemacht, Lucys Vater war ein bekannter Herz-Thorax-Chirurg und ihre Mom arbeitete als Managerin in der Pharmabranche und Macs Eltern ... Nun, ganz genau wusste Harper nicht, was Macs Eltern machten, weil ihre Freundin kaum über ihre Familie sprach, aber die Limousine, die ihr Dad vor ein paar Monaten geschickt hatte, um sie vom College abzuholen, sprach wohl für sich.

Weder Blair noch Mac oder Lucy wussten, wie es war, kein Geld zu haben oder die eigenen Eltern zu belauschen, während diese darüber sprachen, welche Rechnung sie bezahlen konnten und welche sie aufschieben mussten, damit sie das Haus nicht verloren.

Nur Harper wusste, wie das war. Und weil sie das Gefühl der Ohnmacht kannte, kein Geld zu besitzen und möglicherweise aus dem eigenen Zuhause zu fliegen, hatte sie sich schon auf der Grundschule das Ziel gesetzt, später genügend Geld zu haben, um sich nicht ständig Sorgen machen zu müssen.

„Auch wenn du dich nicht befummeln lassen willst, hättest du gestern Abend mit Blair und mir abhängen sollen. Nicht nur Matt Damon war interessant anzusehen, sondern auch Blairs Beschreibungen, wie heiß dein Bruder ist, hatten es in sich."

Harper verzog den Mund. „Bitte keine Details."

Mac grinste fröhlich. „Deine Mitbewohnerin und dein Bruder treiben es miteinander – ist das nicht komisch für dich?"

„Ich versuche, nicht allzu intensiv darüber nachzudenken."

Mac lachte. „Das glaube ich dir sogar. Als ich an eure Tür geklopft habe, war Blair damit beschäftigt, mit deinem Bruder so eine Art Telefonsex zu haben. Es war irgendwie süß, wie die beiden sich nicht voneinander verabschieden konnten. *Leg du zuerst auf ... nein, du ... okay, ich zähle bis zehn*", imitierte Mac Blair und seufzte schwer. „Geht das oft so?"

„Immer", entgegnete Harper bedeutungsschwer und tauchte ihren Löffel in das Porridge.

Eigentlich fand sie es sogar ziemlich süß, dass ihre Mitbewohnerin und beste Freundin mit ihrem Bruder Jake zusammen war. Zu Weihnachten bei ihren Eltern hatte es gehörig zwischen ihnen gefunkt. Man hätte blind und taub zugleich sein müssen, um nicht zu bemerken, dass sich beide Hals über Kopf ineinander verliebt hatten. Ihren Bruder derart vernarrt und verknallt zu erleben, war sehr außergewöhnlich und sogar putzig. Auch Blair schwebte seither in anderen Sphären. Da die Sache zwischen den beiden seit rund einem Jahr lief, glaubte Harper auch nicht mehr an ein Strohfeuer.

So schön es war, die beiden dermaßen verliebt ineinander zu erleben, so frustrierend konnte es sein, niemanden in Aussicht zu haben, der auch nur einen Bruchteil dessen für sie empfinden könnte, wie es Jake für Blair tat. Neben all dem Lernen wäre es schön gewesen, einen festen Freund zu haben, der sich etwas aus ihr machte. Kein Quinn Sanderson, der nur scharf auf ihr Höschen war. Und kein Junge wie ihr Exfreund von der Highschool, der nicht verstanden hatte, dass Harper ambitioniert gelernt hatte und außerschulischen Aktivitäten nachgegangen war, um eine exzellente Collegebewerbung vorweisen zu können. Sie wollte keinen Freund haben, der mehrere Stunden täglich mit seiner Spielkonsole verbrachte und sie auf ihrem eigenen Weg hemmte.

Harper wollte jemanden kennenlernen, der sie

verstand, für sie da war und sie unterstützte. Jemand, der ebenso engagiert an seiner Zukunft arbeitete wie sie selbst. Gemeinsame Interessen und Ziele waren wichtig. Und deshalb war es so schwer, einen Mann kennenzulernen, denn die meisten Altersgenossen machten sich bisher wenig Gedanken um ihre Zukunft nach dem College.

Aber ihr war das wichtig. Immens wichtig.

Abgesehen davon war es tatsächlich schwierig, auf einem rein weiblichen College Männer kennenzulernen, wenn man es nicht gerade wie Mac machte, die sich ständig auf Studentenpartys der benachbarten Colleges herumtrieb.

„Wenn die Telefonate der beiden immer so aussehen, kann ich sogar verstehen, weshalb du dich bis spät in die Nacht in die Bibliothek verkrümelst", unterbrach Mac ihre Gedanken. Und als habe sie tatsächlich ihre Gedanken gelesen, fuhr sie fort: „Am nächsten Wochenende findet die Party von Kappa Alpha statt. Alan und Quinn sowie der Rest der Lacrosse-Mannschaft werden auch da sein. Lucy habe ich schon überredet, sich dort sehen zu lassen. Blair will nicht mitkommen, weil Jake an dem Wochenende vorbeikommen will, also *musst* du uns begleiten."

Harper fand nicht, dass sie das *musste*. „Am nächsten Wochenende? Das ist viel zu kurz vor den Zwischenprüfungen, Mac."

Ihre Freundin schnalzte mit der Zunge. „Die drei Stunden werden keinen Unterschied machen!"

„Aber ..."

„Sei bitte nicht so spießig, Harper", flehte Mac und schob ihr einen Pop-Tart über den Tisch. „Jemand, der an der Highschool sein Taschengeld als Kassiererin bei Monstertruckrennen verdient hat, kann nicht so langweilig sein, wie du ständig vorgibst."

„Hätte ich das bloß nie erzählt", stöhnte sie gottergeben.

„Komm schon, Harper! Gib dir einen Ruck."

Unschlüssig sah sie Mac an. Ihr kribbelte es doppelt in den Fingern. Erstens wollte sie sich den köstlich aussehenden Pop-Tart in den Mund schieben und zweitens wollte sie Mac zusagen – um ihr zu beweisen, dass sie weder spießig noch langweilig war.

Bevor sie ausgiebig darüber nachdenken konnte, nickte sie und schnappte sich gleichzeitig den Pop-Tart. Vielleicht tat ihr der Zucker nach der langen Nacht sogar gut ...

„Ah, das wird toll! Ich schreibe Alan, dass du auch mitkommen wirst. Quinn wird sich bestimmt freuen, das zu hören."

„Ich komme nur mit, um auf Lucy aufzupassen." Harper nickte entschlossen und wollte Macs Verkupplungsversuch im Keim ersticken. „Dass du überhaupt auf die Idee gekommen bist, die arme Lucy auf eine

Party voller hormongesteuerter, betrunkener Sportler mitzunehmen."

„Lucy hatte vor ein paar Tagen ein Date mit einem dieser hormongesteuerten, betrunkenen Spieler und hat mit ihm im Kino herumgeknutscht", verkündete Mac fröhlich sowie augenzwinkernd. „Um sie musst du dir keine Sorgen machen. Vielleicht sollten wir lieber auf *dich* aufpassen."

Schnaubend schob sich Harper den Pop-Tart in den Mund und zeigte ihrer Freundin gleichzeitig einen Vogel.

KAPITEL 1

Harpers To-do-Liste:
Ins Auto steigen und einfach losfahren

Der Kaffee war heiß und schmeckte ausgezeichnet, jedoch half er nur ein wenig gegen die bleierne Müdigkeit an, die sich in Harpers Gliedmaßen breit machen wollte.

Wer hätte gedacht, dass man an einer schottischen Tankstelle irgendwo im Nirgendwo einen so guten Kaffee bekommen würde?

Vorsichtig balancierte Harper den Pappbecher in ihren Händen und fuhr mit dem linken Zeigefinger die runde Kante des Bechers nach, während sie sich tiefer in ihre Jacke kuschelte und es sich so bequem wie möglich in dem Sitz ihres Mietwagens machte. Da es früh am Morgen war und sie den Motor vor ein paar Minuten ausgemacht hatte, wurde es im Inneren des Wagens langsam kälter – immerhin befand sie sich direkt an der Westküste Schottlands, und es war September. Wenn sie es warm hätte haben wollen, wäre die Karibik ein besserer Ort für ihre Hochzeit gewesen.

Apropos Hochzeit ...

Wie zufällig streifte ihr Blick ihren linken Ringfinger, an dem noch vor ein paar Stunden ein gigantischer Verlobungsring gesteckt hatte.

Ein Ring, den sie selbst ausgesucht hatte, wie sie zu ihrer Schande bekennen musste. Nicht einmal die Wahl des Ringes hatte sie ihrem Verlobten Grant überlassen wollen, sondern ihm genaue Anweisungen gegeben, welcher Ring mit welchem Stein in welcher Fassung und mit welchem Schliff es sein musste. Da war es kein Wunder, dass ihr Verlobter Reißaus genommen hatte, bevor es zu spät gewesen war.

„Es tut mir leid, Harper, aber ich habe mich in etwas verrannt und erst in den letzten Tagen verstanden, dass wir beide einander nicht das geben können, was wir verdienen. Ich bin nicht glücklich – nicht so glücklich, wie ich sein sollte. Und ich glaube, dass ich dich nicht glücklich machen kann. Wir beide verdienen etwas Besseres als eine Ehe, die sich nicht richtig anfühlt. Unter diesen Umständen kann ich dich nicht heiraten. Es tut mir leid.“

Bei der Erinnerung an die Worte ihres Ex-Verlobten kniff Harper für einen kurzen Moment die Augen zusammen.

Plötzlich schmeckte der Kaffee bitter.

Das Gefühl, das sie bei der Erinnerung an das Gespräch mit ihm überkam, war kein Schmerz. Es war auch keine Trauer. Und ebenso war es keine Wut. Tatsächlich war es etwas völlig anderes.

Nicht einmal vierundzwanzig Stunden war es her, dass Grant mit ihr Schluss gemacht und die Hochzeit abgesagt hatte. Genau genommen war es erst vierzehn Stunden her. Vierzehn Stunden, in denen sie nicht geschlafen hatte und in denen sie stattdessen zu mehreren Erkenntnissen gekommen war.

Erstens war sie dank ihres aufreibenden Jobs als Finanzberaterin daran gewöhnt, mit wenig Schlaf auszukommen.

Zweitens stimmte das Klischee nicht, dass Frauen kein Auto fahren konnten, da sie mit dem britischen Linksverkehr problemlos zurechtkam und in den vergangenen Stunden einhundertvierzig Meilen unfallfrei hinter sich gebracht hatte.

Und drittens war sie Grant dankbar, dass er die Hochzeit abgesagt hatte, denn Harper wusste nicht, ob sie den Schneid besessen hätte, das Ganze so kurz vorher abzusagen.

Ja, sie war froh, dass es keine Hochzeit geben würde. War das nicht komisch?

Welche Braut hatte schon das Gefühl, gerade mit dem Leben davongekommen zu sein, wenn sie praktisch vor dem Altar sitzen gelassen wurde?

Ja, sie war erleichtert und froh, dass die Hochzeit ins Wasser gefallen war.

Gleichzeitig hatte Harper das Gefühl, fundamental versagt zu haben. Dabei versagte sie nicht. Niemals. Wenn sie sich etwas in den Kopf setzte, dann arbeitete sie hart und ausdauernd daran, es zu erreichen. Bisher hatte Harper es immer für ihre beste Charaktereigenschaft gehalten, ehrgeizig und ambitioniert zu sein. Aber jetzt zweifelte sie daran.

Wohin hatte ihr Ehrgeiz sie schon gebracht?

Sie war einunddreißig Jahre alt, saß in ihrem Mietwagen in der schottischen Pampa, trank Tankstellenkaffee und trug schmutzige Jogginghosen sowie schlammverkrustete Sportschuhe, während ihr Ex-Verlobter regelrecht geflohen war.

Nicht, dass sie ihm einen Vorwurf machte.

An seiner Stelle wäre sie schon viel früher getürmt und hätte vermutlich eine andere Identität angenommen, damit sie nicht gefunden werden konnte. Wenn sie Grant gewesen wäre, hätte sie nicht einmal vor plastischer Chirurgie zurückgeschreckt, um ihre Spuren zu verwischen. Grant hatte sogar den Anstand besessen, ihr ins Gesicht zu sehen, als er mit ihr Schluss machte, dabei hatte sie sich in letzter Zeit wie eine Furie benommen. Ihr Bruder und ihre beste

Freundin hatten sie Brautzilla genannt – und das war vermutlich untertrieben gewesen.

Harper wusste selbst nicht, was in sie gefahren war.

Vermutlich hatte sie mit der bombastischen Hochzeitsplanung lediglich kompensieren wollen, dass Grant und sie nicht das perfekte Paar gewesen waren. Und dass sie beide nicht zusammengehörten.

Oder dass sie insgeheim selbst davon geträumt hatte, ihren Koffer zu packen und das Weite zu suchen, weil sie gewusst hatte, dass sie mit ihm nicht glücklich sein würde.

O Gott, das klang ja schrecklich!

Es klang fast schon so, als wäre Grant ein kahlköpfiger, zahnloser Miesepeter, der unter Fußpilz litt und den ganzen Tag mit seiner Schrotflinte auf wehrlose Katzen schoss.

Nein, Grant war ein netter Kerl – ein *wirklich* netter Kerl, der dazu das Aussehen eines Hollywoodstars hatte, auch noch alle seine Haare und Zähne besaß und sehr klug war. Er war ein fabelhafter Anwalt, behandelte seine Mitmenschen mit Respekt und konnte Waffen nicht ausstehen. Harper war sich sicher, dass er die richtige Frau unglaublich glücklich machen würde.

Nur war sie nicht diese Frau.

Und er war nicht der Mann, den sie glücklich machen konnte.

Zum Glück hatte sie ihn mit ihrem Perfektionismus so sehr in den Wahnsinn getrieben, dass er vor einer gemeinsamen Zukunft förmlich weggelaufen war. Mittlerweile glaubte sie sogar, dass Grant ihr nicht einmal einen Antrag hatte machen wollen. Vermutlich hatte er das Gefühl gehabt, dass ihm gar nichts anderes übrig blieb, als ihr die alles entscheidende Frage zu stellen, als sie abends bei einem Glas Wein über die steuerlichen Vorzüge von verheirateten Paaren gesprochen hatten.

Romantisch war das nicht, in der Tat.

Insgeheim wollte Harper aber genau das: Romantik.

Sie wollte leidenschaftliche, atemberaubende Romantik und fesselnde, knisternde Erotik. Ein Mann sollte es schaffen, dass ihr die Knie weich wurden, wenn er sie ansah. Was sie nicht wollte, war eine ausgiebige Diskussion über gemeinsame Sparfonds und Steuereinsparungen.

Vermutlich hätte sie unglücklich, verbittert und verzweifelt sein müssen, dass ihre bombastisch geplante Hochzeit, für die sie extra nach Schottland geflogen war und eine fünfstellige Summe ausgegeben hatte, abgesagt worden war. Harper hätte am Boden zerstört sein müssen, dass Grant sie verlassen hatte – der perfekte Mann mit den untadeligen Manieren, dem großartigen Job und dem Aussehen eines Filmstars.

Ein Mann wie er hatte auf ihrer Liste gestanden.

Ihre verdammte Liste!

Seit ihrer Highschoolzeit hatte sie Pläne geschmiedet und eine Liste geführt, auf der sie notiert hatte, was sie erreichen wollte und bis wann sie es erreichen wollte. Neben dem Highschoolabschluss mit Auszeichnung, einem Stipendium fürs College und dem Collegeabschluss standen vor allem berufliche Erfolge ganz weit oben auf dieser vermaledeiten Liste. Sowie die Hochzeit mit einem perfekten Mann.

Sie hatte sich so sehr in die Vorstellung hineingesteigert, den perfekten Mann zu heiraten und den nächsten Punkt von ihrer Liste zu streichen, dass sie nicht einmal gemerkt hatte, dass Grant sie nicht liebte. Oder dass sie ihn nicht liebte.

Er war ein toller Mann, aber es hatte etwas gefehlt. Verdammt, anstatt darüber nachzudenken, ob Grant wirklich der Richtige war, war sie lieber besessen von Tischkärtchen, Dekorationen und Blumenarrangements gewesen.

Außerdem hatte sie etwas beweisen wollen – sich selbst und allen um sich herum.

Harper hatte beweisen wollen, dass sie in allen Lebenslagen perfekt war. Mit Anfang dreißig wollte sie nicht nur eine bemerkenswerte Karriere vorweisen können, die ihresgleichen suchte, sondern sie wollte auch im Privatleben erfolgreich sein und eine funktionierende Beziehung mit einem tollen Mann führen. Im Ersten war ihr immer alles geglückt, was sie sich vorgenommen hatte, aber was die Beziehungsebene betraf, war sie weniger erfolgreich gewesen.

Natürlich hatte es Männer gegeben und ein paar

Beziehungen, aber die waren nie der Rede wert gewesen. Die meisten Männer, mit denen sie ausgegangen war, hatten ihre berufliche Zielstrebigkeit nicht gut gefunden. Bereits auf dem College hatte Harper sich ihren Dates gegenüber rechtfertigen müssen, warum sie nicht schwänzte, sondern sich auch an den Wochenenden in die Bibliothek setzte. Gleich nach der Uni war sie beim männlichen Geschlecht ihres Alters auf Unverständnis gestoßen, da sie kein Praktikum machen musste, sondern gleich eine gut bezahlte Stelle bei einer großen Firma ergattert hatte. Während Männer ihres Alters Klinken putzen mussten, um irgendwo ein unbezahltes Praktikum zu bekommen, hatte Harper bereits ansehnlich verdient und einen Firmenparkplatz erhalten.

Für viele Männer war es ein Problem, wenn die Freundin mehr Geld verdiente, einen höheren Bildungsabschluss besaß, ein teureres Auto fuhr und auf der Karriereleiter über ihnen stand. Harper hatte das mehrmals am eigenen Leib erfahren und sich irgendwann dazu entschlossen, nicht mehr mit Männern auszugehen, die von ihrem Job eingeschüchtert waren. Auf Sprüche wie *Mit wem musstest du schlafen, um ein eigenes Büro zu bekommen* oder *Schämst du dich nicht, einem Mann den Job wegzunehmen, schließlich solltest du am Herd stehen und Kinder versorgen* konnte Harper gut und gerne verzichten.

Grant war der erste und einzige Freund gewesen,

der sich nicht an ihrem Erfolg im Job gestört hatte. Allein deshalb war er ihr nahezu perfekt erschienen.

Jedoch waren sie beide füreinander nicht perfekt gewesen.

Jeder in ihrem Umfeld hatte mitbekommen, dass etwas nicht stimmte. Ihr Bruder hatte ihr erst gestern Nachmittag ans Herz gelegt, es etwas ruhiger anzugehen und ihre Hochzeit zu genießen – und Grant nicht zu vertreiben. Da war es jedoch schon zu spät gewesen, schließlich hatte Grant ungefähr eine Stunde später an ihre Tür geklopft und die Hochzeit abgesagt sowie mit ihr Schluss gemacht.

Seit Harper nicht mehr das Gewicht des zweikarätigen Rings an ihrem Finger spürte, ging es ihr schlagartig besser. Das drückende Magengefühl sowie das ätzende Sodbrennen waren verschwunden, die in den vergangenen Wochen ihre ständigen Begleiter gewesen waren. Irgendeine seltsame Ruhe hatte von ihr Besitz ergriffen, die sie sich nicht erklären konnte. Normalerweise war sie nicht ruhig oder geduldig. Dafür war sie zu ehrgeizig. Wenn sie ein Ziel vor Augen hatte, gab es kein Zögern, sondern volle Kraft voraus. Von der Grundschule an hatte sie gelernt, dass sich harte Arbeit auszahlte und dass man im Leben nichts geschenkt bekam.

Nie legte sie die Hände in den Schoß und wartete darauf, dass jemand für sie etwas tat. Wenn es vernünftig werden sollte, musste man es selbst machen.

Diese Devise hatte sie so sehr verinnerlicht, dass sie Grant tatsächlich aus allem ausgeschlossen hatte. Und er hatte es zugelassen.

Harper beobachtete, wie ein zerbeulter Geländewagen um die Ecke bog und gleich vor dem Büro hielt, das sie nicht aus den Augen ließ. Sobald es nämlich öffnete, würde sie eine Karte für die nächste Fähre auf die Isle of Lewis kaufen.

Nachdem Grant gestern Nachmittag die Hochzeit abgesagt hatte, war ihr erster Impuls der gewesen, beim Zimmerservice anzurufen und all die leckeren Dinge zu bestellen, die sie sich in den vergangenen Wochen verkniffen hatte, um in das Kleid zu passen, das sie sich nach der Vorlage des Kleides hatte anfertigen lassen, das Grants verstorbene Mom zu deren Hochzeit getragen hatte. Während sie sich mit all den Köstlichkeiten vollgestopft hatte, hatte sie eine Liste erstellt – wem musste sie Bescheid geben, welche Rechnungen musste sie begleichen, was konnte sie in letzter Minute stornieren …

Harper war ganz in ihrem Element gewesen, bis sie die Liste in den Papierkorb geworfen hatte.

Welche Braut reagierte zwei Tage vor der Hochzeit darauf, von ihrem Bräutigam verlassen worden zu sein, indem sie eine Liste erstellte und pragmatisch abwog, ob sie für die nicht mehr stattfindende Hochzeitsreise ihre Reiseversicherung benutzen sollte?

Sie wollte nicht mehr alles organisieren, akribisch

planen und vernünftig sein. Viel zu lange war sie vernünftig gewesen. Harper hatte es so satt, jede Entscheidung abzuwägen und darüber nachzudenken, was als Nächstes auf ihrem Lebensplan stand.

Schluss mit Planungen!

Ein einziges Mal wollte Harper ihrem Bauchgefühl folgen und ihre Vernunft ignorieren. Wenn nicht jetzt der Zeitpunkt war, das Handy auszuschalten, eine Tasche zu packen, ins Auto zu steigen und für ein paar Tage abzuhauen, wann denn dann?

Endlich wollte Harper wissen, wie es war, wenn man etwas Verrücktes tat. Vernünftig zu sein, bedeutete zwar, eine tolle Karriere hinzulegen, aber dabei verpasste man ganz sicher den meisten Spaß am Leben. Vielleicht sollte sie einfach ein bisschen mehr wie Mac sein, die jede Vorsicht in den Wind schlug.

Deshalb auch die Fahrt quer durch Schottland mitten in der Nacht, um auf eine abgelegene Insel zu gelangen.

Anstatt ihrer alten Liste zu folgen, hatte sie einfach eine neue gemacht und die Dinge aufgeschrieben, die sie schon immer hatte machen wollen. Verrückte Dinge. Dinge, die eine organisierte Finanzberaterin nicht tat. Sie würde nicht eher nach Hause nach Seattle fliegen, bis sie nicht wenigstens ein paar von ihnen gemacht hatte.

Punkt eins war die Fahrt nach Ullapool, von wo aus sie mit der Fähre zur Insel Lewis fahren würde.

Harper nahm den letzten Schluck Kaffee und stellte den leeren Pappbecher in die Getränkehalterung ihres Mietwagens, bevor sie nach ihrer Tasche griff und den Reiseführer herausholte. Sie sah sich die atemberaubenden Fotos der kargen Landschaft an und staunte über die menschenleeren Landschaften auf der Insel. Genau das brauchte sie jetzt.

Während sie sich die Beschreibungen über die Insel durchlas, musste das Büro der Fährgesellschaft geöffnet haben, denn als Harper nach ein paar Minuten aufblickte, sah sie, dass das Geschäft auf der gegenüberliegenden Straßenseite hell erleuchtet war und dass ein älteres Paar durch die Tür trat.

Hastig warf sie den Reiseführer zurück in die Tasche, schnappte sich diese und stieg aus ihrem Auto aus. Da sie nicht reserviert hatte, hoffte sie, noch eine Fahrkarte für sich und für das Auto zu bekommen.

Sie lief eilig über die Straße und stieß in ihrer Hast, in das Geschäft hineinzukommen, die Tür so kräftig auf, dass diese beinahe einen anderen Kunden am Kopf getroffen hätte. Allein seiner anscheinend guten Reflexe war es zu verdanken, dass Harper dem blondhaarigen Mann keine Beule an der Stirn verpasste. Er sprang nämlich förmlich zur Seite und fing die Tür mit einer Hand auf, bevor diese das Regal gleich daneben umgeworfen hätte.

Normalerweise war Harper nicht ein solcher Trampel. Schottische Türen waren offenbar um einiges leichter zu öffnen als amerikanische.

Ihr lag bereits eine Entschuldigung auf der Zunge, doch irgendwie kam kein Ton aus ihrem Mund heraus. Stattdessen war ihr Kopf wie leer gefegt, als sie ganz automatisch einen Schritt zurückmachte und den Mann anstarrte, der direkt vor ihr stand.

Er wirkte wie einer dieser kanadischen Holzfäller, die ihre eigene TV-Show im Discovery Channel hatten und mit bloßen Händen gegen einen Grizzlybären zu kämpfen wussten. Groß, mit unglaublich breiten Schultern ausgestattet und sehr beeindruckend stand ein solches Exemplar vor ihr und schaute sie verwundert an. Anders als die grobschlächtigen Holzfäller war er glatt rasiert. Karierter Flanellstoff blitzte unter der gefütterten Jacke hervor und die braunen Halbstiefel, die Harper abwärts der verwaschenen Jeans erkennen konnte, zeugten davon, dass dieser Mann mit Sicherheit anpacken konnte, wenn es darum ging, zentnerschwere Baumstämme durch die Gegend zu hieven.

Vermutlich musste sie wie eine Idiotin wirken, als sie ihren Blick von seinen Schuhspitzen bis zu dem verstrubbelten blonden Haar wandern ließ und ihm schweigend in die hellbraunen Augen sah.

„Hey."

„Hey", erwiderte Harper schlicht und schluckte ganz automatisch. Was sollte man einem Mann auch sagen, den man beinahe enthauptet hätte?

„Alles okay?“

„Das sollte doch eigentlich ich fragen, oder?“ Verzagt legte sie den Kopf schief und imitierte wie von selbst seinen Tonfall. „Alles okay?“

Sein Lächeln warf sie beinahe um.

Harper hatte niemals zuvor akutes Herzklopfen verspürt, wenn ein Mann sie angelächelt hatte, aber genau das war soeben passiert. Vielleicht lag es auch daran, dass er so gut aussah und dass seine Stimme eine Mischung aus warmem Honig sowie einem verschlafenen Kratzen war. Und vielleicht lag es auch daran, dass er sie mit einem Ausdruck in seinem Gesicht musterte, den Harper noch nie an einem Mann gesehen hatte, wenn er ihr gegenüberstand.

Es war pure Belustigung.

Nicht die Art von Belustigung, mit der ein Mann einer Frau zu verstehen gab, dass sie im Unrecht war und lieber die Klappe halten sollte, sondern die Art von Belustigung, die ein Mann zeigte, wenn er eine Frau süß, lustig und sexy fand.

„Ja, alles okay“, erwiderte er grinsend. „Im ersten Moment war ich ein wenig irritiert. Normalerweise werde ich so früh am Morgen nicht attackiert.“

Harpers Augenbrauen zuckten in die Höhe. „Wäre der späte Nachmittag besser für eine Attacke mit der Tür?“

„Unbedingt!“ Neben seinem rechten Mundwinkel

erschien ein Grübchen. „So früh am Morgen macht sich das Koffeindefizit besonders bemerkbar."

„Soll ich Ihnen einen Kaffee besorgen?", fragte sie ihn hastig.

Er winkte kopfschüttelnd ab. „Danke, aber das ist nicht nötig."

„Ich würde aber gerne. Sozusagen als Entschädigung."

Mit seinen hellbraunen Augen musterte er sie neugierig. Als würden sie nicht zwischen Tür und Angel stehen, fragte er freundlich nach: „Sie kommen nicht von hier, oder?"

Normalerweise wäre Harper spätestens jetzt misstrauisch geworden, denn sie kannte alle Folgen von Criminal Minds.

Wenn man von einem Fremden irgendwo abseits der Zivilisation gefragt wurde, woher man kam, konnte man damit enden, in einem Brunnen verscharrt zu werden, doch Harper warf den ersten Anflug von Bedenken über Bord, denn ihr Gegenüber wirkte nicht wie ein psychopathischer Freak. Dafür waren seine Augen viel zu sanft.

„Hat mich mein Akzent verraten?"

„Viel eher das Nicht-Vorhandensein eines Akzents", entgegnete er augenzwinkernd und bewies gleichzeitig, dass er selbst nicht in diesem stark ausgeprägten schottischen Akzent sprach, den Harper seit einer

Woche überall hören konnte. „Sie klingen wie eine Amerikanerin."

„Richtig erraten. Ich komme aus Seattle."

„Von Seattle bis nach Ullapool ist es ein ziemlich weites Stück. Machen Sie hier Urlaub?"

„So ungefähr." Nein, sie würde einem Wildfremden sicherlich nicht erzählen, dass sie auf einer Art Selbstfindungstrip war, weil sie zwei Tage vor ihrer Hochzeit verlassen worden war.

Ein Räuspern ließ sie aufsehen. Gleich hinter ihr stand ein älterer Mann und wollte anscheinend ebenfalls das Geschäft betreten, was ziemlich schwierig war, weil sie beide den Eingang blockierten. Ganz automatisch trat Harper beiseite und merkte, dass auch ihr Gesprächspartner die gleiche Idee verfolgt hatte, weil er ebenfalls beiseitetrat. Prompt prallte sie gegen ihn und vergrub dabei die Nase an seiner Hemdbrust.

Das Erste, was sie spürte, als sie ihm so nah war, war pure Wärme. Er verströmte eine solche Wärme, dass Harper sich einfach nur entspannen und sich gegen ihn lehnen wollte. Dazu kam der Geruch nach Meer, Duschgel und Mann. Für einen kurzen Moment hatte sie das Gefühl, sich in einem wohligen Kokon zu befinden und von der Außenwelt abgeschieden zu sein. Dann kam ihr jedoch in den Sinn, dass sie kurz davorstand, sich schamlos an einen wildfremden Mann zu schmiegen – und das in aller Öffentlichkeit.

Vor lauter Schreck machte sie einen Schritt zurück

und stieß mit ihrer Stirn gegen sein Kinn, als sie den Kopf nach oben riss.

„Autsch."

„Aua."

Unsicher suchte sie seinen Blick und rieb sich verstohlen den Kopf. Er betastete währenddessen sein Kinn. Seine Mundwinkel zuckten.

Was er schon wieder so lustig fand, konnte Harper nicht sagen, denn sie hatte für zwei Sekunden regelrecht Sternchen vor Augen gehabt. Einer von ihnen hatte einen ziemlichen Dickschädel, während der andere ein stahlhartes Kinn besaß.

Komischerweise ertappte sie sich dabei, wie sie ebenfalls zu grinsen begann und seinem Blick nicht ausweichen konnte. Plötzlich hatte sie das Bedürfnis, laut zu lachen, denn auch sein Grinsen wurde breiter und breiter.

„Entschuldigen Sie bitte." Ein älteres Paar schob sich an ihnen vorbei, als es das Geschäft verlassen wollte.

Geradezu höflich nahm der Fremde Harpers Arm und zog sie in das Geschäft hinein, damit sie nicht mehr im Eingang standen. Sie zwinkerte verblüfft, denn so formvollendete Gesten hatte sie nicht von ihm erwartet. Zwar sah er wie ein grobschlächtiger Holzfäller aus, aber seine Manieren waren tadellos.

„Es scheint, als stünden wir im Weg."

„Ja, scheint so", murmelte sie.

„Cameron." Er reichte ihr die Hand.

„Harper", erwiderte sie und fühlte sich dabei ziemlich kurzatmig, denn ihre Finger prickelten, sobald sie seine schwieligen Finger berührten. Es war, als würden winzige Stromschläge durch sie hindurchfahren.

Vielleicht hatte er es auch gefühlt, denn Cameron zog seine Hand nur zögerlich zurück.

„Sie schienen es gerade eilig zu haben", kommentierte er mit einer guten Portion Humor in der tiefen, leicht rauchigen Stimme, die so klang, als hätte er ähnlich wie sie nicht sonderlich viel Schlaf in der vergangenen Nacht abbekommen. „Ich will Sie nicht aufhalten."

„Das tun Sie nicht", beeilte sie sich zu antworten und stotterte wie eine Idiotin: „Ich ... ich wollte mir ein Ticket für die Fähre kaufen."

„Dann sollten Sie sich beeilen, falls Sie mit dem Auto rüberfahren." Er machte einen Schritt zur Seite und deutete zuvorkommend hinter sich, wo sich am anderen Ende des Ladens ein kleiner Ticketschalter befand. „Freitags ist die Fähre immer ziemlich voll."

„Danke."

„Nichts zu danken." Er schenkte ihr ein letztes Lächeln. „Hat mich gefreut, Harper."

„Mich auch, Cameron", erwiderte sie mit belegter Stimme und lief an ihm vorbei. Anstatt sofort zum Ticketschalter zu gehen, der sich am anderen Ende des kleinen Ladens befand, drehte sie den Kopf zurück und beobachtete über ihre Schulter hinweg, wie seine Mundwinkel zuckten, bevor er das Geschäft verließ.

Diesen letzten Augenkontakt … den würde Harper nicht so schnell vergessen.

Warum ihr Herz in einem wilden Rhythmus schlug und warum sie es bedauerte, dass er ging, konnte sie nicht sagen.

KAPITEL 2

Cameron MacAlister hatte ein zwiespältiges Verhältnis zu Freitagen.

Früher hatte er den Freitag kaum abwarten können, weil das Wochenende kurz bevorgestanden hatte. Als Dreizehnjähriger hatte er an Freitagen nur daran denken können, endlich auszuschlafen und an den Wochenenden mit seinen Freunden Videospiele zu spielen. Und als Dreiundzwanzigjähriger war der Freitag das Symbol für lange Partynächte ohne Schlaf und dafür mit umso mehr Alkohol mitten in London gewesen.

Heute als Dreiunddreißigjähriger war seine wilde Partyzeit jedoch längst vorbei. Mittlerweile bedeutete der Freitag nichts anderes als der Aufschub des Unausweichlichen.

Jeder zweite Freitag begann damit, dass er mit

trüben Gedanken und einem Kloß im Hals auf die Fähre nach Stornoway wartete, nachdem er frühmorgens von der Couch eines Freundes aufgestanden war, auf der er eine schlaflose Nacht verbracht hatte, und mit seinem Landrover rund sechzig Meilen von Inverness bis nach Ullapool gefahren war, um dort die erste Fähre zu nehmen. Jedes Mal war er froh, zurück in die Ruhe und Abgeschiedenheit seines Cottages zu kommen, und hatte gleichzeitig ein schlechtes Gewissen, das Festland zu verlassen.

Außerdem kam er sich wie ein Feigling vor, wenn er die Erleichterung spürte, Inverness hinter sich zu lassen. Jedes Mal fiel es ihm schwerer, Abschied zu nehmen und zu wissen, dass er erst in zwei Wochen wiederkommen würde. Gleichzeitig hoffte er, dass es ein nächstes Mal geben würde.

Da war es doch kein Wunder, dass er sich die Zeit, bis er auf die Fähre fahren konnte, mit grüblerischen Gedanken vertrieb oder sich abzulenken versuchte, indem er ein paar Einkäufe erledigte, um dies nicht in Stornoway tun zu müssen, wenn er auf der Insel ankam.

Denn sobald er dort angekommen war, wollte er allein sein, die Stadt hinter sich lassen, seinen Hund von der Nachbarin abholen und nach Hause fahren.

Heute war jedoch alles ein bisschen anders.

Anstatt tristen Gedanken nachzuhängen, dachte er über eine Blondine mit strahlend blauen Augen nach, die ihm beinahe eine Holztür an den Kopf geschlagen hätte und deren Lächeln das mit Abstand Hübscheste war, was er seit langer Zeit zu Gesicht bekommen hatte.

Allein die Erinnerung daran, wie sie in diesen unförmigen Jogginghosen vor ihm gestanden hatte und gegen seine Brust getaumelt war, verscheuchte für einen Moment das schlechte Gefühl, das er nach seinen Besuchen in Inverness hatte.

Stattdessen musste er lächeln.

Weiche Haut und der Duft nach einem zarten Parfum.

Dazu dieser Blick aus großen blauen Augen, der unschuldig und gleichzeitig verführerisch gewesen war und ihn für ein paar Sekunden alles hatte vergessen lassen. Nicht vergessen hatte er jedoch, wie warm und süß ihre Stimme geklungen hatte und wie fasziniert er von ihrem Lächeln gewesen war – dieses Lächeln, das er mit angehaltenem Atem betrachtet hatte und das ihn wieder wie ein vierzehnjähriger Schuljunge fühlen ließ, der zum ersten Mal entdeckte, dass Mädchen nicht doof waren, sondern gut rochen, hübsch waren und komische Dinge mit seinem Magen anstellen konnten.

Als Teenager war er ein Spätzünder gewesen, was das andere Geschlecht betraf, und hatte seinen ersten Kuss erst mit fünfzehn bekommen. Anschließend hatte es ihm nicht schnell genug gehen können. Doch heute Morgen in Phils Geschäft, in dem er sich immer seine

Fahrkarten kaufte, hätte er ewig stehen bleiben können, um die wunderschöne Blondine anzusehen und ihrer Stimme zu lauschen.

Harper.

Cameron konnte nur noch daran denken, dass er sie am liebsten nicht aus seiner Nähe gelassen hätte. Sein erster Impuls war der gewesen, sie einfach nur anzustarren. Und sein zweiter Impuls war der gewesen, sich nicht von der Stelle zu rühren, damit sie sich nicht von der Stelle rührte und ging.

Der kurze Händedruck hatte etwas in ihm zum Klingen gebracht. Schlagartig hatte er an die besorgten Worte seiner Mom denken müssen.

Der Mensch ist nicht dafür gedacht, allein zu sein, Cameron.

Er hatte den Satz immer für einen Teil des typisch mütterlichen Repertoires an Lebensweisheiten gehalten. Doch heute Morgen war ihm durch dieses kurze Kennenlernen klar geworden, dass ihm etwas fehlte. Dass ihm *jemand* fehlte.

Vielleicht hatte er ausgerechnet jetzt solche Gedanken, weil er in ein paar Monaten vierunddreißig Jahre alt wurde. Vielleicht lag es auch an den letzten Jahren, die ihm noch immer zusetzten, und an der selbst verschriebenen Einsamkeit. Vielleicht lag es aber auch daran, dass sein Herz kurzzeitig ausgesetzt hatte, als Harper ihn angelächelt hatte. Das Lächeln einer völlig fremden Frau hatte ihn nachdenklich werden lassen.

Das gleiche Lächeln entdeckte er kurze Zeit später, als sie auf dem Deck der Fähre aus ihrem Auto stieg, während er noch darauf wartete, vom Personal einen Parkplatz zugewiesen zu bekommen.

Cameron fragte sich, was eine junge, hübsche Frau allein auf die Äußeren Hebriden trieb. Die Isle of Lewis war nicht unbedingt ein typischer Urlaubsort – es sei denn, man war Naturforscher oder liebte Alternativurlaube. Irgendwie glaubte er jedoch nicht, dass sie zu der Sorte Frau gehörte, die mit einem Zelt im Gepäck und ein paar Joints unterwegs war. Seiner Erfahrung nach kamen außer solchen Naturforschern und Alternativurlaubern nur Einheimische auf die Insel.

Vermutlich war er die große Ausnahme, denn er erforschte weder die Wildnis noch mochte er Joints. Und einheimisch war er dort auch nicht. Er hatte sich mit voller Absicht für diesen einsamen Flecken Erde entschieden, auch wenn er alle zwei Wochen zurück in die Zivilisation fuhr und eine Nacht in Inverness verbrachte.

Da war er wieder – der Knoten in seinem Hals.

Bevor er jedoch weiterhin über den Grund nachdenken konnte, warum sein Hals eng wurde, sobald er an seine Besuche dachte, konzentrierte er sich lieber auf die Blondine, die gerade an seinem Geländewagen vorbeiging und grüßend die Hand hob. Cameron erwiderte das Lächeln, bevor er mit angehaltenem Atem verfolgte, wie sie das Autodeck durch eine der schweren Eisentüren an der linken Seite verließ.

Erst der ungeduldige Ruf eines Mitarbeiters, der wild gestikulierend in seinem neonfarbenen Anzug neben Camerons Auto stand, brachte ihn wieder in die Gegenwart zurück.

Er parkte seinen Landrover und verließ anschließend ebenfalls das Autodeck, das während der Überfahrt von zweieinhalb Stunden abgeschlossen wurde. Erst als er in Richtung des Aufenthaltsraumes unterwegs war, fiel ihm auf, dass er sein Buch im Auto vergessen hatte. Normalerweise las er während der Überfahrten, um sich nicht zu langweilen, jedoch war er gerade anscheinend zu abgelenkt gewesen, um an die Biografie von Alexander Fleming zu denken.

Also betrat er das Bordrestaurant und lief zur Theke, um sich einen Kaffee zu besorgen.

Sobald er sich nach einem Sitzplatz umsah, fiel sein Blick auf einen Blondschopf, der an einem Tisch direkt am Fenster mit Blick auf den Atlantischen Ozean saß. Von der spektakulären Aussicht bekam Harper jedoch nichts mit, weil sie ihre Nase in einem Buch vergraben hatte.

Vermutlich sollte er sie nicht stören, wenn sie las, sondern sich an einen anderen Tisch setzen. Komischerweise gewann der pure Egoismus, sich zu ihr zu setzen, während die Höflichkeit, auf die seine Eltern bei seiner Erziehung so großen Wert gelegt hatten, haushoch verlor.

Cameron schlenderte zu ihrem Tisch und blieb daneben stehen, während er einen kurzen Blick auf das Buchcover warf und herausfand, dass sie in einem Reiseführer las. Sie musste so vertieft in das sein, was dort steht, dass sie nicht einmal bemerkte, dass er gleich neben ihr stand.

Mit einem Räuspern machte er auf sich aufmerksam. „Hey."

Ihr Kopf zuckte augenblicklich in die Höhe. „Hey."

Wieder traf ihn der Blick aus diesen strahlend blauen Augen und ließ ihn den Atem anhalten. Wenn er ein Dichter gewesen wäre, hätte er ein romantisches Sonett über ihr schönes Gesicht verfassen können, aber weil er nun einmal kein Dichter war, kam das nicht infrage. Stattdessen konnte er nur darüber sinnieren, wie liebreizend sie aussah und wie gerne er sie hätte lachen sehen. Er fand es erfrischend, dass sie mit einem schiefen Pferdeschwanz, völlig ungeschminkt und in fleckigen Jogginghosen herumlief und nicht zu der Sorte Frau zu gehören schien, die Unmengen Geld für ihr Aussehen ausgaben. Er hatte ein paar Jahre in London gelebt und wusste daher aus erster Hand, wie Frauen aussahen, die vor lauter Konsum nicht mehr wussten, wohin mit ihrem ganzen Kram. Eine seiner Exfreundinnen hatte so sehr den Überblick über ihre Luxushandtaschen verloren, dass sie das gleiche Modell sogar zweimal besessen hatte – eine Tasche, die das Monatsgehalt eines gut verdienenden Angestellten kostete.

Dass es zwischen ihm und Natalie nicht geklappt hatte, war zwar nicht die Schuld ihrer Verschwendungssucht gewesen, dennoch hatte ihr Lebensstil dazu beigetragen, dass er mit ihr Schluss gemacht hatte. Selbst Jahre später hatte Cameron nicht das Gefühl, seine Entscheidung bereuen zu müssen.

Was er vermutlich bereuen würde, wäre, wenn er Harper noch länger wie ein Vollidiot anstarren würde. Daher fragte er leichthin nach: „Störe ich Sie?"

Hastig schüttelte sie den Kopf und klappte ihr Buch zusammen. „Überhaupt nicht. Setzen Sie sich doch."

Cameron kam ihrer Einladung nach und setzte sich ihr gegenüber auf die gepolsterte Bank, während er seine Kaffeetasse auf den Tisch zwischen ihnen abstellte.

„Sie hätten etwas sagen sollen, dann hätte ich Ihnen eine Tasse geholt", ließ sie sich zerknirscht vernehmen. „Schließlich schulde ich Ihnen noch einen Kaffee."

Erstaunt legte Cameron den Kopf schief. „Weswegen?"

„Na, wegen der Attacke mit der Tür."

„Als Attacke habe ich es gar nicht empfunden. Ich fand es sogar ziemlich charmant."

Ihr Lachen war glockenhell und dabei eine Spur heiser. Er spürte es bis in die Fußsohlen und fragte sich, was mit ihm los war, dass er so heftig auf diese Frau reagierte.

„Beinahe hätte ich Ihnen eine schwere Holztür gegen den Kopf gerammt. Und Sie nennen das charmant?“

„Und wie“, vertraute er ihr feixend an. „Sie wissen ja nicht, wer mir sonst immer Türen gegen den Kopf rammt.“

„Kommt das in dieser Gegend öfter vor?“

„Ja, leider. Es bleibt einem ja auch nichts anderes übrig, wenn der Fernsehempfang grauenhaft ist.“

Sie gluckste mit leuchtenden Augen und schien ihn witzig zu finden, was Cameron voller Freude registrierte. „Davon stand gar nichts im Reiseführer. Worauf muss ich mich noch gefasst machen?“

Im ersten Moment konnte er nicht antworten, weil er viel zu vertieft in ihren Anblick war. Mit einem breiten Lächeln führte sie nämlich ihre Kaffeetasse an den Mund und schlug die Augen nieder. Cameron kam sich ein bisschen wie ein perverser Triebtäter vor, weil er mit trockener Kehle beobachtete, wie sich ihre vollen Lippen teilten und sich um den Rand der Tasse legten, als sie trank. Etwas Erotischeres hatte er seit Ewigkeiten nicht mehr gesehen. Früher – in einem anderen Leben – hatte es Nächte gegeben, in denen er mit zwei Frauen auf einmal geschlafen hatte und Dinge ausprobieren durfte, nach denen andere Männer auf Pornoseiten suchten, aber er konnte sich nicht erinnern, jemals irgendetwas so erotisch gefunden zu haben wie die Frau, die ihm gegenübersaß und an ihrem Kaffee nippte.

Zugegebenermaßen war es schon einige Zeit her, dass er in den Genuss einer heißen Nacht gekommen war.

Wenn man sich dazu entschied, ein renovierungsbedürftiges Cottage auf einer beinahe menschenleeren Insel zu renovieren und das Leben eines Einsiedlers zu führen, kam man nicht oft unter Leute. Jedenfalls nicht unter Leute, mit denen man heiße Nächte verbringen wollte. Die Menschen, mit denen er Kontakt pflegte, wollte er auf keinen Fall mit irgendwelchen Erotikfantasien in Verbindung bringen, denn *das* wäre wirklich pervers gewesen. Welcher dreiunddreißigjährige Mann bei klarem Verstand hatte heiße Gedanken in Bezug auf seinen über sechzig Jahre alten Nachbarn, der Schafe züchtete und meistens in kurzen Hosen und Gummistiefeln herumlief?

Fragend richtete Harper ihren Blick auf sein Gesicht, als erwartete sie eine Antwort von ihm.

Cameron war jedoch zu fasziniert von ihren vollen Lippen, über denen sich ein winziger Tropfen Kaffee verteilte, als dass er sich an ihre Frage hätte erinnern können. Verdammt, ausgerechnet in der Gegenwart dieser schönen und lustigen Frau fiel ihm wieder ein, dass er ein gesunder Mann war, dessen Sexleben schon viel zu lange brachlag. Diese Situation würde mit an großer Wahrscheinlichkeit grenzender Sicherheit peinlich für ihn enden.

Reiseführer ... sie hatten gerade noch über irgendeinen Reiseführer geredet, schoss es ihm durch den Kopf. Prompt senkte er seinen Blick auf das zugeschlagene Buch, das zwischen ihnen auf dem am Boden angeschraubten Tisch lag.

„Was steht denn Interessantes in Ihrem Reiseführer?“

Harper schien nicht zu bemerken, dass er mit seiner Frage nur von dem peinlichen Umstand ablenken wollte, dass er sich noch vor ein paar Sekunden vorgestellt hatte, sie auszuziehen, denn sie antwortete leichthin: „Das Blackhouse-Museum hört sich sehr interessant an. Bevor wir Stornoway erreichen, wollte ich mich noch ein wenig schlaumachen.“

Seine Augenbrauen zuckten in die Höhe. „Dann habe ich Sie ja doch gestört, als ich mich zu Ihnen gesetzt habe.“

Hastig schüttelte sie den Kopf. „Überhaupt nicht! Sie haben mich nicht gestört, Cameron. Mittlerweile kenne ich einige Passagen aus dem Reiseführer beinahe auswendig.“

Erstaunt legte er den Kopf zur Seite und streckte unter dem Tisch die Beine etwas aus, wobei er ihre fast gestreift hätte. „Woher kommt es, dass Sie so versessen darauf sind, die Insel zu erkundigen? Sind Sie Naturforscherin?“

„Nein, bin ich nicht." Amüsiert kräuselten sich ihre Mundwinkel. „Fragen Sie mich das, weil meine Frisur heute das absolute Chaos ist?"

Wie von selbst glitten seine Augen zu ihrem blonden Pferdeschwanz. „Ein Chaos? Das finde ich überhaupt nicht."

„Ha! Ich erspare Ihnen den Anblick, wie es aussieht, wenn ich morgens aus dem Bett steige."

Komischerweise fühlte Cameron Enttäuschung darüber, diesen Anblick verpasst zu haben. Weil er jedoch nicht allzu plump auftreten wollte, ließ er das Thema lieber fallen. „Eigentlich frage ich, weil sich meistens Naturforscher oder Alternativurlauber auf die Insel verirren."

„Was sind denn Alternativurlauber?"

„Sie wissen schon", er wackelte bedeutungsvoll mit den Augenbrauen, „junge Leute, die in ihrem Zelt übernachten, nackt am Strand herumrennen und abends gerne ein paar Joints rauchen."

Ihre Augen wurden groß. „Sie glauben, dass ich nackt am Strand herumrenne und Joints rauche?"

Verteidigend hob er seine Hände in die Hose. „Keine Wertung, Harper. Jedem das Seine. Wenn Sie keine Naturforscherin sind, gehe ich davon aus, dass Sie zu den Alternativurlaubern zählen. Und was die Nacktheit betrifft ..."

„Dafür ist es doch etwas zu kalt", warf sie belustigt

ein. „Außerdem rauche ich keine Joints – nicht einmal auf dem College."

Cameron grinste breit. „Mein Motto lautet: Probieren geht über Studieren."

Offenbar fiel es ihr schwer, das Lachen zu unterdrücken, das ihre Schultern beben ließ. „Sie zuerst!"

„Was jetzt? Soll ich die Hüllen fallen lassen oder einen Joint anzünden?"

„Weder noch", wehrte sie feixend ab. „Falls Sie es vergessen haben, befinden wir uns gerade auf einer Fähre."

„Schade."

„Ja, sehr schade", erwiderte sie glucksend.

Cameron zwinkerte ihr zu. „Wenn Sie keine Naturforscherin sind und auch keinen Alternativurlaub machen, was treibt Sie dann her?"

Ihr Gesicht rötete sich unmerklich, während sie auf ihrer Unterlippe herumnagte, bevor sie zögerlich erklärte: „Ich mache Ferien. Das erste Mal seit langer Zeit."

„Und dann fahren Sie hierhin?"

„Warum klingen Sie so überrascht?"

„Weil Sie in Seattle wohnen und daher die Nase voll vom kalten, windigen Wetter und vom Regen haben sollten."

„Schottland ist viel interessanter als Seattle." Geradezu kokett lächelte sie ihm von unten zu. „Zu Hause gibt es beispielsweise keine nackten, Joints rauchenden Touristen."

„Touché."

Und obwohl er gar nicht weitergefragt hatte, setzte sie hinzu: „Ich musste aus dem Alltagstrott einfach raus, wissen Sie? Etwas anderes sehen, Zeit für sich haben ... nachdenken."

Cameron wurde den Eindruck nicht los, dass sie urplötzlich überfordert und sogar etwas hilflos wirkte. Und auf einmal hörte er sich selbst sagen: „Das kann ich gut nachvollziehen."

„Tatsächlich?"

Er nickte und holte tief Luft, auch wenn er dabei ein gespieltes Lächeln aufsetzte. „Das waren auch so ziemlich meine Gründe, als ich nach Lewis gezogen bin."

Ihre Miene drückte pure Überraschung aus. „Oh ... das hätte ich nicht gedacht."

„Sondern?" Interessiert schaute er sie über den Tisch hinweg an. „Haben Sie mich für einen Einheimischen gehalten?"

Harper zuckte mit den Schultern. „Eigentlich fand ich die Idee eines Alternativtouristen ziemlich einleuchtend."

Cameron gluckste auf. „Weil Sie mich beim Nacktbaden beobachten wollen?"

„Erwischt." Etwas ernster fügte sie hinzu: „Hat es denn funktioniert, den Alltagstrott hinter sich zu lassen?"

„Ich arbeite noch daran."

Wortlos schaute sie ihn an.

Cameron nahm einen großen Schluck Kaffee und schob die Tasse anschließend von rechts nach links über den Tisch.

„Wie lange leben Sie schon dort?"

„Etwas weniger als zwei Jahre."

Neugierig legte sie den Kopf zur Seite und blinzelte ihn aus blauen Augen an, die viel mehr zu sehen schienen, als Cameron lieb war. „Wie ist es denn dort?"

„Ruhig." Cameron zuckte mit den Schultern. „Windig und einsam."

„Einladend klingt das nicht", scherzte sie. „Sind Sie sicher, dass Sie freiwillig dorthin gezogen sind?

„Ziemlich sicher." Cameron seufzte leise. „Und so schlecht ist es gar nicht, wenn man auf der Suche nach Abgeschiedenheit ist."

„Und das waren Sie?"

„Kann man so sagen", verriet er, ohne mehr Details preiszugeben. Jeder Mensch hatte nun einmal Dinge, über die er nicht gerne sprach. „Ich wohne in einem kleinen Cottage gleich an einem See, weit entfernt von einer Straße und mit einem Berg direkt im Rücken."

„Das klingt ... wunderschön", erwiderte sie träumerisch.

„Es ist wunderschön", bestätigte Cameron. „Natürlich gibt es keinen Lieferservice für Sushi oder Pizza und Starbucks wird man in der näheren Umgebung auch nicht finden, aber Max und mir gefällt es."

„Max?"

„Mein Hund."

„Ein Cottage, ein See und ein Hund." Harper lächelte ihm zu. „Da haben Sie es ja idyllisch."

„Wenn Sie ein baufälliges Cottage idyllisch finden, das vor gut zwei Jahren ein wahres Paradies für Mäuse war ..." Er sprach nicht weiter, sondern lächelte leicht.

„Solange die Mäuse mittlerweile ausgezogen sind, ist doch alles gut", warf sie ein.

„In letzter Zeit habe ich keine mehr gesehen, also gehe ich davon aus, dass sie sich eine neue Heimat gesucht haben."

Harper schnitt eine Grimasse. „Auch auf die Gefahr hin, sehr mädchenhaft zu wirken, muss ich zugeben, dass Mäuse nicht unbedingt mein Fall sind."

„Mädchenhaft zu sein, wenn man eine Frau ist, ist doch nicht das Schlechteste."

„Aber auch nicht das Beste." Sie rümpfte die Nase. „Ich habe die Erfahrung gemacht, dass man als Frau im Job knallhart sein muss, wenn man Erfolg haben will. Mädchenhafte Zurückhaltung ist dort nicht gerne gesehen."

Cameron fragte sich, was sie beruflich tat, wenn sie so darüber dachte, aber er hatte das Gefühl, die Stimmung zu vermiesen, wenn er auf ihren Job zu sprechen kam. Und wenn er eines nicht tun wollte, dann war das, die Stimmung zu versauen. Er genoss es nämlich viel zu sehr, hier mit dieser hübschen und lustigen Frau zu sitzen, sich zu unterhalten und dabei in die blausten Augen zu sehen, die er jemals entdeckt hatte. Nach dem gestrigen Tag wollte er von all den negativen und deprimierenden Gedanken abgelenkt werden.

„Wenn es um eine Mäuseplage geht, darf jeder mädchenhaft sein. Ich weiß, ich könnte jetzt den ersten Eindruck versauen, den Sie von mir haben, aber angesichts einer Überzahl an Nagetieren stand auch ich kurz davor, mich sehr mädchenhaft zu benehmen und schreiend das Weite zu suchen."

Seine Strategie ging auf, weil sie belustigt prustete und anschließend mit der Zunge schnalzte. „Wieso glaube ich Ihnen das nur nicht?"

„Doch, ich schwöre es!" Er hob eine Hand. „Wochenlang hatte ich Albträume."

„Sie sehen nicht wie jemand aus, der wegen ein paar Mäusen schreiend davonläuft, Cameron."

„Es waren ja auch mehr als nur ein paar Mäuse."

Wieder lachte sie und bat dann mit einem verzückten Seufzen: „Erzählen Sie mehr von Ihrem Cottage."

„Was möchten Sie denn wissen?"

Harper strich sich eine blonde Haarsträhne aus der Stirn. „Was auch immer Sie darüber erzählen können.

Es klingt faszinierend, was Sie über Ihr Zuhause erzählen können."

Cameron traf es wie ein Schlag, als er merkte, dass auch er zum ersten Mal seit langer Zeit einem anderen Menschen etwas über sich erzählen wollte. Und dass er das Bedürfnis hatte, einen anderen Menschen kennenzulernen und etwas von ihm zu erfahren. Irgendwann war es schon fast normal geworden, nur für sich zu sein und alles in sich zu vergraben, dass es jetzt in seinen Eingeweiden kribbelte.

Diese Aufregung zeigte er jedoch nicht, sondern gab sich völlig gelassen. „Als ich das Cottage zum ersten Mal besichtigt habe, hatte ich Bedenken, dass es beim nächsten Sturm auseinanderfallen könnte. Es ist älter als wir beide zusammen, war damals ziemlich heruntergekommen und war seit einigen Jahren unbewohnt."

„Trotzdem haben Sie sich dafür entschieden." Das war keine Frage, sondern eine Feststellung. „Hat Ihnen denn niemand davon abgeraten?"

Da Cameron damals niemandem erzählt hatte, dass er das alte Cottage kaufen wollte, hatte es ihm auch niemand ausreden können. Mit seinem Dickschädel wäre das jedoch ziemlich schwer geworden, denn er hatte sich in den Kopf gesetzt, das Grundstück und das Cottage zu kaufen, um dort zu leben – abseits aller Probleme und Erinnerungen.

„Mir gefiel, dass es alt war und Geschichte besaß",

erklärte er sinnierend und spielte mit der fast leeren Kaffeetasse vor sich herum, während er den Blick senkte. „Außerdem brauchte ich ein Projekt, bei dem ich mich verwirklichen konnte." Warum er ihr das erzählte, konnte er beim besten Willen nicht sagen.

„Ein bisschen beneide ich Sie", entgegnete Harper seufzend. „Es muss schön sein, sein eigenes Zuhause zu erschaffen."

„Meistens kostet es mich den letzten Nerv", antwortete er ehrlich, wenn auch mit einem Augenzwinkern. „Schon ziemlich oft war ich an dem Punkt, es einfach abzureißen."

„Aber das werden Sie nicht tun, oder?"

„Nein, das werde ich nicht", gab er zu.

„Also renovieren Sie das Cottage selbst?"

„Jedenfalls versuche ich das." Er lächelte schwach. „Mittlerweile ist es nicht mehr zugig und es regnet auch nicht mehr rein – es sei denn, ich lasse die Fenster unter dem Dach offen."

„Sind Sie Handwerker?"

„So in etwa", wich er rasch aus und hoffte, sich dabei nicht allzu ungeschickt angestellt zu haben. „Und was machen Sie, wenn Sie nicht gerade auf eine einsame schottische Insel fahren?"

Heiter forderte sie ihn auf: „Raten Sie!"

„Im Raten war ich schon immer eher bescheiden. Bei meinem Glück trete ich gehörig ins Fettnäpfchen."

„Kommen Sie, Cameron." Sie lachte fröhlich.

„Solange Sie mich nicht für eine exotische Tänzerin halten, werde ich nicht beleidigt sein. Versprochen."

„Ach, Mensch! Ausgerechnet der Job kam mir als Erstes in den Sinn."

Sie gluckste vergnügt. „Also? Raten Sie!"

„Kunstlehrerin?"

„Knapp daneben", erklärte Harper gut gelaunt. „Einen Versuch haben Sie noch."

Er hob ahnungslos beide Hände in die Höhe. „Ich habe keine Ahnung."

Als sie sich plötzlich von ihrem Platz erhob, legte er den Kopf zurück und fühlte Enttäuschung in sich aufsteigen. „Hat die Kunstlehrerin Sie so sehr beleidigt, dass Sie jetzt gehen wollen?"

„Nein, ich hole uns beiden einen neuen Kaffee." Harper griff nach seiner Tasse und streifte für ein paar Millisekunden seine Hand. „Und dann können Sie mir erklären, warum Sie eine Finanzberaterin für eine Kunstlehrerin halten."

Kapitel 3

Harpers To-do-Liste:
~~*Ins Auto steigen und einfach losfahren*~~
Spontan sein

„Das ist nicht dein Ernst!“

„Doch, ich schwöre es!“ Harper hob eine Hand in die Höhe und machte ein so ernstes Gesicht, als säße sie vor Gericht und würde gerade vereidigt. Leider ruinierten ihre zuckenden Mundwinkel den Versuch, ernst zu wirken. Sie brach in prustendes Gelächter aus und spürte, dass ihr Herz wie wild zu klopfen begann, als auch Cameron schallend lachte.

Himmel!

Sie hatte niemals etwas Schöneres und Aufregenderes gehört als sein kraftvolles, tiefes Lachen. Jedes Mal fuhr das Geräusch ihr mitten in die Brust und schaffte es, dass ihr Magen Pingpong spielte. Von der prickelnden Gänsehaut auf ihrem Körper ganz zu schweigen. Ja, sie mochte es, wie er lachte. Noch mehr mochte sie es jedoch, wie er sie ansah, wenn sie lachte, und wie er sie anscheinend ständig dazu bringen wollte.

Harper konnte sich nicht erinnern, jemals von einem Mann so oft zum Lachen gebracht worden zu sein – oder mit diesem Ausdruck in seinem Gesicht bedacht zu werden.

So als hätte er niemals zuvor etwas Faszinierenderes gesehen.

Harper konnte es nicht leugnen, dass es sich gut anfühlte, von einem Mann wie etwas Besonderes betrachtet zu werden. Es war schmeichelhaft. Und es tat ihr unwahrscheinlich gut, von Cameron mit seiner Aufmerksamkeit förmlich überschüttet zu werden. Kein Mann hatte sich jemals so sehr dafür interessiert, was sie dachte und was sie sagte. Auch Grant nicht.

Nach allem, was gestern geschehen war, tat ihr Camerons Interesse verdammt gut.

Aber das war noch nicht alles, denn sie war auch fasziniert von ihm – wie er klang, wie er sich bewegte und wie er roch. Es war schwer, ihre Augen von ihm zu lassen oder ihn nicht zu berühren. Der wohl männlichste Kerl des Planeten war auch der netteste und zuvorkommendeste Mensch, der ihr jemals begegnet war, *und* er interessierte sich für sie.

Anders hätte sie schließlich nicht erklären können, warum sie mit ihm hier in diesem Pub saß, Ale trank und vor lauter Lachen fast von ihrem Barhocker gefallen wäre.

Mittlerweile war es sechs Uhr abends, was bedeutete, dass sie seit geschlagenen acht Stunden mit ihm zusammen war.

Sie beide hatten die komplette Fahrt auf der Fähre miteinander verbracht, hatten sich zweieinhalb Stunden über Gott und die Welt unterhalten, und nach diesen zweieinhalb Stunden war es Harper vorgekommen, als würde sie ihn seit Ewigkeiten kennen. Er war witzig, erschreckend scharfsinnig und unglaublich liebenswürdig. Dazu kam diese Höflichkeit, die ihr bereits den ganzen Tag lang auffiel. Wie selbstverständlich hielt er ihr Türen auf, ließ ihr immer den Vortritt und half ihr beispielsweise in ihre Jacke. Ihre Mom wäre begeistert gewesen. Und ihr Dad wäre vermutlich im Dreieck gesprungen, dass Harper mit einem völlig fremden Mann unterwegs war, der angeboten hatte, ihr die Insel zu zeigen. Nur allzu gerne hatte sie seinen Vorschlag angenommen, immerhin hatte sie sich noch auf der Fähre den Kopf zerbrochen, wie sie es anstellen sollte, ihn wiederzusehen, bevor er plötzlich anbot, den Fremdenführer zu spielen und ihr Stornoway zu zeigen.

Wie erleichtert sie darüber gewesen war, konnte sie gar nicht ausdrücken, denn irgendwie hatte es sich nach jenen zweieinhalb Stunden auf der Fähre so angefühlt, als habe sie sich in ihn verliebt.

Normalerweise tat sie so etwas nicht. Harper verliebte sich nicht einfach in Männer, die sie kaum kannte und die sie gerade erst kennengelernt hatte. Dafür war sie zu rational. Aber bei Cameron war es anders.

In seiner Gegenwart kam sie sich zum ersten Mal seit Ewigkeiten nicht allein vor. Bislang war Harper gar nicht aufgefallen, wie einsam sie sich gefühlt hatte, aber im Laufe des Tages begriff sie, dass dieses merkwürdige Gefühl, das sich in ihr in letzter Zeit breit gemacht hatte, nichts anderes als pure Einsamkeit gewesen war. Sie gab Grant nicht die Schuld daran, denn sie hatte sich schon lange Zeit allein gefühlt, bevor sie ihn kennengelernt hatte. Wenn sie genau darüber nachdachte, hatte es nach dem College angefangen. Und es war schleichend gekommen. Nur hatte sie es nie bemerkt, weil sie zu beschäftigt gewesen war, um darüber nachzudenken.

Aber in Gegenwart eines wildfremden Mannes, der eine Saite in ihr berührte, die Harper bislang vernachlässigt hatte, wurde ihr klar, was ihr eigentliches Problem war.

Als sie neben ihm durch das beschauliche Hafenstädtchen wanderte und er ihr alles Wissenswerte über die Stadt und die Insel erzählte, hing sie nicht nur an seinen Lippen, sondern fühlte auch, wie ihr das Herz aufging, wann immer er sie anlächelte. Seine Stimme war so kräftig und klar gewesen und die Gesten, die er mit seinen großen Händen beim Erklären machte, hatten sie entzückt. Dazu kam, dass sie sich in seiner Gegenwart sehr wohl und beschützt zugleich fühlte. Einmal vergaß sie völlig, den Linksverkehr zu beachten, und wäre beinahe auf die Straße gelaufen, als von rechts ein Kleinwagen herangebraust kam. Cameron hatte ihren Arm gepackt und sie mit einem Ruck zurück auf den Bürgersteig gehoben – direkt in seine Arme.

Ein Mann, der zupacken konnte und stark war, hatte eindeutig seine Vorteile.

Wenn er ihr dann auch noch gälische Sätze beibringen konnte, die sie zum Lachen brachten, weil seine Beispielsätze teilweise nicht sonderlich jugendfrei waren, und wenn er dazu in einem herrlichen schottischen Akzent sprach, der ihr ein Kribbeln im ganzen Körper verschaffte, war sie verloren.

Sie hätte ihm ewig zuhören können.

Stattdessen hatten sie zusammen Fish and Chips gegessen.

Dabei hatte Cameron ihr erklärt, warum dieses Essen am besten schmeckte, wenn es in Zeitungspapier verpackt war. Sie musste zugeben, dass er recht hatte, denn der fettige Snack war köstlich gewesen. Anschließend waren sie spazieren gegangen, hatten in einem kleinen Café Tee getrunken und danach fast eine Stunde lang in einem albernen kleinen Souvenirgeschäft herumgestöbert, in dem Harper zu Camerons Belustigung Tassen und Teller gekauft hatte, auf denen die Konterfeis der königlichen Familie zu sehen waren.

Und nun saßen sie in einem Pub, tranken Bier und alberten miteinander herum, als wären sie keine Erwachsenen, sondern Teenager auf ihrem ersten Date.

Ja, dieser Tag hatte etwas von einem ersten Date, schließlich gab es schon die ganze Zeit diese Blicke und dieses Flirten, das für die Schmetterlinge in ihrem Bauch verantwortlich waren. Und keiner von ihnen schien zu wollen, dass ihr *Date* endete.

Außerdem steckten sie beide ständig die Köpfe so nah zusammen, dass Harper nicht nur seinen männlichen Geruch wahrnehmen konnte, sondern jede noch so winzige Pore auf seinen Wangen betrachten konnte. Wie gerne sie mit ihren Fingerspitzen über seine Wangenknochen oder das kräftige Kinn gefahren wäre, konnte sie gar nicht sagen. Außerdem machte es ihr beinahe schon Angst, dass etwas Gewaltiges sie dazu drängte, ihre Lippen auf die winzige Narbe neben seinem linken Mundwinkel zu pressen.

Sie konnte sich nicht erinnern, wann sie sich zuletzt so sehr auf einen Menschen konzentriert hatte, dass sie dabei alles um sich herum vergaß. Nicht ein einziges Mal in den letzten Stunden war sie auf die Idee gekommen, ihr Handy einzuschalten und nach E-Mails zu schauen oder ihre Nachrichten abzuhören. Es war ihr schlichtweg egal.

Harper wollte noch mehr Zeit mit ihm verbringen und spürte ein regelrechtes Sehnen, wann immer sie ihm in die Augen schaute.

Himmel, erst gestern war ihre Hochzeit geplatzt und heute stellte sie fest, dass es Liebe auf den ersten Blick gab. Sie hatte sich so rasant in diesen blondhaarigen Schotten verliebt, dass der Gedanke sie verzweifeln ließ, dass dieser Tag enden musste und sie Cameron vermutlich nicht wiedersehen würde.

„Du willst mir doch nicht ernsthaft sagen, dass du auf der Highschool auf Rollschuhen gekellnert hast?"

Weil er noch immer ungläubig sowie belustigt klang, nickte sie nachdrücklich. „Doch, und es war ein Knochenjob, aber das Trinkgeld war super."

„Hattest du dabei auch ein kurzes Röckchen an?" Sein Augenzwinkern hatte etwas Frivoles an sich.

„Kurze Röckchen waren Pflicht", erwiderte sie in dem Wissen, ihn zu erheitern, und hoffte, dass er sie witzig fand. „Außerdem musste ich ein albernes Hütchen tragen."

„Das hätte ich zu gerne gesehen."

Harper verdrehte die Augen, auch wenn ihre Wangen vor Freude zu glühen begannen. „Vielen Dank, Cameron. Schlagartig erinnere ich mich wieder daran, wie die halbe Highschool abends vorbeikam, um mich beim Kellnern zu beobachten.“

„Hey“, wehrte er glucksend ab. „Du hast davon angefangen, mir von deinem Highschooljob zu berichten.“

„Aber nur, weil du mich nach meiner Highschoolzeit gefragt hast!“

„Ja, weil ich auf schmutzige Geschichten gehofft habe.“ Er senkte die Stimme, doch das Funkeln in seinen hellbraunen Augen sagte ihr, dass er nicht wirklich ernst meinte, was er gerade sagte. „Als Junge hatte ich unzählige Fantasien davon, was Mädchen untereinander auf ihren berühmten Pyjamapartys treiben.“

Weil sich niemand in ihrer unmittelbaren Nähe befand, raunte sie gespielt vertraulich: „Wieso habe ich plötzlich vor Augen, wie du als Teenager einen Lesbenporno schaust?“

Als er sich verschluckte, konnte Harper nicht anders, als ihm auf den Rücken zu klopfen.

Hitze.

Er verströmte Hitze wie ein Schmelzofen und schien nur aus Muskeln zu bestehen. Unter ihrer Handinnenfläche spürte sie gewölbte Flächen, die sich hart und kräftig anfühlten. Schlagartig wurde ihre Kehle trocken. Diese unmittelbare körperliche Reaktion auf eine eigentlich unschuldige Berührung gab ihr zu denken. Bisher hatte sie sich immer für kontrolliert gehalten und es manchmal sogar bedauert, nicht loslassen zu können. Andere Frauen in ihrem Alter hatten One-Night-Stands und gingen mit Männern ins Bett, die sie gerade kennengelernt hatten und die sie körperlich so sehr anzogen, dass sie förmlich aus ihrer Kleidung sprangen. Wenn ihre Freundin Mac davon erzählt hatte, dass sie einen Mann kennengelernt und mit ihm geschlafen hatte, weil er so heiß gewesen war, dass sie kaum klar denken konnte, hatte Harper das immer für völligen Blödsinn gehalten. Jetzt verstand sie endlich, was Mac damit gemeint hatte, denn in Camerons Gegenwart war ihr heiß und kalt zugleich und vor ihrem inneren Auge blitzten Bilder auf, die mit viel nackter Haut, einem Bett und lautem Stöhnen zu tun hatten.

Während ihre Kehle trocken wurde, ging sie dazu über, nicht länger auf seinen Rücken zu klopfen, sondern rieb über seine Muskulatur. Weil ihr klar war, dass es auffällig wurde, wenn sie damit nicht aufhörte, zog sie ihre Hand weg, auch wenn ihre Finger kribbelten und sie sich unweigerlich fragte, wie sich seine nackte Haut anfühlen würde. Oder wie er ohne Kleidung aussähe.

„Erst heute Morgen die Tür und jetzt das“, würgte er hervor und schien ihre lustvollen Gedanken nicht einmal zu erahnen. „Wenn ich es nicht besser wüsste, müsste ich glauben, dass du das absichtlich machst.“

Es kostete sie große Mühe, sich auf das zu konzentrieren, was er sagte. „Was denn?“, fragte Harper unschuldig nach.

Seine Augen funkelten vor Vergnügen. „Lesbenpornos! Also wirklich! Ich dachte an unschuldige Pyjamapartys unter Teenagern ...“

„Hast du nicht!“, wehrte sie lachend ab. „Deine Gedanken waren mit Sicherheit nicht derart unschuldig!“

Cameron schnalzte mit der Zunge. „Ich war ein total unschuldiger Teenager, der seinen ersten Kuss mit fünfzehn bekommen hat. Lesbenpornos habe ich erst ein paar Jahre später geschaut.“

Harper konnte nicht anders und presste sich eine Hand auf den Mund. „Wenigstens bist du ehrlich.“

„Wenn mich meine Mom dabei erwischt hätte, wie ich Pornos – insbesondere Lesbenpornos – schaue, wäre der Teufel losgewesen“, offenbarte Cameron.

„Aha! Daher weht der Wind“, erwiderte Harper zufrieden, bevor sie sich über den Tisch lehnte und ihm anvertraute: „Meine Mom hat einmal die spezielle Magazinsammlung meines Bruders entdeckt, als sie sein Zimmer aufräumte. Zu Hause herrschte vielleicht dicke Luft! Jake musste sogar zur Beichte gehen – dabei sind wir gar nicht katholisch.“

„Dein armer Bruder tut mir sogar leid, obwohl ich ihn gar nicht kenne. Und warum grinst du so?“

Vermutlich grinste sie, weil sein Bein ihres streifte und weil er in seinem zerknitterten Flanellhemd mit dem offenen Kragen einen sehr erfreulichen Anblick bot. Sie hatte einen fabelhaften Blick auf seinen kräftigen Hals und beobachtete schon seit einer Weile fasziniert, dass im Laufe des Tages dunkelblonde Bartstoppeln auf seinen hageren Wangen wuchsen, die ihm zusammen mit seinem zerzausten blonden Haar einen unwiderstehlichen Eindruck gaben.

Vermutlich hätte sie ihm sagen sollen, dass sie grinste, weil er heiß aussah und sie sich intensiv vorstellte, wie er nackt aussehen würde, aber der rationale Teil in ihrem Kopf verbot ihr das. Also schob sie ihren Bruder vor. „Weil ich mich noch sehr gut daran erinnern kann, dass Jake meiner Mom wochenlang nicht in die Augen schauen konnte. Es war urkomisch!"

„Darf ich kurz erwähnen, dass du auf Rollschuhen, im kurzen Rock und mit einem Hütchen auf dem Kopf gekellnert hast?"

Harper runzelte die Stirn und brummte gespielt finster: „Vielen Dank für die Erinnerung, Cameron."

Gut gelaunt zuckte er mit der Schulter. Seine Stimme nahm einen heiseren Klang an. „Du wirst bestimmt absolut süß ausgesehen haben."

Da waren sie wieder – die Schmetterlinge in ihrem Bauch. Wie er es anstellte, dass ein simpler Satz aus seinem Mund dafür verantwortlich war, dass ihr schwindelig wurde, wusste Harper nicht. Sie ertappte sich dabei, wie sie stotterte: „Ich ... ich sah lächerlich aus."

„Das glaube ich nicht." Seine hellbraunen Augen glitten über ihr Gesicht und schienen sich auf ihren Mund zu heften. Augenblicklich fühlten die sich trocken an. „Dein früherer Nebenjob klingt lustig und süß. Viel besser als meiner während der Schulzeit: Autos waschen."

Da sie seinen Geländewagen, den vielleicht dreckigsten Wagen der Menschheitsgeschichte, gesehen hatte, mutmaßte Harper, dass er in seinem Job nicht sonderlich gut gewesen war. Das erwähnte sie jedoch nicht, sondern informierte ihn leichthin: „Eigentlich hatte ich drei Nebenjobs während der Highschool."

Seine dichten Augenbrauen zuckten in die Höhe. „Wie bist du denn dabei noch zum Lernen gekommen?"

„Gutes Zeitmanagement." Harper zuckte mit den Schultern und war ihm dankbar für den Themenwechsel, der sie vielleicht von schmutzigen Gedanken um ihre beiden nackten Körper ablenkte. „Meine Eltern konnten es sich nicht leisten, mich auf ein gutes College zu schicken, also brauchte ich ein Stipendium und musste arbeiten gehen."

„Klingt nach viel Stress."

„Ja, das war es", bestätigte sie und spielte mit dem Bierdeckel herum, der vor ihr lag. „Es war nicht leicht und kostete viel Anstrengung."

Normalerweise erzählte sie nicht gerne, dass sie aus

einem Elternhaus kam, in dem kein Geld für eine gute Ausbildung da gewesen war. Nein, für ihre Eltern schämte sie sich nicht. Wie hätte sie sich auch für sie schämen sollen, schließlich waren ihre Mom und ihr Dad zwei der wunderbarsten Menschen auf der Welt, die Jake und sie mit Liebe überschüttet hatten. Und natürlich wusste Harper auch, dass sie stolz darauf sein sollte, was sie bislang geschafft hatte. Es war leicht, mit dem Geld der Eltern eine Ausbildung zu finanzieren, während es ein harter und steiniger Weg war, es aus eigener Kraft zu schaffen.

Trotzdem gehörte die Geldknappheit ihrer Eltern nicht zu ihren Lieblingsthemen.

Nicht einmal Grant wusste, wie viel Mühe es Harper gekostet hatte, dorthin zu kommen, wo sie beruflich stand. Aber Grant hätte es vermutlich gar nicht nachvollziehen können, schließlich war er nicht gerade ein armer Schlucker, weil er das Vermögen seiner Eltern geerbt hatte und einen fantastisch bezahlten Job hatte.

Sie schaute auf, weil er seine Hand über ihre legte. Das Gefühl, als sein Daumen winzige Kreise über ihre Hand zog, war unbeschreiblich beruhigend.

„Du klingst nicht zufrieden mit dem, was du erreicht hast."

Was hätte sie darauf sagen sollen? Dass sie das Gefühl hatte, ihr halbes Leben verpasst zu haben, weil sie immer nur hatte vorankommen wollen und weil sie falschen Idealen hinterhergerannt war?

„Ich habe mich selbst sehr unter Druck gesetzt, um beruflich voranzukommen", gestand sie ihm, auch wenn das nur die halbe Wahrheit war. Cameron wusste nämlich nicht, dass die Frau, dessen Hand er gerade massierte, morgen hatte heiraten wollen und gestern verlassen worden war. Dieses winzige Detail hatte Harper ihm bislang verschwiegen, weil es vermutlich zu viele Informationen für ein erstes Kennenlernen gewesen wären.

„Mit Druck kenne ich mich aus", entgegnete er mit ruhiger, tiefer Stimme.

Harper hob den Blick und sah, dass er die Stirn runzelte. Gleichzeitig glitt sein Daumen sanft über ihren Handballen. Gerne hätte sie die Sorgenfalten auf seiner Stirn geglättet, doch sie tat es nicht. Irgendetwas hielt sie davon ab – und das war nicht die Tatsache, dass sie an einem alten Holztisch in einem Pub saßen und von Einheimischen umgeben waren, die laut und ausgelassen ihren Abend genossen und Bier tranken.

„Ach ja?"

Er klang gepresst, als er murmelte: „Wenn man ein ehrgeiziger Mensch ist und hohe Ziele verfolgt, setzt man sich selbst so lange unter Druck, bis man irgendwann platzt."

Harper fragte sich, ob er aus Erfahrung sprach.

Gleichzeitig hatte sie niemals zuvor eine so exakte Beschreibung ihrer eigenen Gefühlswelt gehört.

„Genau das war immer mein Problem", gestand sie Cameron leise. „Viel zu viel Druck, perfekt zu sein."

„Im Job?"

„Überall." Ihre Antwort war fast ein Flüstern. „Für mich war es wichtig, die Kontrolle zu behalten und einem Plan zu folgen."

Er verknotete seine Finger mit ihren und erwiderte sanft: „Aus eigener Erfahrung weiß ich, dass man sich selbst täuscht, wenn man glaubt, die Kontrolle zu haben. Man kann nicht alles kontrollieren."

„Ja", antwortete sie und kämpfte mit widerstreitenden Gefühlen, denn einerseits fühlte sie Traurigkeit in sich aufsteigen und andererseits spürte sie eine wundervolle Nähe zu Cameron, die sie glücklich machte. Seine Hand war schwer und tröstlich, rau und zärtlich. Das Bedürfnis, sich an ihn zu schmiegen und alles um sich herum zu vergessen, wurde von Sekunde zu Sekunde größer.

„Du sagst, dass es dir wichtig war, die Kontrolle zu behalten und einem Plan zu folgen. Heißt das, dass es dir jetzt nicht mehr wichtig ist?"

Harper schluckte. „Nein, jetzt nicht mehr. Ich habe lernen müssen, dass man noch so tolle Pläne schmieden kann, sie jedoch manchmal nicht funktionieren."

„Du hattest einen Plan?“ Er drückte ihre Hand. „Erzähl mir davon.“

„Ich hatte eine Liste.“ Seufzend zuckte sie mit den Schultern und wollte gar nicht zu viel verraten, weil sie vor Cameron nicht wie eine totale Verliererin dastehen wollte. Doch sein Blick war offen und sein Interesse ehrlich, weshalb sie fortfuhr: „Auf der Liste standen Dinge wie ein guter Highschoolabschluss, ein Stipendium, Aufnahme an einem tollen College, ein Job, bei dem ich gut verdiente ... lauter solche Dinge. Total bescheuert, ich weiß.“

„Bescheuert ist es nicht. Ambitioniert, ja. Aber nicht bescheuert.“

Harper lächelte schwach. „Danke, dass du das sagst, aber ich fühle mich ziemlich bescheuert.“

Die kleine Narbe neben seinem Mundwinkel bewegte sich, als er fragte: „Ist etwas passiert?“

„Könnte man so sagen“, murmelte sie ausweichend.

„Und was genau?“

Unsicher begegnete sie seinem fragenden Blick, erwiderte jedoch nichts.

Er hob ihre Hand an seinen Mund und drückte ihr einen federleichten Kuss auf den Handrücken. Niemals zuvor hatte sie einen Handkuss bekommen und merkte jetzt, wie umworben sie sich fühlte. „Mir kannst du es ruhig verraten, Harper.“

„Aber ich kenne dich doch kaum“, brachte sie mühsam hervor.

Wieder drückte er ihr einen Kuss auf die Hand und schaute ihr tief in die Augen. Fast wäre Harper dahingeschmolzen.

„Du musst mir nichts erzählen, was du nicht möchtest“, erklärte er heiser. „Aber ich bin ehrlich. Du interessierst mich, Harper. Ich will dich kennenlernen und alles wissen, was dich betrifft.“

Seine Worte lösten eine Welle von Empfindungen in ihrem Inneren aus, die darin gipfelte, dass sie ihm atemlos in die hellbraunen Augen schaute und sich wünschte, dass der Moment nicht vorüberging. Wenn sie sich nicht schon eingestanden hatte, Hals über Kopf in ihn verliebt zu sein, müsste sie spätestens jetzt der Wahrheit ins Gesicht sehen.

„Du wirst mich für einen Freak halten.“

Winzige Knitterfalten erschienen um seine Augen, als er lächelte. „Du bist kein Freak. Du bist hinreißend.“

Auch wenn seine Worte die Schmetterlinge in ihrem Inneren beflügelten, verdrehte sie die Augen. „Cameron ...“

„Ich meine es ernst“, unterbrach er sie forsch. „Vielleicht bin ich etwas eingerostet, wenn es darum geht, eine Frau kennenzulernen, aber ich bin noch immer in der Lage, eine hinreißende Frau zu bemerken, wenn sie mir über den Weg läuft.“

Wieder spürte sie, wie ihre Wangen sich röteten. „Eingerostet? Was heißt das?“

„Das heißt, dass es über zwei Jahre her ist, dass ich

eine Freundin hatte", erwiderte er gelassen und rieb mit seinem Daumen über die kleine Mulde zwischen ihrem Zeigefinger und Daumen. „Seither gibt es nur Max und mich."

„Offenbar kommen nicht viele Frauen auf die Insel", scherzte Harper in dem Bemühen, die romantische Spannung zwischen ihnen aufzulockern.

„Jedenfalls keine Frau wie du."

Er meinte es ernst. Das sah Harper an jedem Blick und an jeder Geste. Sie nahm allen Mut zusammen und fuhr sich mit der Zunge über die trockene Unterlippe. „Eigentlich bin ich nach Schottland gekommen, um zu heiraten."

Seine Augenbrauen fuhren in die Höhe. Dennoch fragte er mit mäßiger Neugier: „Jemand Speziellen?"

Sie konnte nicht anders, als schwach zu lächeln. „Ja, Grant. Wir waren verlobt ... bis gestern. Morgen sollte die Hochzeit stattfinden."

„Und was ist passiert?"

Dankbar dafür, dass er noch immer ihre Hand hielt, seufzte sie leise auf. „Wir haben uns getrennt, also ... er hat sich getrennt und ich war ziemlich erleichtert, dass er es getan hat, wenn ich ehrlich bin. Die Verlobung war ein Fehler."

„Du klingst völlig ruhig."

„Ich *bin* völlig ruhig – jetzt. Mittlerweile weiß ich, dass ich mich zu sehr in diese Hochzeit hineingesteigert habe, weil ich auf diese Weise meine Zweifel verdrängen konnte, ob Grant auch wirklich der Richtige für mich war."

„Und er war nicht der Richtige?"

„Nein, er war es nicht", gab sie ehrlich zu.

Cameron sah sie lange an und musterte sie intensiv, als würde er nachforschen wollen, ob sie die Wahrheit sagte. Harper blieb währenddessen völlig gelassen und erwiderte den Blick, bis er wieder ihre Hand drückte.

„Kein Bedauern darüber, dass deine Hochzeit ins Wasser gefallen ist?"

Sie schüttelte den Kopf und lächelte dabei ehrlich. „Überhaupt keines. Ich bin froh, dass es so gekommen ist."

Auch Cameron begann nun zu lächeln. „Ich auch."

KAPITEL 4

Harpers To-do-Liste:
~~*Ins Auto steigen und einfach losfahren*~~
~~*Spontan sein*~~
Den perfekten ersten Kuss bekommen

„Ich dachte, du hättest deine Liste weggeworfen."

Harper sah Cameron über den Tisch hinweg an und stopfte sich ein paar Pommes in den Mund, die sie sich zuvor von seinem Teller gemopst hatte. Dummerweise war sie nämlich nicht davon abzuhalten gewesen, das Chicken Balmoral zu probieren, das mit Haggis gefüllt wurde und – ehrlicherweise – nur mäßig schmeckte. Cameron hatte sie gewarnt, aber Harper hatte nicht hören wollen. Anstatt also ihr Hühnchen mit Kartoffelbrei zu essen, schielte sie neidisch auf seinen riesigen Barbecueburger mit Pommes und stahl ihm hin und wieder eine der salzigen Fritten. Oder auch zwei.

„Ja, *die* Liste habe ich auch in den Papierkorb geworfen. Aber ich habe eine andere begonnen", erklärte sie ihm und leckte sich etwas Salz von der Lippe.

Grinsend schob er seinen Teller in die Mitte des Tisches. „Süße, ich dachte, du wolltest anfangen, loszulassen, und wolltest nichts mehr planen."

Sie hätte ihn küssen können, weil er anscheinend sein Essen mit ihr teilen wollte, und griff nach dem Messer, um sich ein Stück des Burgers abzuschneiden, der einfach nur zu gut aussah mit dem gebräunten Briochebrötchen, der dunkelroten Tomate und dem saftigen Stück Fleisch. Ihr lief das Wasser förmlich im Mund zusammen, als sie das Stück an den Mund führte und genüsslich hineinbiss. Vermutlich aß sie wie ein Schwein, weil etwas Ketchup über ihren Zeigefinger lief, und musste Cameron ein geradezu abschreckendes Bild einer essenden Frau bieten, aber das war ihr ziemlich egal. Immerhin war es fast acht Uhr abends und sie war tierisch hungrig. Außerdem hatte sie nicht das Gefühl, sich vor Cameron verstellen zu müssen.

Außerdem hatte er sie Süße genannt.

„Nicht so eine Liste", korrigierte sie, nachdem sie den Bissen hinuntergeschluckt hatte. „Eher eine Liste mit Sachen, die ich unbedingt machen möchte. Du weißt schon: Dinge, die ich bisher verpasst habe, weil ich damit beschäftigt war, zu lernen oder zu arbeiten." Sie griff wieder nach den Pommes.

„Interessant." Cameron kaute ebenfalls auf einer Pommes herum. „Und was steht alles drauf?"

„Alles Mögliche." Harper zuckte mit den Schultern und tunkte eine Pommes in den Ketchup. „Unter dem Sternenhimmel schlafen, spontan sein, Achterbahn fahren, eine wilde Partynacht feiern und sich morgens an nichts mehr erinnern können ..."

„Das steht auf deiner Liste?" Er klang, als würde ihm die Pommes im Hals stecken bleiben.

„Unter anderem." Neugierig sah Harper ihm ins Gesicht. „Was ist falsch daran?"

„Nichts", gluckste er belustigt. „Mich wundert nur, dass das auf deiner Liste steht. Wenn man sich an nichts mehr erinnern kann, muss der Kater so grauenvoll sein, dass man sterben will. Das wünscht man nicht einmal seinem schlimmsten Feind."

Fasziniert betrachtete sie seine dichten Wimpern und stützte sich mit ihren Ellenbogen auf der Tischplatte ab, während sie sich näher zu ihm beugte. „Hattest du jemals einen Kater, der dich wünschen ließ, zu sterben?"

„Sogar mehrmals – als Student." Cameron verzog das Gesicht.

Sie hätte ihn gerne gefragt, was er studiert hatte,

aber er kam ihr zuvor, als er weitersprach: „Einmal bin ich auf einer Parkbank wach geworden und trug ein Clownskostüm."

Lachend kniff sie die Augen zusammen und zog vermutlich die Aufmerksamkeit der übrigen Gäste des Pubs auf sich, aber das war ihr egal. Sie konnte sich den hünenhaften Cameron nur schwer in einem Clownskostüm vorstellen und fand seinen trockenen Tonfall einfach nur herrlich.

„Das hätte ich zu gerne gesehen!"

„Zum Glück gibt es davon keine Fotos", erwiderte er inbrünstig. „Anschließend schwor ich mir, nie wieder Alkohol anzurühren."

„Und wie lange hast du den Schwur gehalten?"

Er grinste. „Ungefähr fünf Tage."

„Dann musst du ja ein wildes Studentenleben geführt haben."

„Wie vermutlich die meisten Studenten."

„Ich nicht", widersprach sie mit einem Hauch Niedergeschlagenheit. „Auf dem College war ich die totale Streberin, die ständig in der Bibliothek saß. Meistens bin ich nicht einmal auf Partys gegangen. Sogar *Wahrheit oder Pflicht* habe ich nie gespielt!"

„*Wahrheit oder Pflicht?*" Ahnungslos öffnete er den Mund. „Was ist das denn?"

Harper schnappte nach Luft. „Sag mir nicht, dass du *Wahrheit oder Pflicht* nicht kennst!"

Cameron hob beide Hände in die Höhe. Nicht zum

ersten Mal fiel ihr am heutigen Tag auf, wie groß und kräftig seine Hände waren. „Schuldig! Ich habe wirklich keine Ahnung."

„*Wahrheit oder Pflicht* ist doch der Klassiker schlechthin an Partyspielen", protestierte sie. „Du als ausgewiesener Partylöwe solltest das kennen."

„Du redest mit dem Mann, der von seinen Freunden in ein Clownskostüm gesteckt wurde, als er betrunken war."

„Schon gut, schon gut", feixte Harper. „*Wahrheit oder Pflicht* ist ziemlich einfach. Man muss sich entscheiden, ob man den anderen ein Geheimnis verraten oder ob man etwas Peinliches tun will."

„Definiere etwas Peinliches."

„Zum Beispiel nackt durch die Straßen laufen."

Cameron grinste. „Süße, wenn du nackt durch Stornoway rennen möchtest, spiele ich dieses *Wahrheit oder Pflicht* nur allzu gerne mit dir."

„Sehr komisch", gluckste Harper und zwinkerte ihm zu. „Vielleicht nehme ich ja auch Wahrheit und lasse dich nackt durch Stornoway laufen, wenn du Pflicht wählst."

„Es wäre mir ein Vergnügen", beteuerte Cameron und nahm einen Schluck Bier. Dabei senkten sich seine Augen in ihre und ließen ihren Blick auch nicht los, als er sein Glas wieder abstellte. Täuschte sie sich oder war seine Stimme tatsächlich heiserer als vorher? „Langsam wird es interessant. Was steht denn sonst noch auf deiner Liste?“

Ihre Finger zitterten ein bisschen, weil sie seinen intensiven Blick noch immer auf sich spüren konnte, als sie ihre fettigen Hände an einer Serviette abputzte, bevor sie nach ihrer Tasche griff und die Liste herausholte, die sie gestern im Hotelzimmer geschrieben hatte, als sie sich hemmungslos mit allem möglichen Zeug vollgestopft hatte, nachdem sie wochenlang auf alles verzichtet hatte, was annähernd lecker war, um in ihr Hochzeitskleid zu passen.

„Das mit dem Spontansein und der Nacht unter dem Sternenhimmel habe ich ja schon erzählt.“

„Die wilde Party nicht zu vergessen.“

„Ganz genau.“ Lachend streckte sie ihm die Zunge heraus, bevor sie dazu überging, ein paar der Punkte auf ihrer Liste vorzulesen. „Einen Roadtrip durch Kanada machen, Italienisch lernen, Achterbahn fahren, Wale beobachten, Stricken lernen, mit ...“

„Du willst Stricken lernen?“

Harper sah von ihrer Liste auf, als er sie unterbrach. „Ja, und das Kochen. Ich bin nämlich eine Niete am Herd und würde gerne ein richtig tolles Menü kochen können.“

„Aber warum willst du unbedingt Stricken lernen?“

Sie lächelte weich. „Meine Oma hat mir jedes Jahr zu Weihnachten die wohl kuscheligsten Socken geschenkt, die man sich nur wünschen konnte. Und sie hat sie immer selbst gestrickt. Das würde ich auch gerne können."

„Und das Kochen willst du lernen, weil ...?"

„Weil es absurd peinlich ist, dass ich eine komplette Niete in der Küche bin. Du hast ja keine Vorstellung, wie es zu Hause an Thanksgiving abläuft, wenn meine Mom mich aus der Küche schickt, weil sie Angst hat, ich könnte das Essen verderben."

Sie konnte ihm an der Nasenspitze ablesen, dass er kurz davorstand, in schallendes Gelächter auszubrechen. Jedoch erklärte er mit gebotenem Ernst: „Komm schon, Harper. Ich kann mir nicht vorstellen, dass du nicht ein kleines bisschen kochen kannst."

„Wenn du das Auftauen von Fertigprodukten als Kochen bezeichnest: Ja, dann kann ich kochen", erwiderte sie mit einem Schnauben. Und weil sie das Bedürfnis hatte, sich wegen ihrer fehlenden Qualitäten in der Küche zu rechtfertigen, fügte sie hinzu: „Bisher hatte ich einfach nie die Zeit und die Lust, in der Küche zu stehen und zu kochen."

Cameron machte eine zuvorkommende Handbewegung. „Wenn das so ist, stelle ich mich gerne zur Verfügung, dir sowohl das Stricken als auch das Kochen beizubringen."

„Du kannst stricken?"

Sie musste sehr ungläubig geklungen haben, denn Cameron zog eine Augenbraue in die Höhe und musterte sie amüsiert. „Dürfen Männer etwa nicht stricken?“

„Natürlich dürft ihr das. Ich bin nur noch nie einem Exemplar der männlichen Gattung begegnet, der stricken kann – oder es freiwillig zugibt.“

„Autsch.“ Seine Mundwinkel fielen herab. „Das war ein herber Schlag gegen meine Männlichkeit.“

Harper giggelte fröhlich. „Hast du mal in den Spiegel gesehen?“

„Was willst du mir denn damit sagen?“

Sie rümpfte die Nase. „Dass es mehr als eine flapsige Bemerkung braucht, um deine Männlichkeit zu beeinträchtigen. Davon hast du genug.“

„Das klingt in meinen Ohren wie ein Kompliment.“

Über den Rand der Liste sah sie ihn an und schmunzelte. „Kann schon sein.“

„Aha. Das gefällt mir.“

„Das habe ich mir fast gedacht.“

Plötzlich war die Atmosphäre zwischen ihnen erotisch aufgeladen – und zwar so sehr, dass Harper nicht reagierte, als Cameron die Hand ausstreckte und das Blatt Papier an sich nahm. „Was steht denn sonst noch auf deiner Liste?“

Siedend heiß fiel Harper ein, dass sie im Zustand geistiger Umnachtung und absoluter Albernheit ein paar Dinge aufgeschrieben hatte, die weder ihre Eltern noch ein fast fremder Mann wissen sollten.

„Cameron, nicht“, würgte sie hervor und grabschte

wenig elegant nach dem Papier, während ihr Bierglas dabei bedenklich zu wackeln begann. Leider erwischte sie die Liste nicht und musste mit ansehen, wie sie in Camerons Besitz überging.

Er hatte schon zu lesen begonnen und musste bereits bei den eher pikanten Punkten angelangt sein, da seine dunklen Augenbrauen überrascht nach oben zuckten.

Am liebsten wäre Harper in einem Erdloch versunken.

Sein Räuspern machte es nur schlimmer. „Also ... ein paar der Sachen, die hier stehen, sind auch mir neu. Was ist ...?“

„Sag es nicht“, bat sie ihn hastig und kniff die Augen fest zusammen, als könnte das die peinliche Situation entschärfen.

„Wieso?“

„Wieso?“, fragte sie ungläubig nach und öffnete nun doch die Augen, um ihn anzusehen. Aufgeregt raunte sie ihm zu: „Da stehen Dinge drauf, die ... *du weißt schon*!“

„O ja“, bestätigte er inbrünstig und präsentierte das breiteste Lächeln, das sie an ihm je gesehen hatte. Warum musste der Mann auch noch derart perfekte Zähne haben. „Ein paar Dinge habe ich in diversen Pornos gesehen, aber ich hätte nicht gedacht, dass sie auf deiner Liste stehen könnten. Interessant.“

Beschämt legte sie eine Hand über die Augen. „Bitte, Cameron, Themenwechsel!"

Den Gefallen tat er ihr natürlich nicht. „Selbstverständlich würde ich mich nicht nur fürs Stricken und Kochen zur Verfügung stellen, sondern auch ... äh ... hierfür."

„Ha ha!"

Gänzlich unbefangen plauderte er weiter: „Ich persönlich finde, dass es fürs Nacktbaden momentan zu kalt ist, aber bei entsprechender Belohnung würde mich auch dieser Punkt reizen. Vom Sex an ungewöhnlichen Orten ganz zu schweigen."

„Ich war nicht bei mir, als ich die Liste geschrieben habe", verteidigte sie sich mit hochrotem Kopf. „Das darfst du nicht ernst nehmen!"

„Machst du Witze?", wollte er ungläubig wissen. „Ich habe noch nie etwas so ernst genommen wie deine Liste! Sie ist großartig."

„Sie ist vor allem peinlich", jammerte sie und streckte eine Hand aus. „Gibst du sie mir bitte wieder, bevor ich vor Scham im Boden versinke?"

„Süße", raunte er heiser und faltete die Liste zusammen. „Du musst nicht vor Scham im Boden versinken und die Liste bekommst du nicht zurück."

Protestierend öffnete sie den Mund, kam aber nicht dazu, etwas zu sagen, weil Cameron sich über den Tisch beugte, ihr Gesicht in seine Hände nahm und sich plötzlich Nase an Nase zu ihr befand.

„Mir gefallen die Punkte auf deiner Liste und ein paar von ihnen würde ich gerne zusammen mit dir abhaken. Angefangen mit dem perfekten ersten Kuss."

Harper schloss die Augen, als sein Mund ihre Lippen bedeckte und er ihr den Atem raubte. Ein elektrisierendes Kribbeln durchfuhr sie bei der ersten Berührung und ein warmes Gefühl breitete sich wellenartig in ihrem ganzen Körper aus, als seine Lippen zärtlich über ihre glitten. Ihr beider Atem vermischte sich miteinander, als er sanft an ihrer Oberlippe saugte und ihr ein leises Seufzen entlockte. Cameron küsste sie verführerisch und zärtlich zugleich, lockte sie und hüllte sie in einen warmen Kokon, in dem sie sich sicher fühlte. Dazu kamen der Geschmack seiner Lippen und der Duft seiner Haut, der ihr in die Nase stieg und dafür verantwortlich war, dass ihre Knie weich wurden.

Zum Glück saß sie.

Und er hielt Wort, denn diesen Punkt auf der Liste konnte sie jetzt streichen. Dies war nämlich der perfekte erste Kuss. Und Harper glaubte nicht, dass sie jemals einen besseren bekommen würde.

~

„Was ist denn da vorne los?"

Cameron stellte zwei dampfende Becher Kaffee auf dem wackligen Tisch ab und quetschte sich anschließend auf die dick gepolsterte Holzbank zu Harper, die dort auf ihn gewartet hatte, als er an die Bar gegangen war, um für sie beide Getränke zu holen. Er legte ihr einen Arm über die Schulter und zog sie eng an sich. Sofort stieg ihm ihr lieblicher Duft in die Nase.

Er hatte bislang nicht gewusst, dass ein Mensch so gut riechen konnte. Oder dass es sich unerträglich gut anfühlte, einfach nur neben jemandem zu sitzen und den Arm um ihn zu legen.

Langsam senkte er den Kopf und begegnete ihrem Blick. Ihr Lächeln ging ihm durch und durch. Als sie ein Bein über sein Knie legte und sich eng an ihn schmiegte, wurde seine Kehle trocken. Das Gefühl, sie direkt neben sich zu haben, war unbeschreiblich und dafür verantwortlich, dass sein Herz immer wieder auszusetzen schien.

„Father Malcolm gewinnt anscheinend beim Billard", erklärte er ihr und vergrub seine Nase für einen wundervollen Moment an ihrem Scheitel. „Von der Bar aus konnte ich sehen, wie feuchtfröhlich es im Nebenraum zugeht."

„Father Malcolm?"

„Der Gemeindepriester."

„Und der spielt Billard?" Harper wirkte erstaunt.

Cameron gluckste auf. „Das auch. Außerdem ist er ausgesprochen trinkfest, wenn man diversen Gerüchten Glauben schenkt."

„Dabei dachte ich immer, dass insbesondere die Iren sehr trinkfest sein sollen."

Abfällig schnaubte er. „Vergiss die Iren, Harper, wir Schotten vertragen viel mehr Alkohol und sind bei Weitem lustiger als unsere Nachbarn von der grünen Insel."

„Was noch zu beweisen wäre", entgegnete sie kess.

„Ist das eine Herausforderung?"

„Nicht heute." Sie deutete auf den Tisch vor ihnen. „Heute halte ich mich an den Kaffee. Apropos: Danke fürs Holen."

„Gern geschehen."

Sie beide waren von einem Pub zum anderen gezogen und hatten sich einen gemütlichen Platz in der Ecke gesucht, wo sie nebeneinandersaßen, sich ungestört unterhalten und – was am wichtigsten war – einander küssen konnten, ohne dabei von ihren Barhockern zu fallen. Das wäre ihm nämlich beinahe passiert, als er Harper zum ersten Mal geküsst hatte.

Himmel, dieser Kuss hatte es in sich gehabt. Cameron war innerlich zersprungen, als ihr süßer Mund seinen Kuss erwidert hatte und sie leise gegen seine Lippen gestöhnt hatte. Harper war so wunderbar weich und anschmiegsam und versprach all das, was er an Frauen schätzte. Er konnte kaum die Finger von ihr lassen und fand so viele Stellen an ihrem Körper interessant, dass er sie am liebsten sofort erforscht hätte –

angefangen mit der zarten Haut direkt hinter ihrem Ohr, die wunderbar duftete. Nach Frühling und Licht.

Cameron wusste nicht, was nach dem heutigen Tag sein würde, was er jedoch wusste, war, dass er verrückt würde, wenn sie jetzt ginge. Außerdem spukte der Satz seiner Mom ihm ständig durch den Kopf.

Der Mensch ist nicht dafür gedacht, allein zu sein, Cameron.

Die ganze Zeit musste er nur daran denken, dass seine Mom von Harper begeistert wäre. So begeistert, wie er es war.

Er mochte es, wie sie lachte und wie ihre Augen aufleuchteten, wenn ihr etwas gefiel, was er ihr erzählte. Oder mit welchem Interesse sie ihm zuhörte. Alles an ihr war intensiv. Und er war ihr hoffnungslos verfallen. Es war ihm schon immer schwergefallen, sich auf jemanden einzulassen, und verliebt war er bislang nur ein einziges Mal gewesen, aber bei Harper passte alles. Bei ihr fühlte er sich, als habe ihm jemand den Boden unter den Füßen weggezogen und als müsste sein Herz explodieren, wenn sie ihn nur ansah.

Er, Cameron MacAlister, der sich dazu entschieden hatte, ein Einsiedlerleben zu führen und Abstand zu Menschen zu halten, hatte sich Hals über Kopf in eine lustige, warmherzige Frau verliebt, die voller Hingabe Pommes aß und eine Kaffeetasse so akkurat in den Händen hielt, als wäre sie zum Tee bei der Königin eingeladen. Sie verwirrte und faszinierte ihn, und Cameron wollte alles über sie erfahren, was es zu wissen gab.

„Woran denkst du?"

„An dich", antwortete er wahrheitsgemäß. „Was muss ich über dich wissen?"

„Du weißt schon ziemlich viel von mir, würde ich sagen."

„Nachdem ich einen Blick auf deine Liste geworfen habe, würde ich dir in diesem Punkt zustimmen."

Ihr Schnauben war wie Musik in seinen Ohren. „Glaub bloß nicht, dass ich vergessen haben könnte, dass du noch immer im Besitz meiner Liste bist. Das ist fast so ähnlich wie Geiselhaft", beschwerte sie sich.

Cameron lachte leise auf. „Ist es nicht."

„Dann solltest du sie mir vielleicht wiedergeben."

„Erst wenn wir noch ein paar Punkte abgehakt haben."

Harper schwieg und schaute ihn misstrauisch an, bis sie die Stirn runzelte und seufzte: „Ich sage es dir gleich, ich werde nicht nackt baden. Dazu ist es viel zu kalt."

„Meinetwegen." Federleicht streichelte er über die Stelle zwischen ihrer Wange und ihrem Hals. „Es gibt schließlich noch ein paar andere Punkte, die Nacktheit beinhalten."

„Soll das heißen, dass du mit mir *Wahrheit oder*

Pflicht spielen und nackt durch Stornoway laufen willst?", wollte sie in gespielter Unschuld wissen.

Eigentlich hatte er andere Dinge gemeint, die man nackt tun konnte. „Du zuerst!"

Harper wandte sich ihm zu und entzog ihm damit ihren Hals, den er gerade zu erkunden begonnen hatte. Geradezu listig sah sie ihn aus ihren unglaublich blauen Augen an – Augen, die ihn an einen klaren Sommertag in seinem Zuhause erinnerten. Mit Zuhause meinte er nicht sein Cottage, sondern das Haus seiner Eltern in Inverness-Shire, das er schon lange nicht mehr betreten hatte.

„Okay, ich zuerst: Wahrheit oder Pflicht, Cameron?"

„Was?" Er lachte ungläubig. „Willst du das jetzt tatsächlich spielen? Hier?"

„Warum nicht? Schließlich müssen wir ein paar Punkte von meiner Liste abarbeiten – und dieses Spiel habe ich noch nie gespielt. Also? Was wählst du?"

Grinsend legte er den Kopf schief. „Wahrheit, schließlich will ich nicht nackt die Church Street hinunterlaufen müssen."

„Schade", meinte sie und nagte nachdenklich auf ihrer Lippe herum, als sie offenbar nach einer guten Frage suchte. „Hm ... wann hattest du deinen ersten Kuss?"

„Das ist eine ziemlich lahme Frage, also darfst du

mir gleich noch eine stellen", erwiderte er gnädig. „Mit fünfzehn."

„Spätzünder", urteilte Harper amüsiert. „Und wann hattest du zum ersten Mal Sex?"

„Mit fünfzehn", verriet er ihr augenzwinkernd. „Also doch kein Spätzünder, hm?"

„Meinen ersten Kuss bekam ich mit zwölf", erzählte sie auskunftswillig. „Sex hatte ich erst mit neunzehn."

„Spätzünder", wiederholte er ihren Kommentar und wich dem Klaps aus, den sie ihm anscheinend hatte geben wollen. „Jetzt bin ich dran: Wahrheit oder Pflicht?"

„Natürlich Wahrheit! Denkst du, dass ich nackt die Church Street hinunterlaufen will?"

„Ich finde, wir sollten das bei der nächsten Runde ausklammern", schlug er vor. „Keine Nacktheit in der Church Street."

„Und in allen anderen Straßen von Stornoway."

„Abgemacht." Neugierig sah er sie an. „Was ist das Peinlichste, das dir jemals passiert ist?"

„Abgesehen von dem Moment, als du dir meine Liste geschnappt hast?"

„Genau, abgesehen davon."

„Hm." Unruhig rutschte sie neben ihm herum und schien angestrengt nachzudenken. „Ich habe meinen Bruder und meine beste Freundin einmal dabei erwischt, wie sie Sex hatten ..."

„Das zählt nicht“, schmetterte er rigoros ab. „Das muss *ihnen* peinlich sein, aber nicht dir.“

Harper schnalzte mit der Zunge und schenkte ihm einen langen Blick. „Glaub mir, es *war* peinlich, schließlich passierte es zu Halloween. Mein Bruder trug nur einen Willy-Wonka-Hut und Blair war als Känguru verkleidet. Der Anblick hatte etwas Verstörendes an sich.“

Cameron konnte nicht anders, als schallend zu lachen. „Diese Bilder! Hab Erbarmen.“

„Was denkst du denn, wie es mir ging?“, empörte sie sich. „Auch heute noch bekomme ich nervöse Zuckungen, wenn im Fernsehen diese Werbung mit dem hüpfenden Känguru zu sehen ist.“

Glucksend stupste er sie an. „Versuch es noch einmal. Was war dein peinlichstes Erlebnis?“

Plötzlich wirkte sie unsicher und senkte den Blick. An ihrer Kehle konnte er sehen, dass sie schluckte. Cameron ging schon fast davon aus, dass sie nicht weiterreden würde, als sie sehr bedächtig erklärte: „Wenn ich ehrlich sein soll, dann war das in der achten Klasse, als mein Politikkurs nach Washington fahren wollte und unsere Eltern die Fahrt selbst finanzieren sollten.“ Sie lächelte schwach und hob die Schultern in die Höhe. „In dem Jahr war mein Dad für ein paar Monate arbeitslos und wir konnten uns die Fahrt nicht leisten. Als das Geld in der Politikstunde eingesammelt wurde, hatte ich nichts dabei und musste meiner

Lehrerin erklären, warum ich nicht mit nach Washington fahren konnte. Die Schulzicken saßen direkt hinter mir und kringelten sich vor Lachen. Damals wäre ich gerne tot umgefallen."

Obwohl sie lächelte und so tat, als wäre diese Situation damals keine große Sache gewesen, war Cameron klar, dass Harper die Erinnerung viel mehr zu schaffen machte, als sie vermutlich zugeben wollte. Und er verstand es – nicht, weil sein Dad jemals arbeitslos gewesen war, sondern weil es menschlich war, sich in peinlichen Situationen zu schämen.

„Zum Glück bist du damals nicht tot umgefallen", erwiderte er im tröstlichen Tonfall.

„Das denke ich heute auch." Sie hob kurz die Hand und ließ sie dann wieder fallen. „Aber damals habe ich mich schrecklich geschämt."

Er legte ihr eine Hand auf die Wange und schaute ihr ins Gesicht. „Dass dein Dad seinen Job verloren hatte, ist nichts, wofür man sich schämen muss."

„Ich weiß." Sie holte tief Luft. „Teenager können jedoch sehr grausam sein."

Cameron erwiderte nichts, denn wo sie recht hatte, hatte sie nun einmal recht.

Schweigend saßen sie nebeneinander und beobachteten die rege Betriebsamkeit im Pub. Die Stimmung war nicht länger locker und lustig, sondern ernst geworden. Warum hatte er auch nach ihrem peinlichsten Erlebnis fragen müssen? Cameron hätte sich selbst ohrfeigen können. Das kam davon, wenn man keine Ahnung mehr hatte, wie man mit einer Frau flirten musste ...

Harper unterbrach seine Gedanken, indem sie seine Hand nahm und auf ihren Schoß zog und sich räusperte. „Du bist wieder dran. Wahrheit oder Pflicht?"

„Willst du wirklich weiterspielen?"

„Unbedingt." Sie lehnte sich gegen seine Schulter. Aus dieser Position warfen ihre Wimpern Schatten auf ihre Wangen. „Eine Runde reicht noch lange nicht."

„Okay, ich nehme Pflicht." Cameron seufzte gottergeben. „Hab ein Herz und lass mich nicht nackt irgendwo herumrennen."

Ihre Mundwinkel kräuselten sich. Aber anstatt ihm zu befehlen, die Klamotten von sich zu werfen, flüsterte sie ihm zu: „Ich hätte gerne noch einmal einen perfekten ersten Kuss."

Darum musste sie ihn nicht zweimal bitten.

Cameron legte seine Hand auf ihren Hinterkopf, stützte ihn und senkte den Mund, um sie auf die vollen Lippen zu küssen. Dieses Mal lief er nicht Gefahr, von seinem Barhocker zu fallen, sondern konnte sich dicht an Harper schmiegen und fühlte sie nah an seinem Körper.

Die Geräusche um ihn herum verschwammen und sein ganzes Sein konzentrierte sich nur auf Harper. Ihr weicher Mund machte ihn verrückt – ebenso wie ihr süßer Geschmack, als sich ihre Zungen begegneten und umeinander herumtanzten. Einander neckten. Und sich vereinigten. Er bekam einfach nicht genug von ihr und liebte es, wie sich ihr Haar in seinen Fingern anfühlte.

Dazu kamen die kleinen lustvollen Töne, die sie von sich gab.

Wenn er nicht aufpasste, würde er sich tierisch blamieren ...

„Was sehen meine entzückten Augen?“ Die lautstarke Stimme von Father Malcolm drang an sein Ohr und sagte ihm, dass der Priester nicht nur direkt vor ihnen stehen musste, sondern dass er auch gute Laune zu haben schien und gerade erst damit angefangen haben musste, ein Bierchen zu trinken. Der gute Kirchenmann lallte nämlich noch kein bisschen.

Geradezu widerstrebend löste er den Mund von Harper und beendete den Kuss.

Und tatsächlich: Father Malcolm stand vor ihnen, hielt zwei volle Gläser Bier in den Händen und grinste zufrieden. Außerdem sah er so gar nicht nach einem Priester aus, schließlich trug er alte Jeans und einen unförmigen, dunklen Pullover.

„Father.“

„Cameron.“ Er nickte Harper zu, deren Hand auf seinem Knie lag und die sich eng an ihn kuschelte.

Obwohl Cameron ein erwachsener Mann war, der seit Ewigkeiten keine Kirche mehr von innen gesehen hatte, fühlte er sich augenblicklich schuldig und ertappt, von einem Priester beim Knutschen unterbrochen worden zu sein.

Dass der Priester kein Kind von Traurigkeit war, bewies er, als er die beiden Biergläser auf dem Tisch abstellte und augenzwinkernd vorschlug: „Warum stellst du mir deine Freundin nicht vor? Das wäre eine nette Ablenkung zu den miesepetrigen Kerlen dahinten, die nicht verlieren können. Wenn ich mir Gezeter hätte anhören wollen, wäre ich längst verheiratet und würde nicht im Zölibat leben."

Cameron kannte die flapsige Art des Priesters. Harper jedoch nicht. Sie lachte erschrocken auf und verstummte gleich darauf.

„Father, das ist Harper ..." Er hielt inne, weil ihm auffiel, dass er ihren Nachnamen nicht einmal kannte. Das wäre peinlich geworden, wenn sie die Situation nicht mit einem charmanten Lächeln gerettet und dem Priester die Hand hingehalten hätte.

„Sehr erfreut, Sie kennenzulernen, Father Malcolm."

„Ebenfalls erfreut, Harper." Er erwiderte den Handschlag. „Sie kommen aber nicht von hier, oder?"

„Ich bin aus Seattle. Hat mich mein Akzent verraten?"

„So ziemlich." Er musterte sie beide. „Wir sind noch auf der Suche nach ein paar Mitspielern, aber ihr seht beschäftigt aus."

„Kann man so sagen", ließ sich die Frau neben Cameron amüsiert vernehmen. „Das tut uns leid."

„Tut es nicht", widersprach Cameron und legte einen Arm um sie.

Father Malcolm prustete vergnügt. „Wenn ich jemandem von euch die Beichte abnehmen soll, dann sagt es jetzt. Später muss ich mich aufs Billardspielen konzentrieren."

„Ich glaube, wir kommen auch ohne Beichte aus."

„Um ehrlich zu sein, wäre eine Beichte an einem Freitagabend auch ziemlich kontraproduktiv", witzelte Harper an seiner Seite. „Die Nacht ist schließlich noch jung."

„Die Einstellung gefällt mir", erwiderte der Priester und zwinkerte ihnen zu.

„Mir auch", stimmte Cameron ihm zu und schaute wieder in Harpers Gesicht. Als sich ihre Blicke begegneten, stellte er fest, dass ihr Lächeln kokett und einladend war. Tausend verschiedene Möglichkeiten machten sich in seinem Kopf breit

„Nur zur Info", drang Father Malcolms Stimme an sein Ohr. „Falls ich in neun Monaten ein Baby taufen soll, sollten wir vorher Hochzeit feiern. Ich liebe Hochzeiten, aber leider ist die letzte schon etwas her. Falls ich euch also behilflich sein kann, lasst es mich wissen."

Harper lachte wieder fröhlich auf. „Wir werden daran denken."

„Das hoffe ich, mein Kind." Der Priester hob die

beiden Gläser wieder hoch. „Und jetzt entschuldigt mich: Angus McGillivray hat ein paar Scheinchen in seinem Portemonnaie, auf denen mein Name steht."

„Viel Glück", verabschiedete Harper ihn. „Ich bete für Sie."

„Nicht nötig, Kindchen. Billard spiele ich wie ein junger Gott."

„Ein lustiger Kerl, euer Priester", urteilte sie, nachdem der Father verschwunden war.

„Mhm." Nachdenklich sah er auf ihren Scheitel und strich mit seiner Hand gleichzeitig über ihren Arm.

Der Priester hatte einen Witz gemacht, als er übers Heiraten gesprochen hatte. Er hatte lustig sein wollen, aber seine Worte hatten Cameron zum Nachdenken gebracht. Normalerweise war er kein allzu impulsiver Mensch – gefühlsbetont war er auch nicht übermäßig. Allein in Harpers Gegenwart änderte sich das.

Er war verrückt nach ihr und zerbrach sich den Kopf darüber, wie er sie nicht gehen lassen musste, seit dem Moment, als sie beinahe auf die Straße gelaufen wäre und er sie gepackt hatte, um sie zurück auf den Bürgersteig zu heben. Jene Berührung und der vertrauensvolle Blick aus ihren großen blauen Augen …

Seither war er ihr mit Haut und Haaren verfallen.

Und jetzt gab es vielleicht doch die Chance, sie nicht bereits nach einem Tag zu verlieren.

Es war verrückt, leichtfertig, übergeschnappt und

sicherlich auch vorschnell – und doch fühlte es sich richtig an.

„Wahrheit oder Pflicht? Du bist dran“, forderte er sie auf und hörte, wie seine Stimme vor Anspannung vibrierte.

„Pflicht – fair ist fair“, erwiderte Harper und platzierte ihre Hand auf seinem Oberschenkel. Von der Anspannung in seiner Stimme hatte sie offenbar nichts mitbekommen. „Aber gib dir bitte Mühe.“

O ja, das würde er. Cameron räusperte sich und verlangte leichthin: „Heirate mich.“

Ganze zehn Sekunden herrschte Stille. Dann begann Harper zu lachen, als wäre er der Komiker aller Komiker, und klopfte ihm auf den Schenkel.

„Guter Witz ...“

„Das war kein Witz.“

„Natürlich.“ Sie gluckste und zwinkerte ihm zu.

„Es war kein Witz, Harper.“

Sie verstummte und wirkte fassungslos. „Was? Ich soll ... *was?*“

„Mich heiraten“, antwortete er schlicht. „Father Malcolm hat gesagt ...“

„Father Malcolm wollte witzig sein! Er meinte es nicht ernst.“ Mit großen Augen starrte sie ihn an. „Wieso .... Ich meine ... Nimmst du mich auf den Arm?“

„Nein, tue ich nicht.“ Er strich ihr eine Strähne aus der Stirn. „Ich finde, das ist sogar eine super Idee.“

„Aber ...“

„Steht nicht auf deiner Liste, dass du spontan sein willst?"

Harper runzelte die Stirn. „Spontan, ja, aber dein Vorschlag ist ... verrückt."

„Verrückt ist gut. Wann hast du das letzte Mal etwas Verrücktes getan?"

Sie sah ihn an, schnaubte und musste gleichzeitig vor Schreck lachen. Es war ein merkwürdiges Geräusch, aber Cameron fand es großartig.

„Cameron ..."

„Hey", unterbrach er sie sanft. „Wir könnten Father Malcolm bitten, uns zu trauen, und fahren anschließend zu mir nach Hause, um damit anzufangen, ein paar Punkte von deiner Liste zu streichen."

„Wir sollen wegen meiner Liste heiraten?"

„Unter anderem."

Verwirrt flüsterte sie: „Warum? Warum willst du, dass wir heiraten?"

Er schluckte schwer und hatte selbst keine genaue Antwort auf ihre Frage. Cameron wusste, wie irrwitzig und verrückt sein Vorschlag war. Nur war da diese Furcht, einen großen Fehler zu machen, wenn er Harper gehen ließ – wenn er den Menschen gehen ließ, der ihn zu verstehen schien und den er an sich heranlassen wollte.

Und dann gab es da noch immer die Stimme seiner Mom.

„Ich will, dass wir heiraten, weil ich in zehn oder

zwanzig oder sogar in fünfzig Jahren nicht bereuen möchte, nicht ein Mal etwas Verrücktes getan zu haben, was sich verdammt gut angefühlt hat", raunte er ihr zu. „Und weil ich Hals über Kopf in dich verliebt bin und glaube, dass es dir auch so geht."

Zittrig verzogen sich ihre Lippen zu einem unsicheren Lächeln. „Bei dir klingt das ziemlich ... einleuchtend – und erschreckend."

„Es ist einleuchtend und erschreckend", gab er zu. „Manchmal muss man alles auf eine Karte setzen, Harper."

Lange sah sie ihn an – so lange, dass er davon ausging, einen Korb zu bekommen.

Doch zu seiner Überraschung nickte sie, wenn auch langsam. „Okay, aber sag mir zuerst, wie dein Nachname lautet."

KAPITEL 5

Harpers To-do-Liste:

~~Ins Auto steigen und einfach losfahren~~

~~Spontan sein~~

~~Den perfekten ersten Kuss bekommen~~

Heißen, wilden Sex haben

Es war stockfinster, kalt und verdammt spät – und sie war verheiratet.

Harper saß in Camerons Wagen, der von innen erschreckend sauber war, wenn man das Äußere bedachte, und beobachtete atemlos, wie ihr Ehemann durch die pechschwarze Nacht fuhr.

Ihr Ehemann.

Sie musste schlucken und fragte sich, wo der rationale Teil von ihr geblieben war, der niemals, aber wirklich niemals einen Mann geheiratet hätte, den sie erst seit ein paar Stunden kannte. Der rationale Teil, der immer der dominanteste gewesen war, hatte sich kein einziges Mal zu Wort gemeldet, als Cameron eine Heirat vorgeschlagen hatte. Zwar hatte Harper protestiert und wirklich gedacht, dass es verrückt sei, wenn sie auch nur mit der Idee spielten, einander zu heiraten, aber dann ...

Dann hatte Cameron etwas gesagt, was ihr zu denken gab.

Nein, sie wollte später nicht auf ihr Leben zurücksehen und die Dinge bedauern, die sie nicht getan hatte, weil sie rational betrachtet keinen Sinn ergeben hatten. Harper wollte damit anfangen, auf ihr Bauchgefühl zu hören und intuitiv zu sein. Und ihr Bauchgefühl hatte ihr gesagt, dass Cameron vielleicht wirklich der Richtige war. Sie war verliebt in ihn und er war verliebt in sie.

Warum sollte sie also nicht alles auf eine Karte setzen?

War es nicht egal, wie lange man jemanden kannte, wenn man das Gefühl hatte, sich ohne denjenigen einsam zu fühlen?

Also hatte sie ihn geheiratet – im Billardzimmer eines schottischen Pubs, während ein Priester in Siegerlaune sie beide zu Mann und Frau erklärte und ihr Trauzeuge sich beschwipst gegen den Billardtisch gelehnt hatte, um nicht umzukippen. Es hatte weder einen Empfang mit Champagner und Kanapees gegeben noch vergoldete Tischkärtchen, auf die sie vor ein paar Tagen großen Wert gelegt hatte. Stattdessen hatte sie Jogginghosen getragen und mit Ale angestoßen. Aber sie war glücklicher, als sie es irgendwann während ihrer gesamten Hochzeitsplanung oder während ihrer Beziehung mit Grant gewesen war.

Ja, es war verrückt und gleichzeitig wunderbar.

Es gab viele offene Fragen, aber die interessierten sie nicht, denn Harper hatte entschieden, sich zum ersten Mal in ihrem Leben treiben zu lassen und keine Pläne mehr zu schmieden.

Nun, sie hatte einen Plan, aber der betraf ihren Mann und völlige Nacktheit.

„Wieso kicherst du?"

Überrascht blickte sie auf.

Cameron warf ihr von der Seite einen fragenden Blick zu. Eigentlich hatte sie gar nicht gemerkt, dass sie kicherte, als sie über die restliche Abendgestaltung nachdachte. Aber wie hätte sie nicht daran denken sollen, wenn er direkt neben ihr saß, dabei derart lässig und vor allem sexy aussah und mit lockerer Hand den Geländewagen lenkte? Immer wieder konnte sie nicht anders, als seine großen Hände mit den kräftigen Handgelenken zu bewundern oder seine eleganten Finger mit den kurz geschnittenen Nägeln zu betrachten. Und sobald ihr Blick höher wanderte, kam sie in den Genuss, seine nackten

Unterarme zu studieren, da die Ärmel seines Flanellhemdes bis zu den Ellenbogen hochgekrempelt waren.

Er war durch und durch männlich, groß und kraftvoll. Ein richtiger Kerl, wie ihre Großtante Stella gesagt hätte, wenn sie ihn kennengelernt hätte – was sie sicherlich irgendwann auch tun würde.

Von seiner Kraft zeugten auch die Muskeln, die überall zu sehen waren, ohne dass Cameron sie zur Schau trug. Am offenen Hemdkragen, dort, wo das Schlüsselbein und der Hals aufeinandertrafen, verliehen gewölbte Muskelpartien ihm eine auffallende Silhouette. Von seinen breiten Schultern ganz zu schweigen. Und auch die Unterarme, die Harper in stummer Faszination immer wieder anstarren musste, bewiesen, dass Cameron anpacken konnte. Unter seinen blonden Haaren waren ausgeprägte Sehnen zu erkennen, die davon kommen mussten, dass er körperlich arbeitete.

Der Drang, die Adern auf seinen Unterarmen nachzufahren, wurde immer größer, und die Bilder in ihrem Kopf, die ihn und sie schweißbedeckt, nackt und stöhnend in einem Bett zeigten, waren so allgegenwärtig, dass ihr Höschen bald in Flammen aufgehen würde.

Das wollte sie ihm aber nicht verraten, sondern log leichthin: „Ach, ich musste nur daran denken, dass Angus während der Zeremonie Schluckauf bekam."

Vermutlich war es nicht besonders toll, ihre Ehe mit einer Lüge zu beginnen, aber so eng sah Harper das Ganze nicht.

„Auf jeden Fall wurde es nicht langweilig." Er zwinkerte ihr zu und gab gleich darauf mit ruhiger Stimme einen Befehl, als Max ein leises Grollen von sich gab und aus dem Fenster sah. Der Hund wurde still und ließ sich wieder auf die Rückbank sinken.

Sie hatten den Border Collie soeben bei Camerons Nachbarn abgeholt.

Der Begriff Nachbar passte in diesem Fall nicht unbedingt, schließlich fuhren sie seither gute zehn Minuten durch die totale Einsamkeit.

Der hübsche Rüde hatte sich fast vor Freude überschlagen, als er sein Herrchen begrüßt hatte, und hatte sich dann schwanzwedelnd von Harper streicheln lassen, bevor er folgsam ins Auto gehüpft war. Bislang hatte er ruhig auf der Rückbank gelegen, ein paarmal den Kopf gehoben und in Richtung Seitenfenster geknurrt. Wie Cameron ihr erklärt hatte, hielt sich Max für einen Wachhund, obwohl er ein Hütehund war, und gab immer Laut, wenn er etwas hörte. Harper nahm sich vor, sich mit dem Hund anzufreunden, und glaubte, dass dies nicht sehr schwer sein würde, da Max bei ihrem Kennenlernen freundlich und aufgeweckt gewirkt hatte.

Apropos Nachbarn.

„Du bist sicher, dass dein Nachbar mein Auto aus Stornoway mitbringen wird, Cameron?"

„Lachlan fährt morgen ganz früh in die Stadt und nimmt seinen Sohn Patrick mit. Die beiden werden dein Auto mitbringen und es uns vor die Tür stellen", beruhigte er sie. „Keine Sorge. Ich denke, dass Lachlan dein Auto fahren und Patrick den Geländewagen nehmen wird. Der Junge ist gerade achtzehn geworden."

„Dann ist er Fahranfänger?"

„Wohl kaum." Cameron schien sich köstlich zu amüsieren. „Auf dem Land nimmt man es nicht so genau mit dem gesetzlich vorgeschriebenen Alter fürs Führen eines Kraftfahrzeugs. Patrick wird schon ziemlich viel Fahrpraxis vorweisen können."

„Sonderlich beruhigend klingt das nicht."

Als Antwort lachte er nur.

Erst hatte Harper es albern gefunden, dass er sie nicht ihr Auto hatte fahren lassen wollen und darauf bestand, es in Stornoway stehen zu lassen. Doch nach der Fahrt durch die stockfinstere Nacht war sie froh, dass sie nicht hatte fahren müssen. Cameron schien jede Kurve und jede Bodenschwelle zu kennen, aber sie wäre auf den teilweise unbefestigten Straßen ohne Straßenbeleuchtung verloren gewesen.

„So, in einer Minute sind wir da", verkündete er, als sie den Gipfel eines Hügels passierten und die Straße hinunterfuhren.

Leider konnte Harper nicht viel sehen, weil Halbmond war und weil dieser von Wolken verdeckt wurde, jedoch erkannte sie ein weites Tal, das sich vor ihnen erstreckte, und erahnte einen See sowie die Umrisse eines Hauses, das mitten in dieser atemberaubenden Einsamkeit stand. Ansonsten herrschte lediglich dunkle Nacht. Sie konnte nicht erwarten, wie der Anblick bei Tageslicht sein würde.

Cameron drosselte die Geschwindigkeit, als sie über eine Schotterstraße fuhren und dem Cottage näher kamen. Jetzt wurden die Umrisse des Cottages auch immer deutlicher – ein zweistöckiges Gebäude mit einem dicken Steinkamin an der linken Seite.

„Ich hoffe, es gefällt dir", kam es zurückhaltend von Cameron, als er auf den Hof des Cottage fuhr. „Zum Glück habe ich vorgestern aufgeräumt."

„Es ist wunderschön", erwiderte sie sanft, auch wenn sie nicht viel erkennen konnte.

Kaum hatte sie den Gedanken beendet, schaltete sich die Außenbeleuchtung ein und ermöglichte Harper einen Blick auf Camerons Zuhause.

Es *war* wunderschön, idyllisch und romantisch.

Cameron parkte den Wagen direkt vor dem Cottage, das Harper neugierig durch die Windschutzscheibe betrachtete. Als er gesagt hatte, dass das Haus Geschichte besaß, hatte er recht gehabt. Das Cottage bestand aus dicken Steinmauern, kleinen Fenstern mit hell gestrichenen Fensterläden und Dachziegeln aus

Holz – jedenfalls sahen sie so aus. Es war um einiges hübscher, als sie es sich vorgestellt hatte.

Offenbar hielt Cameron ihre Schweigsamkeit nicht für Begeisterung, da er entschuldigend murmelte, während er den Motor ausschaltete: „Der Stall kommt als Nächstes dran. Ich weiß, er macht noch nicht viel her, aber ..."

„Es ist wunderschön", unterbrach sie ihn und hatte den hölzernen Stall neben dem Cottage noch gar nicht wahrgenommen, weil sie nur Augen für das steinerne Gebäude besessen hatte.

„Also gefällt es dir?"

„Ja, es gefällt mir", flüsterte sie und beugte sich nach rechts, um ihn zu küssen. Aus dem flüchtigen, zärtlichen Kuss wurde prompt ein leidenschaftliches Vorspiel ihrer Zungen, bis das Licht der Außenbeleuchtung ausging und Max ein Fiepen hören ließ.

Harper zog den Kopf zurück und schnappte nach Luft, weil der Kuss ihr förmlich den Atem geraubt hatte.

„Sollen wir reingehen, damit ich dir das Haus von innen zeigen kann?"

„Das wäre eine gute Idee", flüsterte sie zurück und sah voller Befriedigung, dass seine Hand leicht zitterte, als er ihr über die Wange streicheln wollte.

Von innen war das Cottage genauso gemütlich, wie es von außen den Anschein hatte. Und Cameron hatte recht behalten, denn alles war aufgeräumt und sauber.

Während er seine und ihre Tasche hineintrug, sah sich Harper im Wohnzimmer um – einem Raum mit tiefer Decke und wuchtigen Holzbalken sowie einem alten Fußboden, der unter ihren Füßen knarrte. Es war kein sonderlich großer Raum und am Tag würde durch die kleinen Fenster wenig Licht hereinkommen, aber Harper verfiel dem Charme des Häuschens augenblicklich. Am schönsten fand sie den riesigen Steinkamin, der den Raum dominierte und vor dem ein gemütliches Sofa stand. Max machte sofort klar, wo sein Platz war, als er sich in den Hundekorb gleich neben dem Kamin legte, sie ansah und mit seinem Schwanz wedelte.

Lächelnd schlüpfte sie aus ihrer Jacke und entdeckte neben dem Kamin ein winziges Sideboard, auf dem ein Fernseher stand. Irgendwie fand sie den Anblick des Fernsehers und der DVD-Hüllen daneben beruhigend. Langsam schlenderte sie zur gegenüberliegenden Wand, an der ein Holztisch mit vier Stühlen stand, und betrachtete das gut gefüllte Buchregal neben der kleinen Treppe, die in die obere Etage führte und die mit Teppichstufen ausgestattet war. Die Küche befand sich im rechten Teil des Cottage, wie Harper nach einem Blick durch die offene Tür am Ende des Flurs inklusive Windfangs feststellte.

Es war nicht sonderlich warm im Haus, auch wenn es nicht kalt war, jedoch hätte ein schönes Feuer im Kamin die Kühle vertrieben, die Harper frösteln ließ.

„Ist dir kalt?“ Plötzlich stand Cameron hinter ihr und umfasste ihre Oberarme mit seinen warmen Händen.

„Ein bisschen“, gab sie zu und schmiegte ihren Rücken gegen seine Brust.

Seine Arme schlangen sich wie auf Kommando um ihren Oberkörper. Langsam senkte er den Kopf, sodass sie Wange an Wange dicht beieinanderstanden. Es war romantisch, wie er sie hielt, und gleichzeitig weckte er ihre Lust, als seine Hände über ihre Taille streichelten und er den Atem mit einem tiefen Seufzen ausstieß.

Verwirrt über diese verschiedenen Gefühle schluckte sie schwer und legte ihre Hände beinahe zögerlich auf seine. Vermutlich wollte sie mit dieser Geste eher sich selbst davon abhalten, sich auf ihn zu stürzen und den armen Max wegen ausuferndem Menschensex zu traumatisieren.

Verständnisvoll fragte Cameron: „Du musst müde sein. Möchtest du schlafen gehen?“

Vermutlich hätte sie wirklich müde sein müssen, da ihr Schlafdefizit beinahe mörderische Ausmaße annahm, aber sie war nicht müde. Viel eher war sie aufgekratzt und aufgeregt. Und sie wollte nicht schlafen gehen.

Noch nicht.

„Eigentlich …“ Sie stockte, weil irgendetwas sie hemmte, ihrem frisch angetrauten Mann zu sagen, dass sie heißen Sex von ihm wollte.

„Eigentlich?“

Langsam drehte sie sich in seiner Umarmung um und schlang ihm die Arme um den Hals, während seine Hände tiefer glitten und sich um ihre Taille legten.

Wohlig erschauerte sie, sobald sie seinen dunklen Blick wahrnahm und merkte, dass jeder Funke Überschwang aus seinem Gesicht gewichen war. Stattdessen schien er sich komplett auf sie zu konzentrieren. Und er fixierte ihren Mund.

Jetzt war ihr nicht mehr kalt, sondern heiß.

„Wieso zeigst du mir nicht die obere Etage, Ehemann?“, flüsterte sie gegen seine Lippen und ließ ihren Mund über seine Wange bis zu der verlockenden Mulde direkt unter seinem Ohrläppchen wandern.

Als sie mit der Zunge über die leicht salzige Haut leckte, registrierte sie seine kräftige Schluckbewegung und grinste inwendig.

Harper raunte bedauernd: „Es sei denn, du bist müde und willst schlafen gehen.“

Ein Schnauben drang aus seinem Mund. „Ganz sicher nicht!“

„Das ist gut.“

„Ich wollte nur rücksichtsvoll sein, Ehefrau.“ Seine Hände glitten langsam und bedächtig über ihre Hüften und legten sich auf ihren Po. Augenblicklich begann sich ein prickelndes Sehnen zwischen ihren Beinen zu entfalten. Es begann in ihrem Magen und breitete sich von da an tiefer aus. Ganz automatisch rieb sie ihre Oberschenkel aneinander.

Endlich küsste er sie und legte dabei so viel Begehren und unterdrückte Leidenschaft in den Kuss, dass ihr schwindelig wurde.

Harper spürte, wie seine Zunge in ihren Mund glitt und ihre neckte, lockte und verführte. Sie stellte sich auf die Zehenspitzen, um ihm näher zu sein, und genoss das Gefühl seiner harten Muskeln und der unglaublichen Hitze, die er ausstrahlte. Gleichzeitig küssten sie sich wie entfesselt.

Etwas Wildes und Überwältigendes braute sich in ihr zusammen. Vielleicht kam es davon, dass ihre Brüste voll und schwer wurden, sobald sich ihre harten Nippel an seiner Brust rieben. Vielleicht hatte es auch etwas damit zu tun, dass sie bereits feucht war, weil sie seine Erektion durch seine Jeans und ihre Jogginghosen hindurch spüren konnte. Vielleicht waren es aber auch dieser leidenschaftliche Kuss, mit dem er sie verschlang, und seine geschickten Hände, die jede noch so sensible Stelle fanden, als sie unter ihr Shirt fuhren.

Sie klammerte sich an seine Schultern, während ihr Herz unkontrolliert in ihrer Brust hämmerte.

Camerons raue Fingerspitzen streichelten über ihren nackten Rücken und jagten einen gewaltigen Schauer über ihre Haut.

„Du fühlst dich gut an“, raunte er heiser gegen ihre Lippen und saugte anschließend an ihrer Unterlippe.

Harpers Knie knickten ein, als das Verlangen nach ihm heiß durch ihre Adern schoss. Sie protestierte nicht, als Cameron ihr das Shirt über den Kopf zog und einfach hinter sich warf. Jedoch revanchierte sie sich, indem sie die Knöpfe seines Hemdes öffnete.

Ihre Augen brannten, sobald er mit nackter Brust vor ihr stand.

Bedächtig schob sie ihm das Hemd über die Schultern und betrachtete fasziniert die Hügel und Täler auf seiner Brust sowie seine starken Arme. Kurzes Haar wuchs auf seiner breiten Brust und verjüngte sich abwärts in einen dünnen Strich, der über wohlgeformte Bauchmuskeln führte, bis er unter der Jeans verschwand.

Knapp oberhalb seiner Jeans konnte Harper das weiße Bündchen seiner Boxershorts erkennen.

Sie machte einen Schritt auf ihn zu und senkte den Kopf, um ihm einen Kuss auf den Oberarm zu drücken.

Der Duft seiner Haut war außergewöhnlich – würzig, stark und männlich. Obwohl ihre Hände vor Aufregung zitterten, hakte sie beide Zeigefinger in zwei Gürtelschlaufen seiner Jeans und zog ihn so nah an sich, dass sich ihre Oberkörper berührten. Das fühlte sich fantastisch an – seine heiße Haut an ihrer.

Von unten sah sie zu ihm auf und öffnete gleichzeitig den obersten Knopf seiner Jeans.

Etwas zuckte in seinem Gesicht, während er mit

unverstellter Lust in der Stimme krächzte: „Baby, was tust du da?"

Der Klang seiner Worte war wie eine Liebkosung auf ihrer Haut. „Ich will meinen Mann ausziehen", erwiderte sie flüsternd und legte ihre Hände auf seine Brust, nachdem sie den Hosenschlitz geöffnet hatte. So schnell wollte sie nicht aufs Ganze gehen. Zuerst wollte sie alles an ihm kennenlernen, was er zu geben hatte.

Es war erregend, seinen starken Oberkörper unter ihren Händen zu fühlen und zu spüren, wie sich seine Muskelstränge zusammenzogen, nur weil sie ihn berührte. Das war ihr Werk. Sie hatte diese Macht über ihn. Und sie brachte ihn auch zum Stöhnen, als ihre Finger über die straff gespannte Haut an seinem Bauch streichelten.

„Das bringt mich um", flüsterte er heiser. „Du bringst mich um."

„Ich mach doch gar nichts", protestierte Harper und leckte über seine Kehle. Das hatte sie schon den ganzen Abend über machen wollen. Weil sie dicht vor ihm stand, merkte sie, dass sein Penis immer härter wurde.

Seine Erregung stand ihrer anscheinend in nichts nach.

Cameron brummte tief in der Kehle und umfasste mit seinen starken Händen ihre Taille, bevor er einen winzigen Schritt zurückmachte. Langsam glitten seine Hände wieder höher, bis er sie über ihren Rippen ausstreckte und sich zu ihren Brüsten vorarbeitete. Träge umkreiste er mit seinen Daumen ihre steinharten Nippel, die sich fordernd gegen den Stoff ihres BHs pressten.

Harpers Augen wurden schwer und ihre Erregung wuchs von Sekunde zu Sekunde an. Cameron wusste genau, wann er den Druck steigern und wann er mit hauchzarten Berührungen über ihre Nippel streichen musste. Heiße Lust schoss blitzartig dorthin, wo sie bereits feucht war. Zittrig versuchte sie, ihren Atem zu kontrollieren und nicht einfach wegzuknicken, als er nun selbst den Kopf senkte.

Mit leicht geöffnetem Mund verfolgte Harper, wie er seinen Kopf immer weiter nach unten senkte, bis er ihre Nippel durch den schwarzen Stoff ihres BHs leckte.

Ekstatisch schnappte sie nach Luft und stöhnte gleich darauf tief auf. Sein feuchter, heißer Mund schloss sich erst um den rechten Nippel, saugte ihn in seine Mundhöhle und knabberte anschließend zärtlich an ihm. Dann wechselte er die Seite.

Harper machte ein Hohlkreuz und hob sich ihm in dem Wunsch entgegen, dass er nicht mit dem aufhörte, was er gerade tat. Leise schrie sie auf, als sich die Lust immer weiter steigerte, und griff mit einer Hand in sein Haar. Nur im Hinterkopf hoffte sie, ihm sein weiches, wundervolles Haar nicht auszureißen. In ihrem Kopf war nicht genug Platz, um daran mehr als einen winzigen Gedanken zu verschwenden.

Immer wieder saugte er an ihren empfindlichen Brustwarzen, die mittlerweile so hart waren, dass es fast schmerzte.

Als Cameron dann auch noch den BH zur Seite schob und mit seiner rauen Zunge direkt über ihren Nippel leckte, ohne dass sich Stoff dazwischen befunden hätte, glaubte Harper, auf der Stelle zu kommen.

Vorsichtig schob er die Träger ihres BHs über ihre Schultern nach unten. Dabei blieb der Spitzensaum an ihrer harten linken Brustwarze hängen und verursachte eine Reibung, die Harper kaum aushielt. Sie presste die Beine zusammen und stieß ihre Finger in Camerons Arm. Nur der Gedanke, dass sie sich nackt mit ihm im Bett herumwälzen wollte, hielt sie davon ab, hier im Flur direkt am Fuß der Holztreppe einen wahnsinnigen Orgasmus zu haben.

„Nach oben", brachte sie mühsam hervor. Vor ihren Augen verschwamm sein Gesicht vor Lust und Leidenschaft.

Glücklicherweise war ihr Mann ein schlauer Kerl, der wusste, wann er nicht mit einer Frau diskutieren sollte. „Das wollte ich auch gerade vorschlagen."

Dass seine Stimme ebenso verzerrt und heiser klang wie ihre, gab ihr ein willkommenes Gefühl von Macht. Die Erkenntnis, diesen starken, großen Mann zu erregen und ihn den Kopf verlieren zu lassen, war ein wundervolles Kompliment.

Sie wollte sich umdrehen und die Treppe hinaufsteigen, als er plötzlich ihren Ellenbogen umfasste und flüsterte: „Ich habe etwas Wichtiges vergessen."

„Was ...?" Erschrocken quietschte sie auf, als er sie abrupt in die Höhe stemmte und einen Arm unter ihre Kniekehlen schob, während er mit dem anderen Arm ihren Rücken stützte. Sie hing in der Luft und wurde mühelos von ihrem starken Ehemann getragen, dessen Hose offen war. „Was tust du da?"

Er atmete nicht einmal schwer, als er sie die steilen Treppen in die obere Etage trug. Stattdessen schaute er ihr intensiv in die Augen. „Eigentlich hätte ich dich schon über die Türschwelle tragen sollen."

„Und stattdessen trägst du mich ins Bett?"

Seine hellbraunen Augen, die sich in den letzten Minuten verdunkelt hatten, leuchteten voller Vorfreude auf. „Stimmt genau. Das hat doch auch etwas für sich."

„Unbedingt", entgegnete sie mit leiser Stimme und hob eine Hand in seinen Nacken, um ihre Finger durch sein Haar wandern zu lassen.

Harper war so gebannt von ihm, dass sie gar nicht auf ihre Umgebung achtete.

Sie wusste nur, dass er sie in ein Schlafzimmer mit Dachschräge trug, in dem ein großes Doppelbett mit dicken Federkissen und Decken stand.

Kaum hatte Cameron sie vor dem Bett wieder auf die Füße gestellt, verlor sie nicht nur endgültig ihren BH, sondern auch die Jogginghose und ihr Höschen. Energisch zog sie an seinen Jeans und den Boxershorts und stürzte sich gleich darauf auf seinen Mund.

Während sie sich einen tiefen, heißen Kuss gaben, fielen sie zusammen aufs Bett und wälzten sich förmlich auf der Matratze herum. Ihre Körper rieben sich aneinander und lernten sich auf diese Weise kennen.

Seine Hände waren überall – kosteten, neckten und entdeckten.

Harper war vollends damit beschäftigt, sich auf das Gefühl zu konzentrieren, das seine harte Brust an ihren Brüsten hervorrief, und ihren Bauch gegen den harten Penis zu reiben, der zwischen sie geraten war.

Als sie jedoch die Hand ausstreckte, seine Erektion umfasste und Cameron Lust bereiten wollte, fand sie sich auf dem Rücken wieder.

Schwer atmend beugte sich ihr Mann über sie. „Du schaffst es, dass ich mich wie ein Schuljunge blamiere, Süße."

Feixend legte sie den Kopf schief und registrierte voller Befriedigung, dass sein heißer Blick zu ihren Brüsten glitt. Er schaffte es, dass sie sich begehrenswert, sexy und schön fühlte – das war bislang keinem Mann gelungen. „Das, was ich gerade in der Hand hatte, war zu groß für einen Schuljungen, Ehemann."

Seine Augen glühten auf, bevor er sie wieder küsste.

Cameron presste sich an sie, legte sich auf sie und hatte auf einmal ein Kondom in der Hand, das er über seinen Penis zog.

Als er in sie eindrang, hielt Harper den Atem an. Dass sie sich dabei in die Augen sahen, war so intim, dass sich Harper völlig verbunden mit ihm fühlte. Sie keuchte vor Lust und hörte durch das Rauschen in ihren Ohren, dass Cameron den Laut erwiderte.

Langsam schob er sich mit drei Stößen in sie hinein, verharrte und küsste sie tief. Bedächtig begann er sich zu bewegen und rieb bei jedem seiner tiefen Stöße mit seinem krausen Brusthaar über ihre harten Nippel. Die Reibung in ihrem Inneren fühlte sich sogar noch besser an – intensiver und heißer.

Ihre Hände glitten über seine breiten Schultern, während er unermüdlich in sie hineinstieß und dabei immer wieder einen Punkt berührte, der Harper erschauern ließ. Sie schlang ihm ein Bein um die Hüfte und hob sich ihm entgegen.

Sie brauchte mehr. Wollte mehr.

Und das sagte sie ihm auch.

Cameron antwortete mit einem Laut archaischer Erregung, der sie schwindelig machte, während sie gleichzeitig über ihn herfallen wollte.

Stattdessen fielen sie beide übereinander her.

Harte, tiefe Küsse, leidenschaftliche Laute und das Geräusch zweier Körper, die nicht voneinander lassen konnten, waren die Folge. Gegenseitig trieben sie sich an, einander vor Lust umzubringen.

Mit seinen Händen umfasste er ihren Po und hob sie höher – und brachte Harper damit zum Schreien.

Sie murmelte unzusammenhängende Worte, feuerte ihn an und bewegte sich dabei im Takt seiner Stöße, die immer schneller und härter kamen. Lustvoll klammerte sie sich an ihn und versenkte ihre Zähne in seiner Schulter, als er tiefer und kraftvoller zustieß und sie zum Beben brachte. Harper bettelte förmlich, dass er nicht aufhören durfte, während Cameron mit vor Erregung heiserer Stimme ihren Namen stöhnte.

Schon bald katapultierte sie eine heiße Welle unterschiedlicher Gefühle in andere Sphären, wo sie explodierte und sich in tausend Einzelteile auflöste. Sie rief Camerons Namen und befürchtete, diesen Orgasmus nicht zu überleben. Auch er kam zum Höhepunkt, als ein Ruck durch seinen gesamten Körper ging und er mit einem lang gezogenen Stöhnen auf ihr zusammenbrach.

Mit rasendem Herzen, verschwitzt und wohlig taub an verschiedenen Körperstellen lag Harper in einem fremden Bett und schmiegte ihren Kopf gegen den Hals ihres Ehemannes, der ihr gerade den fantastischsten Orgasmus ihres Lebens geschenkt hatte.

KAPITEL 6

„Verstößt es nicht gegen die Hygieneverordnungen, nur in Boxershorts am Herd zu stehen?“

Cameron sah über seine Schulter hinweg zu Harper, die seinen Bademantel trug und sich mit der Hüfte gegen den Küchentisch lehnte, während sie ein Stück Käse an den Mund führte und davon abbiss.

Augenblicklich befürchtete er, schon wieder hart zu werden, obwohl das technisch nicht möglich sein sollte. Nicht nach den letzten zwei Stunden, in denen sie beide sich bis zur Erschöpfung geliebt hatten. Das letzte Mal war noch gar nicht so lange her und hatte in der Dusche stattgefunden.

Der Wasserverbrauch war utopisch gewesen, weil er es so lange hinausgezögert hatte. Niemand würde ihm daraus einen Vorwurf machen, wenn man wüsste, wie verrückt er danach gewesen war, Harpers zarte Haut einzuseifen und mit seinen Händen über jeden Quadratzentimeter zu fahren. Und als sie sich gegen die Duschwand gestützt und ihm einen leidenschaftlichen Blick über ihre Schulter hinweg geschenkt hatte, waren die Pferde mit ihm durchgegangen. Sie beide hatten es so wild getrieben, dass er ihr nicht nur in den Nacken gebissen hatte, als er kam, sondern dass er befürchtet hatte, nach dieser Nacht eine neue Duschkabine einbauen zu müssen.

Cameron hatte nicht gedacht, dass Liebe unter prasselndem Wasser so heiß sein konnte.

Er hätte auch nicht gedacht, dass sein Bademantel viel verlockender als Spitzendessous sein konnte, doch es stimmte.

Wenn er nicht aufpasste, würden die Rühreier anbrennen, denn er konnte nur zu seiner Frau starren und das verlockende V an ihrem Dekolleté betrachten, das die beiden Enden des dunkelgrünen Bademantels bildeten. Da Harper den Bademantel nur locker zugebunden hatte, wurde das V bei jeder noch so kleinen Bewegung tiefer und erlaubte ihm einen immer besseren Blick auf die wunderschöne Haut an ihrem Brustansatz.

Seine Kehle wurde trocken.

Das Wissen, dass sie nackt unter dem Bademantel war und dass er einfach nur den Knoten lösen müsste, um an all die Stellen zu kommen, von denen er in den letzten Stunden nicht genug bekommen hatte, trieb ihm den Schweiß auf die Stirn.

Der Hunger, der sie beide gerade in die Küche getrieben und sie alle verfügbaren Lebensmittel aus dem Kühlschrank hatte herausholen lassen, verschwand und machte einem anderen Hunger Platz. Cameron wollte sich jedoch nicht plump auf sie stürzen. Noch nicht.

Räuspernd stellte er den Herd aus und hob die Pfanne auf die steinerne Arbeitsplatte. Er wusste schon genau, was er gleich mit ihr anstellen würde, aber vorher würde er ihr erlauben, sich ein wenig zu stärken.

„Vermutlich verstößt es auch gegen die Hygieneverordnung, nur im Bademantel in der Küche zu stehen."

„Aber ich koche ja gar nicht, sondern du", erwiderte sie fröhlich und biss von einem Stück Brot ab, das sie gerade geschnitten hatte.

„Das ist mir durchaus bewusst, Liebling." Cameron nahm einen Teller und verteilte die Rühreier darauf, bevor er eine Gabel ergriff und die wenigen Meter zu ihr überwand. Ebenso wie sie lehnte er sich gegen den voll beladenen Tisch, schaufelte etwas Ei auf die Gabel und hielt diese an Harpers Mund.

Amüsiert öffnete sie den Mund und ließ sich von ihm füttern.

Aus der Nähe war das V des Bademantels sogar noch verführerischer. Es kostete ihn ziemlich viel

Kraft, sich auf das Halten der Gabel und nicht auf ihre Brüste zu konzentrieren.

Während Harper kaute, stellte er den Teller auf den Tisch und probierte selbst von den Eiern.

„Das ist der perfekte Mitternachtssnack." Harper seufzte zufrieden und nahm ihm die Gabel ab. „Ich bin völlig ausgehungert."

„Es ist weit nach Mitternacht", korrigierte Cameron sie lächelnd und beobachtete, wie sie hungrig über die Rühreier herfiel. Die Tatsache, dass er dafür verantwortlich war, sie so erschöpft zu haben, dass sie wie eine Verhungernde seinen Snack hinunterschlang, gab ihm das Gefühl, der beste Liebhaber aller Zeiten zu sein.

Daher verfolgte er voller Vergnügen, wie sie neben ihm in seiner Küche stand und sich über das Essen hermachte, während er selbst ein paar Kekse verputzte.

Sobald sie das Rührei zur Hälfte dezimiert hatte, warf er ein: „Du hättest nur einen Ton sagen müssen und ich hätte dir schon früher etwas gemacht."

Harper schob ihm ein Stück Brot mit Käse in den Mund und lächelte wissend: *„Früher* wollte ich etwas anderes tun."

Kauend nickte er und erwiderte, nachdem er den Bissen hinuntergeschluckt hatte: „Dito."

Ihr helles Lachen schwebte durch die Küche. „Du bist schuld, dass ich so hungrig bin."

„Ich weiß", entgegnete er zufrieden. „Und du wirst

schuld daran sein, dass ich von jetzt an beim Anblick einer Dusche einen Ständer haben werde."

Wieder lachte sie, lief dabei jedoch rot an.

Entzückt beobachtete er, wie sich die Röte sogar über ihren Hals und ihr wunderschönes Dekolleté ausbreitete. Am liebsten hätte er beide Enden augenblicklich auseinandergeschlagen und den Gürtel geöffnet ...

„Weißt du, dass ich Angst hatte, dass wir die Dusche zerstören?" Von unten blickte sie ihn an und knabberte dabei an einem Keks herum.

„Nicht nur du", murmelte er zur Antwort, während schwere Lust in seine Eingeweide stieg.

Das Bild, wie sie vornübergebeugt vor ihm stand, seinen Namen stöhnte und ihr nasses blondes Haar über ihren nackten, glitschigen Rücken fiel, während er ihr alles gab, was er zu geben hatte, würde ihn bis zu seinem Todestag verfolgen.

„Es wäre schade gewesen, wenn du unsere Hochzeitsnacht damit verbracht hättest, die kaputte Dusche zu reparieren", ließ sie ihn leise wissen.

„Ja, sehr schade", stimmte er ihr zu und ließ sie nicht aus den Augen, während er den Milchkarton an seinen Mund hob und einen großen Schluck nahm.

Auch sie ließ ihn nicht aus den Augen und knabberte währenddessen an einem Keks herum.

„Zum Glück ist nichts passiert."

„Ja, zum Glück", wiederholte er ihren Satz wie ein

Roboter und verfolgte mit angehaltenem Atem, wie sie ein paar Kekskrümel von ihrer Unterlippe leckte.

Ihr wundervoller weicher Mund verzog sich dabei ein wenig. „Natürlich hätte ich dir nicht helfen können, wenn du die Kabine hättest reparieren müssen. Aber ich hätte dich angefeuert."

„Ich erinnere mich schwach daran, dass du mich bereits angefeuert hast", widersprach er heiser.

„Ich weiß."

Die erotische Spannung zwischen ihnen war zum Greifen nah und schaffte es, dass sich die Haare in seinem Nacken aufstellten. Sein Atem wurde plötzlich schwer und eine Gänsehaut breitete sich über seinem Körper aus. Gleichzeitig war ihm siedend heiß. Wie sollte ihm auch nicht heiß werden, wenn seine herrlich zerzauste Frau mit geröteten Wangen und einem lustvollen Versprechen in den Augen vor ihm stand und sich dabei Kekskrümel von den Lippen leckte?

Ein paar Krümel landeten sogar auf dem Kragen des Bademantels oder fielen in ihren Ausschnitt.

Cameron merkte, dass er förmlich in das tiefe V hineinschielte und sich wie ein triebgesteuerter Hund fühlte, der einen saftigen Knochen gleich vor Augen hatte.

O ja, er bekam definitiv schon wieder einen Ständer.

Und er war nicht der Einzige, der es bemerkte.

Harper wischte sich mit der Hand über den Mund

und entfernte zu seinem Verdruss die restlichen Krümel, die er nämlich gerne weggeküsst hätte. Dann überwand sie die letzten zwei Schritte und presste sich an ihn.

Cameron stockte der Atem, als sie mit der Zunge über seine Kehle fuhr und mit der rechten Hand seinen Schwanz umfasste. Er zischte ihren Namen, versteifte sich für einen Moment und sank anschließend gegen die Tischkante hinter sich, während er die Füße breiter auseinanderstellte. Ausgerechnet jetzt wollte er nicht umfallen, weil er das Gleichgewicht verlor, was passieren konnte. Harper zog seinen Penis nämlich aus den Boxershorts und massierte ihn quälend langsam. Gleichzeitig saugte ihr feuchter Mund über seinen Hals und hinterließ dort sicherlich Knutschflecke, auf die er als Teenager stolz gewesen wäre. Als sie seinen Schwanz fester packte und ihren Daumen um seine Eichel kreisen ließ, musste Cameron befürchten, wie ein Teenager zu früh zu kommen. Ihre Hand auf seinem Penis fühlte sich himmlisch an.

Bedächtig bewegte sich ihre Hand zurück bis zur Wurzel seiner Erektion und auch ihr Mund wanderte tiefer. Hinterließ eine feuchte Spur leidenschaftlicher Küsse über seinem Oberkörper, bis sie sich hinkniete und ihm verschwörerisch zuzwinkerte.

Unfähig, zu sprechen, hielt er den Atem an, als sie den Kopf senkte und ihn in den Mund nahm.

„Harper …“ Mit trockener Kehle legte er den Kopf

zurück und starrte an die Decke über sich, während sein eigenes Stöhnen an seine Ohren drang. Dazu kamen die Geräusche, die Harper machte, als sie ihn tief in ihren Mund saugte.

Cameron war zu keinem klaren Gedanken mehr fähig, weil alles noch verbliebene Blut in Sekundenschnelle aus seinem Kopf nach unten raste. Jedoch wusste er, dass er zuschauen musste, wie seine Frau vor ihm kniete, auch wenn der Anblick ihn umbringen würde.

Also beugte er den Kopf nach vorn und streckte seine zitternde rechte Hand aus, um ihr das Haar aus dem Gesicht zu streichen. Gleichzeitig umspielte ihre Zunge seine pralle Eichel, bevor sie fest an ihr saugte.

Er zuckte unkontrolliert und umfasste die Tischkante so hart, dass er fürchten musste, den Tisch umzustoßen. Mit der anderen Hand hielt er Harpers Haare fest und fluchte laut. Keine Ahnung, was er sagte, aber es brachte sie dazu, mit funkelnden Augen zu ihm aufzusehen und noch härter an ihm zu saugen.

Brodelnde Hitze stieg in ihm auf, die noch intensiver wurde, als sein Blick auf ihre nackten Oberschenkel und ihre prallen Brüste fiel, die aus dem Bademantel herauslugten, weil der so gut wie offen stand.

„Harper ... o Gott ... das fühlt sich fantastisch an", krächzte er und schnaufte wie eine Dampflok, während sich sein Brustkorb hastig hob und senkte.

Falls sie antwortete, hörte er es nicht.

So fantastisch es auch war, dass seine Frau vor ihm kniete und ihm Lust bereitete, wollte Cameron jetzt nicht so kommen.

Er wollte sie.

„Cameron", protestierte sie, als er sie nach oben zog. „Ich ..."

Mit einem Schwung hob er sie auf die Tischplatte und hörte, wie irgendetwas auf den Boden fiel und Geschirr zur Seite kippte, doch das störte ihn nicht weiter. Stattdessen stürzte er sich auf ihren Mund und küsste sie wie entfesselt, während er ihr den Bademantel von den Schultern zerrte.

Ebenso leidenschaftlich erwiderte sie den Kuss und stöhnte gegen seinen Mund, als seine Hände über ihre Brüste fuhren.

Von ihrer weichen Haut konnte er nicht genug bekommen und wog die Fülle ihrer Brüste in seinen Händen, bevor er ihre harten Nippel zwischen Daumen und Zeigefinger rieb und mit einem tiefen Stöhnen belohnt wurde. Anschließend arbeitete er sich hinab, streichelte ihren Bauch und ihre Hüften und glitt dann mit einer Hand zwischen ihre Beine, die sich für ihn öffneten. Sie war bereits feucht und so weich, dass sein Herz kurz aussetzte.

Cameron drängte sich zwischen sie und umfasste seinen steinharten Penis mit einer Hand. Aufreizend langsam rieb er ihn zwischen ihren Beinen und berührte mit seiner Eichel ihre Klitoris.

Beide schnappten unisono nach Luft.

Verlangen breitete sich in Lichtgeschwindigkeit in ihm aus, und auch Harper ging es offenbar nicht anders, weil sie sich an ihn klammerte und die Beine um seine Hüften schlang. Sie zog ihn an sich und küsste ihn tief. Ohne sein Zutun glitt sein Schwanz ein Stück in sie hinein.

„Warte, Baby ..." Er stöhnte wie jemand, der von einer Kugel getroffen wurde, und lehnte sich zurück. Cameron kämpfte mit aller Kraft gegen seine Instinkte an, die darauf drängten, weiterzumachen und sich tief in ihr zu vergraben. Keuchend meinte er: „Lass mich erst ein Kondom holen."

Harper schaute ihm zwar lusttrunken ins Gesicht, wirkte jedoch, als habe sie ihn nicht gehört. Dafür sprachen der geöffnete Mund und der nach innen gekehrte Blick sowie die aufreizenden kleinen Bewegungen, die sie mit ihren Hüften machte. Bewegungen, die ihn um den Verstand brachten, weil sie seinen Schwanz tiefer in ihre weiche Hitze zogen.

Er biss die Zähne zusammen. „Harper ..."

„Bitte mach weiter." Ihre Hände glitten über seine Brust. „Hör nicht auf, Cameron."

Seine Stimme war ein Krächzen, als er protestierte: „Ich will doch nur verantwortungsvoll sein, Baby."

Sie legte ihre Hände auf seinen Hintern und flüsterte in sein Ohr: „Ich nehme die Pille und bin gesund, Ehemann. Und ich vertraue dir."

Ihre Worte ließen alle seine Dämme brechen.

Abrupt zog er sie an sich, küsste sie hart und hob ihren Po auf seine Hände, während er in sie hineinstieß und in ihrer unglaublichen Hitze versank. Nichts fühlte sich besser an. Harper bäumte sich vor Lust auf und klammerte sich an ihn, während sie ekstatisch seinen Namen stöhnte und ihre Finger in seinem Rücken vergrub.

Weil sie ihn anflehte, sie schneller und härter zu nehmen, hämmerte er förmlich in sie hinein und fühlte gleichzeitig, wie sein Herz im selben Rhythmus galoppierte. Er steigerte sich so sehr hinein, seiner Frau einen überwältigenden Orgasmus zu schenken, dass ihm schwindelig vor Anstrengung und vor Lust wurde.

Beinahe verlor er die Kontrolle, als sich ihre feuchte Hitze eng um ihn zusammenzog und sie wieder und wieder seinen Namen rief.

Ihr Orgasmus riss ihn mit, warf ihn förmlich um und saugte ihn aus. Er raste auf seinen eigenen Höhepunkt zu, stieß tief in sie hinein und umklammerte sie mit aller Macht. Zuckend schloss er die Augen und löste sich mit einem gewaltigen Knall in seine Einzelteile auf, während er kam und die Lust bis in seine Fußsohlen fühlen konnte.

Diese heiße Begierde nach Harper war geradezu beängstigend.

KAPITEL 7

Mit dem Gefühl, beobachtet zu werden, wurde Harper wach und blinzelte gegen das gedämpfte Licht an, das durch das kleine Fenster im Dachstuhl über ihr ins Zimmer fiel.

Im ersten Moment war sie orientierungslos und wusste nicht, wo sie war und wem der warme, starke Körper gehörte, an den sie sich unter der Bettdecke schmiegte. Doch dann fiel ihr wieder ein, dass sie gestern geheiratet hatte.

War es tatsächlich erst einen Tag her, dass sie morgens ihren Ehemann kennengelernt und nur ein paar Stunden später geheiratet hatte? Anstatt schreiend aus dem Bett zu springen und zu bekennen, dass sie einen Fehler gemacht hatte, kuschelte sich Harper zufrieden an ihren Mann und legte ihre linke Hand auf seinen nackten Bauch.

O nein, wie ein Fehler fühlte sich das sicherlich nicht an.

Eigentlich hatte sich nichts wie ein Fehler angefühlt, was hier in der vergangenen Nacht passiert war.

Wie von selbst strichen ihre Fingerspitzen über die gewölbten Flächen und Kuhlen seines Bauches. Sie ertastete straffe Haut und Haare, die sich über seinen Bauch hinab verjüngten. Cameron schnaubte leise, als Harper staunend über die Muskeln strich, die ihre Hand unter der Bettdecke ertastete.

Fasziniert legte sie den Kopf zurück und blinzelte zu ihm auf.

Er schlief tief und fest, während sie die Muße hatte, ihn eingehend zu betrachten und zu entdecken, dass der blonde Bartschatten auf seinem Kinn rötlich schimmerte, sobald Licht darauf fiel.

Beim Anblick seines friedlich schlummernden Gesichts begann ihr Herz aufgeregt zu schlagen. Gleichzeitig breiteten sich Schmetterlinge in ihrem Bauch aus, weil sie nicht glauben konnte, dass der Mann neben ihr jetzt ihr Ehemann war. Und weil ihr warm wurde, als sie daran dachte, was in diesem Bett, in der Dusche, in der Küche und sogar auf der Treppe in der vergangenen Nacht passiert war.

Kein Wunder, dass sich ihr Körper anfühlte, als hätte sie einen Marathon hinter sich gebracht.

Innerlich kicherte sie und sagte sich, dass sie sehr wohl einen Marathon hinter sich hatte – einen Sex-

Marathon mit dem wohl heißesten, süßesten und nettesten Mann der Welt.

Verliebt kuschelte sie sich an ihn und legte ihre Wange auf seinen Oberarm. Als sie den Kopf in seine Richtung drehte, presste sie ihm einen Kuss auf die Schulter und atmete seinen Geruch ein.

Cameron gab einen Laut von sich, den man für sexuelle Zufriedenheit oder für die Reaktion auf köstlichen Kuchen halten konnte.

Zufrieden atmete sie aus und entschied sich dafür, die Augen wieder zu schließen und noch ein bisschen zu schlafen, als ein leises Fiepen sie von ihrem Plan abbrachte.

Verwirrt hob sie den Kopf und entdeckte Max, der am Fußende des Bettes saß und seinen Kopf auf die Matratze gelegt hatte. Er schien sie beide ganz genau zu beobachten. Harper konnte nicht sagen, was sie davon halten sollte, von einem Hund dabei betrachtet zu werden, wie sie sich nackt an ihren Mann schmiegte, während dieser schlief. Und sie wollte gar nicht wissen, was der Hund von ihr dachte, weil er in der vergangenen Nacht vermutlich mitbekommen hatte, was sein Herrchen mit ihr anstellte.

Und was sie mit seinem Herrchen anstellte.

Als Kind hatte sie sich immer einen Hund gewünscht, wegen der Tierhaarallergie ihrer Mom jedoch nie einen bekommen.

Der freundliche Border Collie wedelte mit seinem

Schwanz und legte den Kopf schief, was unglaublich putzig aussah. Anscheinend nahm er ihr also nicht übel, dass es in den letzten Stunden zuweilen sehr laut zugegangen war und dass in der Küche ein totales Chaos herrschte.

Harper blieb somit gar nichts anderes übrig, als mit der Hand auf die Matratze zu klopfen und Max zu sich einzuladen.

Sehr folgsam machte Max einen kleinen Satz und landete auf dem Bett, wo er sich einmal im Kreis drehte und sich dann mit einem Schnauben zu ihren Füßen zusammenrollte.

Wie aufs Stichwort rührte sich Cameron und seufzte erschöpft auf, während er seinen Kopf ins Kissen presste und ihr einen genauen Blick in sein unschuldig wirkendes Gesicht erlaubte.

„Schick ihn ruhig vom Bett, wenn er dich stört", murmelte er und gähnte mit geschlossenen Augen.

Wenn Harper nicht bereits in ihn verliebt gewesen wäre, wäre sie ihm spätestens jetzt hoffnungslos verfallen.

„Schon gut", flüsterte sie zurück und glättete mit ihrem Zeigefinger die Falten auf seiner Stirn. „Ich mag Max sehr gerne."

„Das ist ... schön", erwiderte er mit einem müden Murmeln.

„Er ist seinem Herrchen sehr ähnlich", offenbarte sie und grinste, während Cameron weiterhin im Halbschlaf neben ihr lag. „Freundlich, gut erzogen, bildschön und er wedelt mit seinem Schwanz, wenn er mich sieht."

Seine Mundwinkel zuckten, jedoch blieben seine Augen geschlossen. Eigentlich war es mehr als unfair, dass ein Mann so dichte Wimpern hatte. Frauen gaben für dieses Ergebnis ein Vermögen aus.

„Was auch immer du vorhast, Ehefrau, ich brauche eine kleine Pause."

„Das ist schon in Ordnung", witzelte sie und kroch näher zu ihm, um sich eng an ihn zu kuscheln. „Ich muss sowieso erst noch herausfinden, was du magst, Ehemann."

„Keine Sorge", raunte Cameron und öffnete endlich die Augen. Unter schweren Lidern suchte er ihren Blick und wandte sich dabei ihr zu. Wie von selbst legte sich seine große Hand um ihre Brust.

Automatisch stockte ihr der Atem.

„Mach mit mir, was du willst. Es wird mir gefallen." Träge lächelte er ihr zu. „Das hat es gestern schließlich auch."

Sein Blick hatte etwas Intensives an sich und seine Finger begannen zärtlich und fordernd zugleich ihre Brust zu massieren. Jede Müdigkeit verschwand mit einem Mal aus ihren Gliedern. Harper verknotete seine Beine mit ihren und legte ihren Kopf gleich neben seinen auf das Kissen. Sein warmer Atem auf ihrer Haut war wie eine Liebkosung.

Zärtlich strich sie ihm das Haar aus der Stirn und ließ ihre Finger anschließend über seine Bartstoppeln wandern, die sich wunderbar borstig unter ihren Fingerkuppen anfühlten.

Ein Bild schlich sich ungebeten in ihren Kopf, das sie verlegen hätte machen sollen, weil es Cameron zeigte, wie er mit seinen kratzigen Bartstoppeln über die empfindlichste ihrer Körperstellen rieb, während sie lustvoll stöhnend die Oberschenkel um seinen Kopf schloss.

Nur war sie nicht verlegen.

Sie war hin- und hergerissen zwischen dem Bedürfnis, einfach nur hier mit ihm im Bett zu liegen und zärtlich jede Stelle seines Körpers zu liebkosen, und dem Wunsch, ihn zu besteigen und zu reiten, als wäre sie die Rodeokönigin der National Finals.

„Danke, dass wir gestern ein paar Punkte von meiner Liste streichen konnten", flüsterte sie ihm zu.

„Eigentlich wollte ich dir dafür danken", wandte er ein. „Auch wenn die Nummer auf der Treppe aus mir einen Krüppel hätte machen können."

„Dabei stand die gar nicht auf der Liste."

„Hätte sie aber." Sein schöner Mund verzog sich zu einem Lächeln, das ihr Inneres schmelzen ließ. „Außerdem habe ich gelernt, wie gelenkig du bist."

„Der Teppich ist leider nicht so weich, wie er aussieht", beschwerte sie sich und spürte, dass ihr Gesicht zu glühen begonnen hatte, als Cameron über ihre Gelenkigkeit sprach. „Meine Knie fühlen sich an, als wären sie aufgeschürft."

Wenn sie gedacht hatte, dass er ihre Brust loslassen würde, um ihr Knie zu untersuchen, hatte sie sich getäuscht. Stattdessen schenkte er ihr einen wissenden Blick und streichelte die Unterseite ihrer Brust. „So ähnlich geht es meinem Hintern."

Kichernd rutschte sie näher zu ihm. „Aufgeschürft?"

„Ich habe noch nicht nachgesehen, aber die eine oder andere Blessur habe ich davongetragen."

„Findest du nicht, dass es sich gelohnt hat?" Ihre Hand verirrte sich auf seine Brust und spielte mit dem kurzen, krausen Haar, das sich weich unter ihren Fingern anfühlte.

„Ich finde, dass sich die ganze Nacht verdammt gelohnt hat." Er zwinkerte bedeutungsvoll. „Welche Punkte deiner Liste nehmen wir heute in Angriff?"

Bevor sie ihm eine Antwort geben konnte, machte sich Max bemerkbar. Er hob den Kopf, sah in Richtung Dachfenster und stieß ein Knurren aus, das Harper vielleicht Angst gemacht hätte, wenn sie den freundlichen Rüden nicht bereits kennengelernt hätte.

„Max, aus", befahl Cameron, worauf der Hund verstummte, jedoch weiterhin in Richtung Fenster schielte.

„Was hat er denn?"

„Vermutlich der Seeadler." Cameron verdrehte die Augen. „Max kann ihn nicht leiden."

Das klang so süß, dass sie grinsen musste. „Er kann ihn nicht leiden?"

„Lach nicht, aber die beiden verbindet eine lang andauernde Rivalität."

„Und warum lachst du?"

Cameron beugte sich vor und drückte ihr einen zarten Kuss auf die Lippen, bevor er sich wieder zurücklehnte. „Weil ich dich gerne lachen sehe."

„Schmeichler." Harper kuschelte sich wieder an ihn. „Soll ich Max rauslassen?"

„Der hat eine Hundeklappe", widersprach Cameron und machte es sich neben ihr gemütlich. „Lass uns noch ein bisschen im Bett bleiben und ..."

Wieder knurrte Max auf, sprang vom Bett und bellte laut, bevor er aus dem Schlafzimmer stürmte.

Cameron wirkte keinesfalls alarmiert, sondern zuckte mit den Schultern. „Das werden bestimmt Lachlan und Patrick sein, die das Auto zurückbringen. Sobald Max sie erkennt, gibt er Ruhe."

Unsicher nagte Harper auf ihrer Unterlippe herum. „Sollen wir nicht runtergehen und den beiden Hallo sagen?"

„Süße, ich denke, dass Lachlan vollstes Verständnis haben wird, dass wir beide im Bett bleiben." Seine Hand begann langsam abwärts zu wandern. „Er war schließlich auch mal frisch verheiratet."

In ihren Ohren klang dieser Vorschlag sehr vernünftig, und das demonstrierte sie ihm, indem auch ihre Hand langsam abwärts wanderte und sie sich vorbeugte, um ihn zu küssen.

Leider war Max' lautstarkes Bellen noch immer zu hören, obwohl er draußen im Hof zu sein schien.

Mit einem frustrierten Stöhnen entzog Cameron ihr den Mund und setzte sich langsam auf. „Ich schaue kurz nach."

„Was?"

Bedauernd sah er sie an und schlüpfte aus dem Bett. „Wenn Max nicht zu bellen aufhört, kann das nur heißen, dass Fremde in der Nähe sind – vermutlich ein paar Wanderer, die nach dem Weg fragen wollen. Das kommt ab und zu vor."

Harper setzte sich ebenfalls auf und zog die Beine an die Brust. „Alternativurlauber?"

„Vermutlich." Er stieg in seine Jeans, machte sich jedoch nicht die Mühe, die Hose zu schließen. Das sah verdammt heiß aus.

„Ich bin gleich wieder da. Geh nicht weg."

„Das habe ich auch nicht vor." Mit einem heißen Glücksgefühl verfolgte sie, wie er das Zimmer verließ, im Türrahmen stehen blieb und zurückschaute, bevor er die Treppen hinunterlief.

Genau in dem Moment knurrte ihr Magen, und Harper beschloss, sich schnell auf den Weg in die Küche zu machen, damit sie beide im Bett frühstücken konnten. Angetan von diesem Gedanken schlüpfte sie in ihr Höschen, das auf dem Boden neben dem Bett gelegen hatte, und zog Camerons T-Shirt über den Kopf, da sein Bademantel noch immer in der Küche liegen musste.

Barfuß lief sie die Treppen hinunter und sah, dass Cameron aus der Tür trat. Dabei stieß er einen Pfiff aus, worauf Max sofort zu bellen aufhörte. Sie wollte ihrem Mann gerade ein Lob für seine Hundeerziehung zurufen, als eine andere Männerstimme erklang, die sie mitten im Schritt innehalten ließ.

Was zum Teufel tat Jake denn hier?

Verwirrt schlüpfte sie durch die Haustür und entdeckte nicht nur ihren Bruder, sondern auch ihre beste Freundin, die beide aus dem albernen, kleinen Auto gestiegen waren, das Blair gemietet hatte und das mitten auf Camerons Hof stand. Auch ihr Mietwagen stand bereits dort.

Automatisch trat sie neben Cameron, während sie die beiden Gäste mit großen Augen ansah. „Hey! Was ... was macht ihr denn hier?"

Ihr Bruder schenkte ihr einen beinahe mörderischen Blick und schob das Kinn nach vorn. Gleichzeitig war seine Stimme voller Sarkasmus. „Komisch, die gleiche Frage wollte ich dir auch gerade stellen, Harper."

Im Gegensatz zu Jake besaß Blair Humor, da sie mit einem Glucksen einwarf: „Ich glaube, die Frage kann sogar ich dir beantworten, Jake."

Weil ihr Bruder aussah, als würde er gleich Amok

laufen, ergriff Harper Camerons Hand und drückte sie fest. Jetzt fehlte nämlich nur noch, dass ihr Ehemann auf ihren Bruder losging, weil er glaubte, sie beschützen zu müssen. Cameron wusste schließlich nicht, dass der blondhaarige Berserker mit dem bösen Blick ihr Bruder war.

„Ähm …“ Sie lächelte zu Cameron hoch und wandte sich gleich darauf wieder an das Paar vor ihnen. „Vielleicht sollte ich euch erst einmal einander vorstellen. Cameron, das sind meine Freundin Blair und mein Bruder Jake.“

Cameron neben ihr gab einen Laut von sich, der wohl bedeuten sollte, dass er verstand.

Räuspernd fuhr sie fort: „Ähm … Blair, Jake … das ist Cameron. Mein Mann.“

Der Schock war beiden anzusehen, und sie verübelte es ihnen nicht, denn an ihrer Stelle wäre Harper ebenso schockiert gewesen.

Was sie ihrem Bruder jedoch übel nahm, war folgender Satz: „Du willst mich wohl verscheißern!“

~

Cameron verstand seinen Schwager.

Wenn er eine Schwester gehabt hätte, die einen wildfremden Mann heiratete und mit ihm in dessen abgelegenen Haus eine wilde Hochzeitsnacht feierte, während er sich die größten Sorgen um sie machte, wäre er auch misstrauisch geworden. Und wütend. Verdammt, er wäre wahnsinnig vor Wut geworden und hätte vermutlich etwas Dummes getan.

Das war auch der Grund, weshalb er sich die größte Mühe gab, freundlich und harmlos auf den Mann zu wirken, der sein Schwager war und wenig Begeisterung für die plötzliche Hochzeit seiner Schwester zeigte.

Er hatte sich sogar einen Pullover angezogen und seine Hose zugeknöpft, weil Jake ihn angestarrt hatte, als wäre er ein perverser Triebtäter mit einer nicht unerheblichen Sammlung von Sexspielzeug oder ein mittelalterlicher Sklavenhändler, der arabische Scheichs mit Konkubinen für deren Harems versorgte.

Dabei sah Jake Kincaid selbst nicht wie ein Kind von Traurigkeit aus.

Und den Blicken nach zu urteilen, mit denen er Harpers Freundin Blair verfolgte, hatte er in der letzten Nacht ebenfalls nicht viel Schlaf bekommen. Gott, Cameron wünschte sich, dass Harper ihm niemals die Geschichte mit dem Willy-Wonka-Hut und dem Kängurukostüm erzählt hätte! Momentan war es schwierig, an etwas anderes als daran zu denken.

Cameron kannte die Anzeichen im Gesicht seines Schwagers zur Genüge – dunkle Augenringe, ein erschöpfter Blick und ein großspuriges Grinsen, sobald die Frau in der Nähe war, mit der man die letzte Nacht verbracht hatte. Bei Jake war es kein großspuriges

Grinsen, sondern ein grimmiges Schnauben, wann immer Blair in sein Blickfeld fiel. Cameron ahnte, dass zwischen den beiden viel mehr im Busch war, als die zwei vorgaben, zumal Blair Harpers Bruder auffallend harsch die kalte Schulter zeigte.

Vielleicht hätte er mit seinem Schwager über dessen Problem reden sollen, als er ihn einlud, ihm die Gegend zu zeigen, während die Frauen in die Küche gingen. Ein Gespräch unter Männern hätte das Eis zwischen ihnen brechen können.

Es war nun einmal so, dass Männer untereinander gerne ihre Erlebnisse zwischen den Laken ausbreiteten – und oft übertrieben sie auch ein wenig, wenn sie ehrlich waren. Während Frauen diejenigen waren, die ihr Gewicht etwas weniger schummelten, taten Männer das Gegenteil. Sie waren diejenigen, die sich gerne etwas größer schummelten. Und damit meinte er nicht ihre Körpergröße.

Männer freundeten sich am schnellsten miteinander an, wenn sie über Sex sprachen. Aber vermutlich war das keine sonderlich gute Idee, wenn Cameron den grimmig wirkenden Amerikaner darauf hingewiesen hätte, dass seine Schwester eine Granate im Bett war und ihn fast um den Verstand gevögelt hatte.

Für eine gute Beziehung zu seinem neuen Schwager wäre dieses Gespräch bestimmt kontraproduktiv.

Gemeinsam liefen sie über die Wiese, die bis zum See führte und von der man einen grandiosen Ausblick auf das Tal und die Hügelkette dahinter hatte. Cameron liebte diesen Ort und fuhr mit seinem Ruderboot oft hinaus auf den See, um angeln zu gehen oder einfach seinen Gedanken nachzuhängen. Bald plante er, Harper mitzunehmen, und er hoffte, dass sie sein Zuhause ebenfalls lieben würde – und dass sein Zuhause auch ihr Zuhause sein würde. Gesprochen hatten sie nämlich noch nicht über ihren Wohnort. Dafür war schlichtweg keine Zeit gewesen.

„Der See gehört noch zum Grundstück ebenso wie die Wiese, das Feld und die Straße bis zum Hügel. Man kann hier fabelhaft angeln."

Sein Schwager, der schweigend neben ihm herlief, brummte eine Antwort. Besonders kommunikativ war er nicht.

„Angelst du?"

Fast schon widerwillig antwortete Jake auf seine Frage. „Mein Dad hat es mir beigebracht, als ich ein Kind war. Heute angele ich nur noch, wenn ich zu Besuch in Ohio bei unseren Eltern bin."

Cameron bückte sich und nahm den Stock in die Hand, den Max stolz herumtrug, um ihn für seinen Hund zu werfen. Lächelnd sah er zu, wie der Border Collie über die Wiese rannte und den Stock verfolgte, der durch die Luft flog. „Das heißt, dass Harper auch angelt?"

Jake schnaubte abfällig und sah ihn ungläubig von der Seite an. „Meine Schwester besitzt nicht einmal festes Schuhwerk, wenn man von den Sportschuhen absieht, die sie im Fitnessstudio anzieht. In Gummistiefeln kann ich sie mir erst recht nicht vorstellen."

Da Cameron nicht blöd war, ahnte er, woher der Wind wehte. Jake wollte ihm mit aller Deutlichkeit vor Augen führen, wie wenig er seine eigene Frau kannte. Er hätte es nicht anders gemacht. Deshalb nahm er ihm dieses Verhalten auch nicht übel, obwohl Jake etwas subtiler hätte vorgehen sollen.

Er schob die Hände in die Taschen seiner Jeans und lief weiter neben dem anderen Mann her. Gleichzeitig fragte er sich, was Harper erwartet hatte, als sie ihnen vorschlug, dass Cameron ihrem Bruder das Grundstück zeigen sollte. Sie waren nun wirklich nicht auf dem Weg, beste Freunde zu werden.

„Meinetwegen muss sie keine Gummistiefel tragen", erwiderte er gelassen.

„Nicht einmal, wenn sie Kühe melken soll?"

Cameron lächelte knapp: „Wie gut, dass wir gar keine Kühe haben."

„Und wofür ist der Stall?"

„Zum Schafescheren", entgegnete Cameron im gespielten Ernst. „Sobald Harper gelernt hat, wie das geht, werde ich sie dort vierundzwanzig Stunden am Stück einsperren und arbeiten lassen."

Jakes Mundwinkel zuckten, aber er erlaubte sich nicht, zu lachen. Auch er war bierernst. „Motorisch ist sie eine Niete, also würde ich dir empfehlen, sie nicht allzu nah an dich heranzulassen, wenn sie eine Schere in der Hand hält."

„Schade", murmelte er. „Eigentlich hatte ich gehofft, sie auch für die Kastrationen unserer Schafe einsetzen zu können."

Das Geräusch, das sein Schwager darauf von sich gab, klang nach einem Lachen und dem typischen Schrecken, der Männer durchfuhr, wenn in ihrer Nähe von Kastrationen gesprochen wurde.

„Besitzt du überhaupt Schafe?"

„Nein, Max ist das einzige Tier, das ich besitze und das hier mit mir lebt."

„Aha. Wie alt bist du eigentlich, Cameron?"

„Dreiunddreißig", entgegnete er gelassen, obwohl er Jake gerne angeblafft und gefragt hätte, wie alt er denn war.

Misstrauisch verzog Jake den Mund. „Nimm das nicht als Angriff, aber was bringt einen dreiunddreißigjährigen Mann dazu, völlig allein in einem abgelegenen Cottage zu leben?"

Wenn er es nicht als Angriff sehen sollte, als was dann?

Vielleicht mochte Jakes Frage sogar ihre Berechtigung haben, aber Cameron würde sicher nicht einem fremden Menschen auf die Nase binden, was in seinem Leben passiert war, dass er seinen Alltag nicht mehr ausgehalten und die Einsamkeit gesucht hatte, um nicht von einer Brücke zu springen. Das ging nur ihn etwas an.

„Vermutlich dasselbe wie jeden anderen Menschen auch – egal ob mit dreiundvierzig, dreiundfünfzig oder mit dreiundachtzig Jahren", erwiderte er kühl.

Jake schnaubte. „Mich brauchst du gar nicht anzuschauen. Ich bin New Yorker und würde verrückt werden, wenn ich nicht mitten in der Nacht von hupenden Taxis geweckt würde. Außerdem könnte ich ohne den Lieferdienst von Wagamama nicht überleben."

„Tja, so unterschiedlich können die Menschen sein", urteilte Cameron milde. „Mal abgesehen von ein paar netten Kneipen und dem Delmonico's kann ich New York nicht viel abgewinnen. Es ist zu laut, zu hektisch und zu dreckig. Außerdem wurde ich bei meinem letzten Besuch Zeuge, wie sich jemand in der U-Bahn einen runterholte und anschließend Applaus bekam."

Offenbar hatte ihn sein Schwager für einen waschechten Dorftrottel gehalten, der nicht über die Gemeindegrenzen hinauskam, weil Jake ihn verwirrt ansah, als könne er nicht glauben, dass der Schotte jemals ein Flugzeug von innen gesehen hatte.

Das sagte er jedoch nicht, sondern grinste schwach. „Da hast du die Antwort, warum ich diese Stadt so liebe."

Naserümpfend schüttelte Cameron den Kopf. „Mein Fall ist die Stadt nicht. Aber jedem das Seine."

„Ja, jedem das Seine." Jake räusperte sich. „Was hast du in New York gemacht? Warst du privat oder beruflich dort?"

Obwohl er davon ausging, dass Jake ihm Fragen zu seinem Job stellen würde, wenn er ehrlich antwortete, entgegnete er: „Beruflich – jedenfalls bei meinem letzten Besuch."

„Und das heißt?"

„Was heißt *was*?"

Ungeduldig zuckte Jakes Kopf in die Höhe. „Was machst du beruflich?"

„Nichts. Ich habe mich zur Ruhe gesetzt."

„Mit dreiunddreißig?" Die Augenbrauen des anderen Mannes berührten sich beinahe über der Nasenwurzel, so sehr runzelte er die Stirn. „Ist das nicht ein bisschen früh?"

Cameron zuckte mit der Schulter und strich sich anschließend das Haar aus der Stirn, das der Wind dorthin geweht hatte. „Als ich die Möglichkeit bekam, habe ich zugegriffen."

Sein Schwager brummte. „Und wo hast du vorher gearbeitet?"

Langsam kam sich Cameron wie bei einem Verhör vor und knirschte mit den Zähnen. Wenn Jake nicht bald einen Gang hinunterschaltete, könnte es so weit kommen, dass Cameron ihm raten würde, sich zu verpissen. „Bei einer internationalen Organisation."

„Aha."

Zum Glück hielt Harpers Bruder anschließend die Klappe und bohrte nicht weiter.

Als der Border Collie wieder angelaufen kam, bückte sich Jake, streichelte dem Rüden über den Kopf und warf den Stock für ihn. Beide beobachteten, wie Max über die Wiese flitzte und dabei den Stock nicht aus den Augen ließ.

„Ein lieber Kerl und ziemlich clever, wie es scheint", brummte Jake.

Cameron nickte und fügte hinzu: „Max ist außerdem ein fabelhafter Wachhund."

„Das scheint man hier auch zu brauchen – in dieser Einsamkeit."

Cameron warf Jake einen langen Blick zu, weil er nicht sicher war, was dieser letzte Kommentar zu bedeuten hatte. „Hier ist es ziemlich ruhig. Auf der Insel gibt es so gut wie keine Kriminalität."

„Mhm."

Er verdrehte die Augen und verschränkte die Arme vor der Brust. Beide waren längst stehen geblieben und standen nun nur wenige Schritte vom kleinen Bootssteg entfernt, an dessen Ende Camerons Ruderboot befestigt war. „Versuchst du herauszufinden, ob ich ein Massenmörder bin, der seine Opfer mit einer Kettensäge verstümmelt?"

Auch Jake verschränkte die Arme vor der Brust. Cameron schätzte seine Chancen im Falle eines Nahkampfes sehr gut ein, weil er seinen Schwager um einen halben Kopf überragte und wusste, dass er ihm rein kräftetechnisch überlegen war, aber Jake hatte das Adrenalin auf seiner Seite. Schließlich ging es um seine Schwester.

Und wenn Cameron eines gelernt hatte, dann war das, dass Adrenalin ungeahnte Kraft verleihen konnte. Ein stärkeres Aufputschmittel gab es nicht. In seinem früheren Job war er des Öfteren Zeuge davon geworden, was Adrenalin alles bewirken konnte.

„Werde ich bei dir denn eine Kettensäge finden?"

„Ich bevorzuge die Axt", entgegnete er ruhig und wich Jakes stechendem Blick nicht aus.

Dieser schnaubte. „Sehr beruhigend."

Seufzend klärte Cameron ihn auf: „Mit der Axt hacke ich das Kaminholz. Falls es dir noch nicht aufgefallen ist, aber der nächste Baumarkt ist relativ weit entfernt."

„Hier ist alles relativ weit entfernt."

„Ja." Cameron stieß den Atem aus. „Das stimmt."

Jake sah ihn unergründlich an, drehte sich anschließend um und ließ seinen Blick über den See und die dahinterliegenden Hügel schweifen. Obwohl Cameron den Anblick kannte, folgte er dem Blick seines Schwagers über die teilweise unberührte Natur.

„Es ist verdammt schön hier."

Weil er ihm nicht ständig recht geben wollte, schwieg Cameron und überlegte stattdessen, wie er Jake dazu bringen konnte, nicht derart misstrauisch auf ihn oder auf die Situation zu reagieren. Auch wenn Harper eine erwachsene Frau war und ihre eigenen Entscheidungen fällte, wollte Cameron nicht, dass das Urteil ihres Bruders einen bitteren Nachgeschmack bei ihr hinterließ. Für den Start ihrer Ehe hatte er sich positivere Zukunftsmusik erhofft als einen grimmigen Bruder, der ihn für einen Massenmörder mit Kettensäge hielt.

„Ich will ehrlich sein, Cameron." Jake drehte sich wieder zu ihm um. „Du scheinst ein netter Kerl zu sein, aber sie ist meine Schwester, und ich mache mir Sorgen um sie."

„Wenn du dir keine Sorgen machen würdest, wärst du ein beschissener Bruder."

„Hast du Geschwister?"

Cameron schüttelte den Kopf. „Nein, habe ich nicht. Meine Eltern waren schon mit mir überfordert oder aber sie dachten, dass sie etwas Besseres als mich sowieso nicht hinkriegen könnten, und ließen es gar nicht erst auf einen zweiten Versuch ankommen."

„Hey, schau mal an, wer auch witzig sein kann." Jake schnalzte mit der Zunge.

Zufrieden lächelte Cameron. „Frag ruhig deine Schwester. Sie kann dir sagen, wie witzig ich bin."

Sein Schwager machte ein abwehrendes Gesicht. „Lieber nicht. Ich will gar nicht wissen, was du mit ihr angestellt hast."

Angesichts der Tatsache, dass es vor allem Harper

gewesen war, die ein paar Dinge mit ihm angestellt hatte, die man in Gesellschaft anderer Menschen lieber nicht erwähnte, grinste Cameron nur inwendig, sagte aber nichts.

Der andere Mann wurde wieder ernst. „Woher weiß ich, dass es ihr hier mit dir gut gehen wird?"

Cameron atmete tief durch und verkündete mit so viel Ernst wie möglich: „Du hast mein Wort, dass ich mich um sie kümmern werde."

Stirnrunzelnd warf Jake ein: „Und was sagt mir, dass ich dir glauben kann?"

„Nichts", erwiderte Cameron ehrlich. „Ich erwarte gar nicht, dass du mir glaubst, schließlich kennst du mich nicht."

Er konnte sich täuschen, aber in Jakes Miene war so etwas wie ein Anflug von Respekt zu erkennen.

„Das klingt ehrlich."

„Du bist nicht blöd, Jake – jedenfalls gehe ich davon aus. Wieso soll ich dir irgendeinen Scheiß erzählen, den du eh durchschauen würdest. Deine Schwester ist ein wunderbarer Mensch, und ich bin verrückt nach ihr. Mein Wort hast du, dass ich gut auf sie aufpassen werde, aber das ist wohl gar nicht nötig, weil sie auf sich selbst aufpassen kann."

„Das ist eine beschissene Situation", beschwerte sich der New Yorker.

„Wieso?"

„Weil du mir sympathisch bist, aber ich misstrauisch werde, wenn ein Kerl meine Schwester heiratet, obwohl er sie erst ein paar Stunden kennt. Irgendetwas kann doch nicht mit dir stimmen!"

Heiser lachte Cameron. „Mit mir stimmt alles. Ich habe mich Hals über Kopf in sie verliebt. Das ist alles."

„Ich habe mich auch einmal Hals über Kopf verliebt und es in zehn Jahren nicht geschafft, zu heiraten", entgegnete Jake mit einem abfälligen Schnauben.

„Ihr New Yorker seid wohl nicht besonders schnell von Begriff."

„Scheint so." Er verdrehte die Augen. „Harper wollte heute eigentlich einen anderen Mann heiraten."

„Das weiß ich", erwiderte Cameron ruhig. „Sie hat mir alles darüber erzählt – auch, dass sie sich in diese Hochzeit hineingesteigert hat und am Ende froh war, als er die Beziehung beendet hat. Ich weiß das alles."

„Und das ist okay für dich?"

„Wenn es für sie okay ist, warum sollte es das für mich nicht sein?"

Unergründlich musterte Jake ihn, bis er ihm die rechte Hand reichte.

Cameron schlug ein.

Die Stimme seines Schwagers war ein Grollen, das signalisierte, wie ernst ihm folgende Worte waren. „Falls du meine Schwester unglücklich machst, dann komme ich zurück auf diese Insel und reiße dir den Arsch auf."

Cameron nickte langsam. „Das klingt fair."

KAPITEL 8

„Mache ich das richtig, Cameron?“

„Von hier sieht es perfekt aus, Liebling.“

Cameron verfolgte lächelnd, wie sie ihm über die Schulter einen strafenden Blick schenkte und weiterhin die Zwiebeln anbriet.

Was dachte denn sie? Dass er sich darauf konzentrieren konnte, wie sie das Essen zubereitete, während sie dieses winzige Pyjamahöschen trug und ihm von seinem Platz am Küchentisch einen großartigen Blick auf ihren hübschen Po sowie ihre schlanken Beine bot? Ja, er bekam Hunger, aber nicht auf angebrannte Zwiebeln ...

„Sie werden schon ganz braun, Cameron! Was soll ich jetzt tun?“

Innerlich grinste er, denn Harper war tatsächlich ein ehrgeiziger Mensch. Und eine miserable Köchin.

Anders war es nicht zu erklären, dass sie sich gleich an sehr komplizierte Gerichte wie Lammrücken mit Rotweinsauce traute, anstatt zu lernen, wie man Spiegeleier mit Speck zubereitete. Als sie sich an seinen Computer gesetzt hatte, um diverse Rezepte auszudrucken, hatte es ihm auf der Zunge gelegen, ihr zu Anfängergerichten zu raten, aber er hatte sich durch ihren Anblick ablenken lassen. Schließlich hatte sie unter ihrem Shirt keinen BH getragen und an diesem Morgen war es ziemlich kalt gewesen.

„Was muss ich tun?", herrschte sie ihn verzweifelt an. „Bevor ich noch einmal Zwiebeln schneiden muss, bestelle ich uns eine Pizza!"

Cameron sah davon ab, ihr in Erinnerung zu rufen, dass es weit und breit keinen Lieferservice gab, sondern erhob sich und stellte sich hinter sie, um die Gasflamme des Herdes hinunterzustellen und etwas Fond in die Pfanne zu geben. Ob das die dunkelbraunen Zwiebeln rettete, konnte er noch nicht sagen. Tatsächlich war ihm gar nicht wichtig, wie das Essen schmeckte. Harper beim Kochen zu beobachten, bereitete ihm Vergnügen genug.

Er konnte nicht widerstehen, ihr einen Kuss auf den Nacken zu drücken und einen Arm um ihre Taille zu schlingen, während sie den Inhalt der gusseisernen Pfanne umrührte.

„Ich koche“, rief sie ihm demonstrativ in Erinnerung.

Ein Glucksen wollte sich in ihm Bahn brechen. „Ich weiß, schließlich befürchte ich seit zwanzig Minuten, dass du dir beim Schneiden der Zwiebeln mindestens einen Finger amputierst.“

„Sehr komisch“, maulte Harper und drehte den Kopf zur Seite, um ihn aus rot geränderten Augen böse anzufunkeln.

Amüsiert legte er sein Kinn auf ihrer Schulter ab, auch wenn diese Position nicht sehr bequem war, weil er sich dafür tief nach unten beugen musste.

„Du sahst hinreißend aus, als du dir immer wieder über die Augen gerieben und laut geschnieft hast, Schatz.“

„Hast du eigentlich eine Ahnung, wie sehr diese Zwiebeln in den Augen brennen?“

Das hatte er in der Tat, denn die Zwiebeldämpfe hatten auch ihn nicht verschont. Harper hatte immerhin ewig gebraucht, bis sie die Zwiebeln gehäutet und gehackt hatte.

Anstatt ihr das jedoch zu sagen, schielte er lieber in den Ausschnitt ihres Shirts hinein und entdeckte den hübschen Spitzenbesatz ihres BHs. Seine Frau besaß die mit Abstand raffinierteste Unterwäsche, die ihm jemals unter die Augen gekommen war. In der Küche mochte sie nur mäßig talentiert sein, aber dafür war ihr Anblick umso erfreulicher, wenn er im Bett lag und beobachtete, wie sie in hauchzarte Höschen und passende BHs schlüpfte. Außerdem hatte er herausgefunden, dass Harpers Garderobe abgesehen von der Jogginghose, in der er sie kennengelernt hatte, und von dem neckischen Pyjama, den sie gerade trug, weitaus eleganter und vermutlich auch kostspieliger war. Zusammen hatten sie nämlich ihre beiden Koffer ausgepackt und den Inhalt in seinem Schrank untergebracht.

Er wollte ehrlich sein: Es war verdammt schwierig gewesen, so viel Zeug in seinen Schrank zu quetschen und so viele Bügel zu finden, um all die feinen Seidenblusen und Kleider aufzuhängen, die sich in ihrem Gepäck befunden hatten. Von ihren Schuhen ganz abgesehen, denn ihr Bruder hatte recht behalten. Harper besaß lediglich ein flaches Paar Schuhe – Sportschuhe, die bei einem Spaziergang über die angrenzenden Felder vermutlich durchgeweicht und nicht mehr zu gebrauchen sein würden.

Cameron hatte sich bereits in Gedanken notiert, bei seiner nächsten Fahrt nach Stornoway ein Paar Wanderschuhe und ein Paar Gummistiefel für sie mitzubringen – und einen dicken Pullover, damit sie nicht immer seine tragen musste, auch wenn er sich keinen hübscheren Anblick vorstellen konnte.

Er liebte es, wenn sie durchs Haus lief und dabei seinen viel zu großen Pullover sowie eines ihrer Spitzenhöschen trug. Und er liebte es, wenn sie sich mit den gut duftenden Lotionen einrieb, die das Badezimmer bevölkerten und die wenigen Pflegeprodukte verdrängt hatten, die er besaß. Außerdem juckte es ihm in den Fingern, sie in dem roten Kleid mit dem tiefen Ausschnitt und einem ihrer gefährlich hohen Schuhpaare zu sehen. Sie würde mit Sicherheit spektakulär aussehen.

Eigentlich war Cameron kein Fan von Frauen, die sich aufbrezelten und viel Geld für Kleidung, Schuhe und Körperpflege ausgaben – seine Exfreundin Natalie war ein zu schlechtes Beispiel dafür gewesen. Aber bei Harper war es anders.

Sie war nicht eitel. Und sie machte kein großes Aufheben um ihr Äußeres, sondern saß ihm ungeschminkt und in einem seiner alten Shirts am Esstisch gegenüber, während sie beispielsweise frühstückten. Zwar mochte sie einen Kleiderschrank im Wert eines anständigen Mittelklasseautos besitzen und Pflegeprodukte benutzen, deren Namen er nicht einmal aussprechen konnte, aber das schien ihr alles nicht wichtig zu sein.

Nur darauf kam es an.

Außerdem wusste Cameron, dass sie in Seattle als Finanzberaterin arbeitete und sicherlich nicht nur gutes Geld verdient hatte, sondern auch dementsprechend gekleidet sein musste.

Nein, er würde Harper nicht mit den verwöhnten Frauen der höheren Gesellschaft über einen Kamm scheren, die einen Nervenzusammenbruch bekamen, wenn die neueste Kollektion von Stella McCartney vergriffen war und sie zu Alexander McQueen ausweichen mussten. Harper war keine verwöhnte Zicke. Sie hatte alles aus eigener Kraft geschafft. Das bewunderte er an ihr, denn er hatte es nicht aus eigener Kraft schaffen müssen.

„Beim nächsten Mal setze ich eine Sonnenbrille auf, damit die Zwiebeln nicht so sehr in den Augen brennen", rief sie entschlossen und setzte seinen Gedanken um Spitzenhöschen und Harpers Job ein Ende.

Schmunzelnd vergrub er seinen Mund an der weichen Stelle direkt hinter ihrem Ohr und konnte das zarte Parfüm riechen, das sie dort aufgetragen hatte. Gegen Parfüm hatte er nun wirklich nichts einzuwenden. „Das wird dir nicht viel helfen, fürchte ich. Besser wäre es, die Zwiebel vorher in kaltes Wasser zu tauchen."

„Wieso?"

Fasziniert betrachtete er ihre perfekt geformte Ohrmuschel und die rosig schimmernde Haut ihres Ohrläppchens. Ohne nachzudenken, erklärte er leichthin: „Wenn man die Zwiebel vor dem Schneiden in kaltes Wasser hält, können sich die Aminosäuren aus der äußeren Zellschicht nicht spalten und sich nicht mit dem Enzym aus dem Zellkern verbinden. Also entsteht auch kein Gas, das die Schleimhäute reizen kann."

Erst als Harper verwundert den Kopf in seine Richtung drehte, wurde ihm klar, was er gerade gesagt hatte.

„Wie bitte?" Sie zwinkerte. „Aminosäuren? Wovon redest du?"

Er zuckte mit den Schultern und tat ganz gelassen, als er erwiderte: „Das ist ein einfacher chemischer Prozess – überall nachzulesen."

„Ja, aber woher *weißt* du das? Bist du etwa Chemiker?"

Fast hätte er gelacht, denn Chemie hatte er während des Studiums aus tiefster Seele gehasst. „Nein, bin ich nicht, aber ich hatte Chemie in der Schule und habe immer gut aufgepasst", log er dreist. Sein früherer Chemielehrer Dr. Nichols würde das auf der Stelle bestätigen.

„In der Schule?" Harpers Augenbrauen schossen in die Höhe. „Das ist wie lange her? Zwanzig Jahre?"

„Naturwissenschaften lagen mir ziemlich gut. Am liebsten hatte ich Biologie – Fortpflanzungslehre und so weiter." Er wackelte bedeutungsvoll mit den Augenbrauen und hoffte, Harper ablenken zu können, bevor sie weiter nachbohrte, woher er ihr aus dem Stegreif heraus chemische Prozesse erklären konnte.

„Die Fortpflanzungslehre der Zwiebel oder was?“

„So ungefähr.“ Er räusperte sich laut. „Apropos Zwiebel, mein Schatz, aber ich fürchte, dass wir uns doch auf Pizza einstellen sollten, wenn du das arme Gemüse weiterhin zu Tode rührst.“

„Streng genommen ist die Zwiebel ein Lauchgewächs“, belehrte sie ihn, hörte damit auf, im Topf herumzurühren, und streckte ihm anschließend die Zunge heraus.

„Was?“, fragte er in gespielter Ungläubigkeit nach. „Bist du etwa Botanikerin?“

„Nein, nur ein Fan von Wikipedia, und jetzt hilf mir bitte, damit wir nicht verhungern müssen.“

Nur zu gerne tat er ihr den Gefallen und begann damit, das Fleisch vorzubereiten. Denn das hielt Harper hoffentlich davon ab, ihm weitere Fragen über seine Chemiekenntnisse zu stellen.

~

KAUM HATTE Harper ihr Handy eingeschaltet, klingelte es auch schon.

Nur ein kurzer Blick hatte gereicht, um sie wissen zu lassen, dass die eingegangenen Anrufe im dreistelligen Bereich lagen und dass sie einen halben Tag brauchen würde, um die Nachrichten zu lesen, die auf ihr Handy geschickt worden waren.

Weil sie jedoch überhaupt keine Lust hatte, ihre

idyllische Ruhe durch nervige Nachrichten stören zu lassen, dachte sie gar nicht daran, sie ausgerechnet jetzt durchzuarbeiten. Sie wollte ein paar Minuten entspannt auf dem Sofa liegen, das letzte Kapitel ihrer momentanen Lektüre lesen und sich anschließend nach draußen zu Cameron gesellen, der irgendetwas am Stall reparierte. Ihr Mann steckte voller Überraschungen, denn er besaß nicht nur die interessantesten Bücher, und davon sogar eine ganze Menge, sondern war so lieb gewesen, Feuer im Kamin zu machen, damit sie es gemütlich hatte, während sie las.

Seine Zuvorkommenheit wollte sie ihm danken, indem sie ihm gleich eine Tasse Kaffee nach draußen brachte.

Abgesehen davon wollte sie ihm zusehen, wie er etwas reparierte. In ihrem Kopf formte sich nämlich bereits das Bild ihres adonishaften Ehemannes, der verschwitzt und mit nacktem Oberkörper auf etwas einhämmerte und dabei die Muskeln spielen ließ. Die Vorstellung ließ sie unruhig werden ...

Aber als sie Lucys Namen auf dem Display sah, wusste sie, dass es ihr ihre Freundin niemals verzeihen würde, wenn sie den Anruf nicht entgegennahm. Also legte sie das Buch zur Seite und schlang die Decke um sich, während sie das Handy ans Ohr hielt.

„Hey, Lucy ...“

„Hey, Lucy?!“ Ihre Freundin war so aufgebracht, dass sie förmlich nach Luft schnappte. „Du bist verheiratet, auf einer einsamen Insel verschwunden und begrüßt mich mit *Hey, Lucy*?!"

Von allen Dingen, die sie hätte erwidern können, entschied sich Harper für: „Lewis ist nicht einsam. Hier wohnen um die zwanzigtausend Menschen."

„Oh, entschuldige", grollte ihre Freundin. „Mein Fehler!"

„Hör mal ..."

„Ich versuche schon seit Tagen, dich zu erreichen! Wieso hast du ständig das Handy ausgeschaltet?"

Nun, Harper hatte ihr Handy anfangs ausgestellt, weil sie ihre Ruhe haben wollte, und dann hatte sie es ausgeschaltet gelassen, um einen ungestörten Honeymoon mit ihrem Mann zu feiern.

„Ich war ... beschäftigt."

Die sonst so zuckersüße Lucy schnaubte durch den Hörer wie ein Büffel. „Ich *weiß*, was das bedeutet!"

Harper öffnete den Mund, um Lucy zu beruhigen und ihr zu versichern, dass sie sich um sie keine Sorgen machen musste, als ihre Freundin schnarrte: „Könntest du mir vielleicht erklären, warum du mitten in der Nacht verschwindest und am nächsten Tag einen Mann heiratest, den du nicht kennst? Blair hat gesagt, dass du mit ihm in einem Cottage jenseits der Zivilisation lebst und ..." Sie brach ab.

„Blair übertreibt. Mir geht es fabelhaft."

Lucys Stimmung kippte augenblicklich, als sie

besorgt wissen wollte: „Harper, brauchst du Hilfe? Kann ich etwas für dich tun?“

So aufgeregt und außer sich hatte Harper ihre Freundin noch nie erlebt. Lucy war die sanfteste und süßeste Person dieses Planeten. Sie war diejenige von den vier Freundinnen, die als Ruhepol der Gruppe immer untereinander geschlichtet hatte, wenn es zum Streit gekommen war. Als Brautmodenverkäuferin blieb ihr auch gar nichts anderes übrig, als gelassen auf hysterische Menschen zu reagieren. Doch jetzt drehte sie sprichwörtlich durch.

„Du musst überhaupt nichts tun“, versuchte sie Lucy zu beruhigen. „Mir geht es gut. Es ist wunderschön hier. Und Cameron ist ein Traum.“

Es dauerte ein paar Sekunden, bis Lucy verzagt wissen wollte: „Wieso heiratest du einen Mann, den du gerade erst kennengelernt hast? Das machst du doch sonst auch nicht!“

Der letzte Satz brachte sie zum Lachen. „Ich bin verliebt, *deshalb* habe ich ihn geheiratet.“

„Blair hat mir schon gesagt, dass du ihr erzählt hast, du hättest dich Hals über Kopf verliebt! Aber ich kann es trotzdem nicht so recht glauben.“ Lucy klang nach wie vor ungläubig.

Schmunzelnd warf Harper ein: „Was soll ich denn sagen? Dass ich eigentlich gar nicht Harper bin, sondern dass ein Alien meinen Körper in Besitz genommen hat?“

„Zum Beispiel!"

Harper verdrehte die Augen und streckte sich auf dem Sofa aus. Wie sollte sie ihrer Freundin erklären, dass sie machtlos gegen die Gefühle gewesen war, die Cameron in ihr geweckt hatte? Sie fand es ja selbst verrückt, dass sie ihn geheiratet hatte. Gleichzeitig war es erschreckend logisch und fühlte sich richtig an. „Keine Sorge, mit E.T. bin ich nicht in Kontakt gekommen und bin noch immer Herrin meiner Sinne."

„Bist du wirklich sicher?", rief Lucy zweifelnd. „Blair hat mir nämlich auch erzählt, dass dein Mann wie ein nordischer Gott aussieht, der mit bloßen Händen einen Baum spalten könnte und vermutlich auf einem Bett voller Tierpelze schläft, die er selbst gejagt und hergestellt hat."

„Blair hat zu viel Fantasie", beschied Harper glucksend. „Cameron ist sehr tierlieb und würde nicht auf die Pelzjagd gehen." Sie schnalzte mit der Zunge. „Und ja, er sieht tatsächlich wahnsinnig gut aus, ist blond, groß und besteht nur aus Muskeln. Außerdem ist er lustig, klug, hilfsbereit und nett."

„Himmel, du bist ja wirklich verknallt!"

„Ich bin verliebt", korrigierte sie ihre Freundin und wusste, dass sie kitschig klingen musste. „Er ist großartig."

„Mh ..." Lucy atmete nervös in den Hörer hinein. „Wenn du das sagst."

„Ja, das sage ich."

„Ich ... mh ... ich frage mich nur, ob ... also ..."

Stöhnend blickte Harper an die Decke über sich. „Raus damit, Lucy. Was willst du mich fragen?"

Die Frage platzte förmlich aus ihrer Freundin heraus. „Hat es mit Grant zu tun, dass du deinen Mann geheiratet hast?"

„Das hat auch schon Blair gefragt", entgegnete Harper etwas schärfer als beabsichtigt. „Und nein, ich habe Cameron nicht geheiratet, weil Grant die Hochzeit abgesagt hat."

„Bist du wirklich sicher? Ich meine ... du bist die vernünftigste und rationalste Person, die ich kenne und die immer einen Plan hat. Aber jetzt gerade wirkst du irgendwie ... planlos."

Sie konnte Lucy nicht böse sein, dass sie misstrauisch war. Wenn Lucy verlassen worden wäre und dann jemanden heiraten würde, den sie gerade erst getroffen hatte, wäre Harper krank vor Sorge gewesen. „Falls du wissen willst, ob ich Cameron geheiratet habe, um die geplatzte Hochzeit mit Grant zu kompensieren: nein. Auf keinen Fall. Aber irgendwie hat es mir die Augen geöffnet, dass Grant die Hochzeit abgesagt hat. Ich habe bemerkt, dass ich gar nicht so wild darauf war, ihn zu heiraten, weil ich nicht in ihn verliebt war. Außerdem musste ich feststellen, dass ich mir selbst im Weg stand, indem ich irgendwelche Pläne verfolgt habe, die mich nicht glücklich gemacht haben. Von jetzt an will ich mich mehr treiben lassen."

„Unter treiben lassen verstehst du also, dich Hals über Kopf zu verlieben und zu heiraten?"

„Ich will mehr auf mein Bauchgefühl hören, und das sagte mir, Cameron zu heiraten."

„Und was sagt dir dein Bauchgefühl sonst noch? Ich meine, was ist mit deinem Job? Willst du deine Wohnung in Seattle verkaufen?"

Harper zuckte mit der Schulter und vergaß dabei, dass Lucy das gar nicht sehen konnte. „Ich weiß es nicht. Irgendetwas wird sich schon ergeben. Momentan will ich mir darüber keine Gedanken machen."

Leise hakte Lucy nach: „Glaubst du, dass du das schaffst?"

Das war eine Frage, auf die Harper keine Antwort hatte. Seufzend entgegnete sie ehrlich: „Ich weiß es nicht, aber ich will es versuchen."

„Viel Glück", kommentierte Lucy und klang dabei ehrlich.

„Danke." Harper holte tief Luft und fragte gespielt fröhlich nach: „Und jetzt erzähl mir, wie es dir geht. Bist du schon wieder in San Francisco?"

Ihre Freundin lachte heiser auf. „Machst du Witze?"

„Nein, wieso?"

Es knackte kurz in der Leitung, bis Lucys Stimme wieder an ihr Ohr drang. „Ich pflege noch immer meinen monströsen Kater und denke mit Grauen daran, meinen Koffer zu packen und in den Flieger zu steigen. Hoffentlich wird mir nicht schlecht. Warum ich noch zwei Tage nach der Hochzeit beschwipst bin, ist mir ein Rätsel."

Harper runzelte die Stirn und hatte keinerlei Ahnung, was Lucy meinen könnte. „Welche Hochzeit? Wovon sprichst du überhaupt?"

Lucy betonte jedes Wort. „Ich spreche davon, dass Blair und Jake am Samstag spontan entschieden haben zu heiraten."

„Moment!" Erschrocken setzte sie sich auf und merkte, wie ihr Mund offen stand. „*Was* hast du gesagt?"

„Ich habe gesagt, dass Blair und Jake vorgestern geheiratet haben. Das wüsstest du auch, wenn du früher an dein Handy gegangen wärst."

„O mein Gott! Die beiden ... aber ... das ist der Wahnsinn!" Harper konnte es nicht fassen. „Sag bitte nicht, dass du einen Witz gemacht hast!"

„Nein, habe ich nicht. Dein Bruder hat unsere Freundin geheiratet. Er trug bei der Trauung sogar seinen Kilt."

Das war völlig unglaublich!

Sprachlos starrte Harper vor sich hin und schüttelte innerlich den Kopf. Ein Jahr lang hatte sie vergeblich darauf gewartet, dass Blair und Jake wieder zur Vernunft kamen. Erst vorgestern hatte sie einsehen müssen, dass ihr Wunsch nicht in Erfüllung gehen würde. So wie sich die beiden angegiftet hatten, war sie zu der Erkenntnis gekommen, dass ihr Bruder und ihre beste Freundin, die zehn Jahre ein tolles Paar gewesen waren, nicht wieder zueinanderfinden würden. Jetzt fragte sie sich verdutzt, was passiert war, dass sich Blair und Jake endlich zusammengerauft und es geschafft hatten, vor den Traualtar zu treten. Und sie war unwahrscheinlich froh. Das war die beste Nachricht des Tages! „Die beiden haben sich vormittags noch wie die Kesselflicker gestritten, als sie hier waren! Und kurz darauf haben sie geheiratet?"

Kichernd erzählte Lucy: „Sie sind hier aus dem Auto gestiegen und haben verkündet, dass sie noch am gleichen Tag heiraten wollten. Es war etwas improvisiert und hektisch, aber wirklich rührend. Dein Dad hat Rotz und Wasser geheult."

Beinahe hätte auch Harper Rotz und Wasser geheult, weil sie so erleichtert war, diese schöne Neuigkeit zu hören. Und sie war erleichtert, dass ihre Eltern wenigstens eine Hochzeit ihrer Kinder miterlebt hatten.

Wieder knackte es in der Leitung. Dieses Mal verstand sie kaum ein Wort von dem, was Lucy von sich gab.

„Lucy? Ich verstehe dich ganz schlecht."

„Ich ... dich ... auch", hörte sie Lucy sagen, auch wenn durch das Knacken in der Leitung nur ein paar Wortfetzen zu erkennen waren.

„Warte, ich gehe nach draußen", erwiderte Harper

laut und deutlich in den Hörer, während sie sich vom Sofa schwang, in die viel zu großen Gummistiefel von Cameron schlüpfte, die vor der Haustür standen, und nach draußen ging. Blendender Sonnenschein empfing sie sowie das monotone Geräusch, das von Cameron kam, der auf einer Leiter stand und auf ein anscheinend loses Holzstück an der Stallwand hämmerte.

Anders als in ihrer Vorstellung trug er ein T-Shirt und war nicht nackt. Trotzdem hatte sein Anblick etwas höchst Erfreuliches an sich.

Lächelnd schirmte sie ihre Augen von der Sonne ab und fragte ins Telefon hinein: „Verstehst du mich jetzt besser?"

„Ja, ein bisschen."

„Gut."

„Was ist das denn für ein Krach im Hintergrund?"

„Cameron repariert den Stall", informierte sie Lucy mit zuckenden Mundwinkeln. „Er steht auf einer Leiter und hämmert einen Nagel ins Holz."

„Ist er nackt?"

Glucksend verneinte sie. „Leider nicht."

Beide Frauen schwiegen einen Moment, bis Lucy wieder das Wort ergriff. „Harper, sei bitte ehrlich. Ist er der Richtige?"

Sie ließ ihren Blick über ihn schweifen, betrachtete den breiten Rücken, die langen Beine und die starken Arme und spürte dabei ein prickelndes Ziehen im Bauch, weil sie ihn heiß, sexy und anbetungswürdig fand. Und gleichzeitig machte sich ein aufgeregtes Pochen in ihrer Brust breit. Genau in der Gegend, in der sich ihr Herz befand. Das hier war mehr als reine Lust und Leidenschaft.

„Ja, ich glaube, das ist er."

KAPITEL 9

Harpers To-do-Liste:
~~*Ins Auto steigen und einfach losfahren*~~
~~*Spontan sein*~~
~~*Den perfekten ersten Kuss bekommen*~~
~~*Heißen, wilden Sex haben*~~
Unterm Sternenhimmel schlafen

AUFGEREGT SAß Harper neben Cameron in seinem Geländewagen, starrte verzückt aus dem Fenster und streichelte gleichzeitig mit der rechten Hand über Max' Kopf, den der Hund auf die Mittelkonsole gebettet hatte.

Zu ihrer Rechten erstreckten sich paradiesisch aussehende Strände, die man eher in der Südsee vermutet hätte, aber sicherlich nicht auf einer schottischen Insel. Türkisfarbenes Wasser, weißer Sandstrand und ein wolkenloser Himmel sowie eine strahlende Sonne erwarteten sie, nachdem sie vom Cottage aufgebrochen waren und nur vierzig Meilen südlich auf die Isle of Harris gefahren waren. Die Gegend war ein Traum. Wenn es etwas wärmer gewesen wäre und sie einen Cocktail in der Hand gehalten hätte, wäre Harper versucht gewesen, im Radio des Landrovers nach Reggaemusik zu suchen.

„Habe ich dir zu viel versprochen?"

„Überhaupt nicht", entgegnete Harper schwärmerisch und sah Cameron ins Gesicht. „Es ist wunderschön hier. Nur werde ich vermutlich niemals den Ortsnamen aussprechen können."

„Lukentyre."

„Lukentyre", imitierte sie ihn und nahm dabei automatisch den heiseren Tonfall an, den Camerons Stimme besaß.

„Du musst das R mehr rollen", wies er sie an. „LukentyRe."

„So?" Wieder probierte sie es und rollte dabei übertrieben lang den Konsonanten.

„Fast perfekt", lobte er sie mit einem unterdrückten Lachen. „Bald wird man dich für eine waschechte Highlanderin halten."

„Dafür fehlen mir die roten Haare."

„Ich bin doch auch nicht rothaarig, sondern blond. Und ich bin ein waschechter Highlander, Baby."

Harper drehte sich auf ihrem Autositz zu ihm um und verzog nachdenklich den Mund, während sie ihn musterte. Währenddessen kraulte sie weiterhin Max' Kopf und erntete ein zufriedenes Schnaufen des Hundes, der sie überallhin begleitete, seit sie ihm vorgestern etwas von ihrem Schinkenbrot abgegeben und ihm erlaubt hatte, mit ihr auf dem Sofa zu liegen und einen Film zu schauen. Cameron beschwerte sich seither, dass sie seine strenge Erziehung torpedierte, und Harper unterließ es, ihn darauf hinzuweisen, dass er derjenige war, der Max am Tisch fütterte und ins Bett ließ.

Er musste ihren Blick gesehen haben, da er neugierig fragte: „Was ist?"

„Du bist zwar blond, aber dein Haar schimmert rötlich, wenn Licht darauf fällt." Ihre Augen hefteten sich auf seine Wangen, die frisch rasiert waren. „Das ist mir erst letztens aufgefallen, als ich mir deine Bartstoppeln angesehen habe."

„Wann hast du dir denn meine Bartstoppeln angesehen?"

Lächelnd legte sie den Kopf gegen den Sitz und erklärte versonnen: „Vor ein paar Tagen. Du hast geschlafen und ich war schon wach."

„Aha." Er klang zufrieden. „War das vielleicht an jenem Morgen, als ich wach wurde, weil du deine

Hände nicht von mir lassen konntest? Haben dich meine rötlich schimmernden Bartstoppeln so scharf gemacht, dass du deinen Mann aus einem sehr entspannenden Schlaf reißen musstest?"

Er klang so überheblich, dass Harper die Augen verdrehte und leichthin erwiderte: „Mir war langweilig, und ich war zu faul, um nach unten zu gehen und fernzuschauen, also blieb ja nichts anderes übrig, als dich für Sex zu wecken."

Hustend schnappte er nach Luft. „Was?"

Heiter lachte sie auf.

„Darüber macht man keine Witze, Weib!"

„Doch, das macht man", widersprach sie. „Vor allem dann, wenn Männer vor Selbstbewusstsein nur so strotzen."

„Selbstbewusstsein?" Seine linke Hand landete prompt auf ihrem Knie. „Ich dachte, du magst es, wenn ich ... *selbstbewusst* bin."

Schnaubend schaute sie auf seine große Hand, die winzige Kreise über ihre Hose zog. „Wir reden jetzt nicht über Sex."

„Das ist aber schade."

Harper ignorierte seinen Einwurf. „Was ist der Unterschied zwischen einem Schotten und einem Highlander?"

„Jeder Highlander ist ein Schotte, aber nicht jeder Schotte ist ein Highlander", feixte er.

„Sehr aufschlussreich", murrte Harper. „Damit hast

du mir wahnsinnig geholfen."

„Was willst du denn wissen?"

Amüsiert fragte sie nach: „Muss man sich von einem Schwert durchbohren lassen und unsterblich werden, damit man zum Highlander wird? Bist du in Wahrheit schon dreihundert Jahre alt?"

Cameron schnaubte laut auf. „Diese Filme sind so schlecht!"

„Das finde ich überhaupt nicht." Harper macht es sich auf ihrem Sitz gemütlich und seufzte genießerisch. „Christopher Lambert zusammen mit Sean Connery ... und dann diese langen Haare! Da geht einer Frau das Herz auf."

Wieder schnaubte Cameron – dieses Mal deutlich abfälliger. „Der Film ist voller historischer Unwahrheiten und Fehler!"

„Wen interessieren historische Unwahrheiten, wenn Männer auf dem Bildschirm mit nackten Oberkörpern einander mit Schwertern bekämpfen?"

„Die Schwerter in den Filmen bestehen vermutlich aus Plastik", merkte er geringschätzig an.

„Plastik. So, so. Hast du denn schon einmal mit einem richtigen Schwert gekämpft?"

„Nein", erwiderte er und grinste ihr zu. „Aber ich bin auch noch keine dreihundert Jahre alt. Und um auf deine Frage zurückzukommen: Man ist ein Highlander, wenn man in den Highlands geboren ist."

Das war alles? „Also ist es eine rein geografische

Frage?" Enttäuscht verzog sie den Mund. „Ich hatte auf einen heiligen Eid oder so gehofft."

„Nein, da muss ich dich enttäuschen, Süße."

Neugierig musterte sie ihn. „Und du bist ein Highlander?"

Cameron schien einen kurzen Moment zu zögern, bis er feierlich nickte. „Jawohl, Ma'am. Cameron MacAlister vom Clan der MacAlisters aus Glenmore."

Sie runzelte die Stirn und fragte sich, ob er sie gerade auf den Arm nahm, denn seine Stimme klang so übertrieben, als würde er in einem Laientheater den Hamlet spielen. „Meinst du das ernst?"

„Natürlich meine ich das ernst. Warum sollte ich dir irgendeinen Unsinn erzählen?"

„Vielleicht weil du wie ein talentfreier Schauspieler klingst, der lieber die Branche wechseln sollte?"

Seine Mundwinkel zuckten belustigt. „Keine Sorge, ich heiße wirklich Cameron MacAlister und bin ein waschechter Highlander – auch ohne heiligen Eid und Plastikschwert."

„Mhm." Harper musterte sein Profil und konnte nicht widerstehen, Folgendes zu fragen: „Wenn du ein Highlander bist, wo ist dann dein Kilt?"

Im Auto herrschte kurzzeitig Stille, bis Cameron sich räusperte. „Hast du mich gerade wirklich nach meinem Kilt gefragt?" Fröhlich gluckste er auf. „Ernsthaft?"

„Ja, ernsthaft. Du besitzt doch einen Kilt, oder?"

„Natürlich besitze ich einen", erwiderte er so empört, als hätte sie die Königin oder deren Hunde beleidigt.

„Warum trägst du ihn dann nicht?"

„Schätzchen", ließ er sich beinahe gönnerhaft vernehmen. „Ein Kilt ist eine Tracht, aber keine Alltagskleidung."

Ebenso gönnerhaft schlug sie zurück. „Schätzchen, ich habe in den letzten Wochen schon zig Männer in Kilt gesehen, als ich in Schottland unterwegs war."

„Tja, das waren vermutlich Touristen." Er machte eine Pause und fügte hinzu: *„Amerikanische* Touristen. Die erfüllen gerne jedes Klischee und sind die ersten, die sich in Schottland einen Kilt kaufen oder in Deutschland eine Lederhose."

„Sag nichts gegen amerikanische Touristen, mein Freund. Ich bin auch eine amerikanische Touristin", wies sie ihn auf das Offensichtliche hin.

Cameron grinste breit und klopfte ihr auf den Oberschenkel. „Lass mich raten, Süße – du hast dir auf der Royal Mile in Edinburgh mindestens einen Tartanschal aus Kaschmir und eine Decke aus Lammwolle andrehen lassen, bevor du dir ein Paar Hausschuhe gekauft hast, die wie das Monster von Loch Ness aussehen. Nicht zu vergessen die obligatorische Packung Haggis, um sie mit nach Hause zu nehmen und dann wegzuschmeißen. Das machen *alle* Touristen. Insbesondere die aus den USA."

Harper stockte kurz und dachte an die Souvenirs, die sich in ihrem Hotelzimmer befunden hatten, als sie das Weite gesucht hatte. Sie konnte nur hoffen, dass sich Lucy oder ihre Mom um ihre restlichen Sachen gekümmert hatten. Ja, sie hatte sich einen Schal gekauft – und vieles mehr. Dennoch hob sie die Nase und korrigierte Cameron: „Da irrst du dich. Das habe ich natürlich *nicht* getan."

„Wirklich nicht?" Zweifelnd sah er zu ihr hinüber.

„Wirklich nicht! Die Hausschuhe mit Nessie drauf waren potthässlich – ich habe mich für die entschieden, die wie Hochlandrinder aussehen."

Cameron brach in schallendes Gelächter aus. „Himmel, jetzt wird mir erst die Tragweite dessen bewusst, dass ich eine Amerikanerin geheiratet habe. Howdy!"

Obwohl auch Harper lachen musste, widersprach sie ihm empört: „Ich komme aus Ohio und nicht aus Texas! Wir sagen nicht Howdy."

„Heißt das, dass du normalerweise keinen Cowboyhut trägst und Kautabak ausspuckst?"

„Igitt!" Harper verzog angewidert das Gesicht. „Wer denkt denn hier in Klischees?"

Er schaltete in einen langsameren Gang und sinnierte gleichzeitig gut gelaunt: „Mischehen bedeuten Kompromisse, Liebling. Aber wenn du einen Cowboyhut trägst – *nur* einen Cowboyhut –, dann ziehe ich meinen Kilt an. Wie klingt das?"

„Ich finde, das klingt fast so, als wolltest du mich über den Tisch ziehen."

„Abwarten." Wieder schüttelte er amüsiert den Kopf und schnalzte leise mit der Zunge, während er scheinbar mit sich selbst sprach. „Da fragt sie mich, ob ich einen Kilt besitze!"

Darauf antwortete Harper nicht, sondern wollte neugierig wissen: „Wo liegt Glenmore?"

„Bitte?"

„Glenmore", half sie ihm auf die Sprünge. „Du hast gesagt, du kämst aus Glenmore. Ich wollte nur wissen, wo das liegt, Cameron."

Sie konnte sich täuschen, aber Cameron machte den Eindruck, als wäre ihm die Frage unangenehm. Jedenfalls sprachen dafür die nach unten gezogenen Mundwinkel und die gerunzelte Stirn.

Gerade als sie dachte, er würde gar nicht mehr antworten, erwiderte er demonstrativ gelassen: „Südwestlich von Inverness. Der Ort ist so klein, dass ihn kaum jemand kennt."

„Er klingt nett."

„Er ist vor allem winzig. Dort ist nicht besonders viel los und es gibt nicht viel zu sehen."

Besonders gesprächig war er ja nicht, was seinen Heimatort betraf. „Hast du dort noch viel Familie?"

„Vielleicht ein paar entfernte Cousins dritten Grades, die ich nicht kenne."

„Und wo leben deine ...?"

„Gibst du mir mal das Wasser?“ Cameron räusperte sich vernehmlich. „Ich glaube, ich habe ein paar Staubkörner verschluckt.“

Harper wusste, wann jemand von einem Thema ablenken wollte, das ihm nicht behagte, und griff nach der Wasserflasche, die sich im Seitenfach des Autos befand. Was sie von Camerons Reaktion halten sollte, konnte sie nicht genau sagen, aber jetzt war vermutlich der falsche Ort und der falsche Zeitpunkt, um darüber zu reden.

Also schraubte sie den Verschluss der Wasserflasche für ihn auf und reichte ihm die Flasche.

„Danke, Harper.“

„Nicht dafür.“

Die Stimmung war plötzlich etwas merkwürdig, aber das wollte sie nicht. Harper wollte einen schönen Tag mit Cameron verbringen und sich den durch nichts trüben lassen – auch nicht durch Fragen, die ihr unter den Nägeln brannten. Sie hatten noch so viel Zeit, alles voneinander zu erfahren.

„Wann sind wir da? Ich kann es kaum noch erwarten, dass du mir sagst, was du heute mit mir vorhast“, wechselte sie das Thema, bevor das Schweigen zwischen ihnen unangenehm werden konnte.

Ihre Rechnung ging glücklicherweise auf, da Cameron wieder lächelte. „Ich dachte, wir arbeiten ein bisschen an deiner Liste.“

„Achterbahnfahren?“, mutmaßte sie scherzhaft.

„Und wenn es so wäre?"

„Dann wüsste ich nicht, wofür wir den ganzen Kram brauchen, den du ins Auto gepackt hast."

Er ging vom Gas und fuhr um eine Kurve, die auf eine abgelegen wirkende Straße direkt in Strandnähe führte. Vor ihnen waren Dünen und weißer Sand zu erkennen. „Auf deiner Liste steht doch, dass du einmal unterm Sternenhimmel übernachten willst, oder?"

Harper schnappte nach Luft. Auch Max begann so aufgeregt zu fiepen, als hätte er sein Herrchen verstanden.

„Wir werden hier übernachten?"

„Wenn du Lust darauf hast", erwiderte Cameron und tuckerte auf einen zwischen den Dünen verborgenen Parkplatz, der über und über mit Sand bedeckt war. Sie konnten vermutlich von Glück reden, dass der Geländewagen über einen Allradantrieb verfügte.

„Natürlich habe ich Lust darauf!" Sie beugte sich über die Mittelkonsole und drückte ihm einen Kuss auf den Mund. „Danke, Cameron. Das ist ganz wunderbar."

Er grinste gegen ihre Lippen, während er das Auto zum Stehen brachte. „Warte ab, Baby, denn wir werden gleich zwei Punkte auf einmal von deiner Liste streichen, schließlich haben wir kein Schwimmzeug dabei."

~

Das mit dem Nacktbaden war vermutlich keine sehr

gute Idee gewesen, überlegte Cameron, während er die dicke Wolldecke über Harpers und seine Schultern zog. Zum Glück gab es Max, der sich an ihre Füße kuschelte, und das Lagerfeuer, das er entfacht hatte und eine angenehme Wärme spendete.

Wirklich baden waren sie gar nicht gegangen, aber das war auch nicht nötig gewesen, da der Wind ziemlich frisch gewesen war und ihre Füße augenblicklich gefroren hatten, als Harper und er sich auf Zehenspitzen in die Brandung getraut hatten.

Die Kälte war gar nicht das Schlimmste gewesen, schließlich hatten sie Spaß gehabt, als sie wie die Kinder miteinander am Strand herumgealbert hatten, während Max fröhlich bellend um sie herumgesprungen war oder tiefe Löcher in den Sand gebuddelt hatte. Unangenehm war es lediglich geworden, als eine Gruppe Teenager gleich in ihrer Nähe aufgetaucht war und sie bei ihrem *Nacktbaden* ertappt hatte.

Die fünf schienen es amüsant gefunden zu haben, als sie Harper und ihn dabei erwischt hatten, ohne jede Kleidung am Strand herumzulaufen. Die fünf waren nicht nah genug gewesen, um wirklich *alles* zu sehen, aber so weit war die Entfernung auch nicht gewesen, dass man ihr Lachen nicht hätte hören können. Auf jeden Fall hatten die fünf sie beide aufgeschreckt, sodass Harper und er zurück in die Dünen gerannt waren und dabei wie verrückt gelacht hatten.

Harper verstand jedenfalls Spaß, denn es hatte ihr

nicht sonderlich viel ausgemacht, von ein paar Teenagern im Evakostüm überrascht worden zu sein. Sie hatte es sogar so lustig gefunden, dass sie vor lauter Lachen in den Sand gefallen war, als sie hektisch in ihre Kleidung gesprungen waren.

Den späteren Strandspaziergang hatten sie beide ordentlich angezogen angetreten, obwohl weit und breit niemand zu sehen gewesen war.

Und jetzt saßen sie an einem romantischen Lagerfeuer im feuchten Sand, hatten labbrige Sandwiches aus Plastikverpackungen gegessen und froren erbärmlich, weil der Wind ziemlich heftig war. Außerdem konnte man keinen einzigen Stern sehen, weil im Laufe des Abends Wolken über den Himmel gezogen waren.

In seiner Vorstellung hätte dieser Ausflug ganz anders sein sollen.

Auch Harpers Gedanken gingen offenbar in eine ähnliche Richtung. „Cameron, ich fürchte, ich habe ein Problem."

„Oh ... und welches?"

„Ich muss ganz nötig pinkeln, habe aber Angst, dass ich mir etwas abfrieren könnte, wenn ich zwischen den Dünen verschwinde und die Hose herunterlasse."

Er war nur erleichtert, dass Harper eher belustigt als verzagt klang. „Dann sind wir schon zwei." Stöhnend zog er sie noch enger an sich und rieb mit seiner Hand über ihren Oberarm. „Dieser Ausflug ist ein Reinfall. Entschuldige."

„Ach, ich weiß gar nicht, was du hast. Eigentlich ist es doch sogar ziemlich abenteuerlich."

„Abenteuerlich ist genau das richtige Wort, wenn wir morgen mit Erfrierungen an diversen Extremitäten in einem Krankenhaus landen."

„Sei nicht so negativ", schalt sie ihn zärtlich und schmiegte ihren Kopf gegen seine Schulter. „Ich finde unseren Ausflug sehr romantisch und wahnsinnig süß."

„Süß?" Er hörte wohl nicht recht!

„Ja, ich habe den süßesten Mann der Welt, der mich mit romantischen Ausflügen überrascht, damit ich ein paar Punkte von meiner To-do-Liste streichen kann. Wer würde das sonst machen?"

Ihre Worte taten ihm gut und entfachten eine wohlige Wärme in seinem Inneren. Cameron hatte sich bereits Sorgen gemacht, dass er sie mit seiner Reaktion auf ihre Frage nach seiner Familie vor den Kopf gestoßen haben könnte. Aus völlig harmlosen Fragen hatte sich plötzlich ein Gespräch über seine Familie entwickelt, für das er nicht bereit war. Noch nicht.

Harper hatte ihn kalt erwischt.

Als sie sich auf der Fähre kennengelernt hatten, war sie diejenige gewesen, die ihm munter von ihrer Familie erzählt hatte. Familiengeschichten, die die meisten erzählen konnten, wenn sie ein gutes Verhältnis untereinander hatten. Lustige, herzliche und mitunter peinliche Geschichten, die man gerne erzählte. Cameron erzählte am liebsten nichts über seine Familie. Dagegen wusste er so einiges von ihrer Familie und hatte das Gefühl, allein wegen Harpers Erzählungen seine Schwiegereltern gut zu kennen, obwohl er ihnen niemals begegnet war. Auch sein Schwager war kein Unbekannter, da Harper ihm alles Wissenswerte über Jake berichtet hatte – erst recht nach der Hochzeit ihres Bruders und ihrer besten Freundin. Die Beziehung zwischen Bruder und Schwester war eng und herzlich. Beide verstanden sich blendend.

Cameron hatte keine Geschwister, aber er hatte Eltern. Doch die Beziehung zu ihnen war ... kompliziert. Und sie würde sich auch nicht allzu bald verbessern, schließlich weigerte er sich seit zwei Jahren, mit seinem Vater zu reden.

Wie gesagt: Es war kompliziert.

Und ausgerechnet seine Frau wollte Cameron in diese komplizierte Beziehung nicht mit hineinziehen.

„Ich glaube, du hast bereits mitbekommen, dass ich dir nur allzu gerne behilflich dabei bin, diverse Punkte von deiner Liste zu streichen."

Harper schnaubte gegen seinen Hals. „Falls es dir nicht aufgefallen ist, aber du zerstörst die romantische Stimmung mit deinen perversen Anspielungen."

„Romantische Stimmung?", blökte er fassungslos. „Wir werden beide morgen eine Lungenentzündung haben, so romantisch ist es hier."

„Allein der Gedanke zählt", warf Harper ein.

„Tja, wir können nicht einmal die Sterne sehen, Süße. Ich fürchte, das wird heute nichts mehr mit der Nacht unterm Sternenhimmel."

„Aber sie sind da." Ihre Hand legte sich auf seine Brust. Das fühlte sich wahnsinnig toll an. „Auch wenn wir sie nicht sehen können, sind die Sterne trotzdem da."

„Du klingst wie eine Philosophin", murmelte er und schmiegte seine Wange gegen ihren Scheitel.

„Mach dich nicht über mich lustig."

„Tue ich auch nicht", entgegnete er ehrlich. „Ich mag deine Ansichten und Gedanken, Harper. Du bist pragmatisch und machst nicht gleich aus allem ein Drama. Das gefällt mir."

Ihre Stimme war voller Sarkasmus. „Dann hättest du mich vor ein paar Wochen erleben sollen. Es ist noch gar nicht so lange her, da wurde ich liebevoll Brautzilla genannt, weil ich ein furchtbares Drama um die Hochzeit gemacht und alle um mich herum in den Wahnsinn getrieben habe."

Vermutlich hätte Cameron einen Stich Eifersucht fühlen sollen, als Harper von der Hochzeit mit einem anderen Mann sprach, die nur einen Tag vor ihrer Hochzeit ins Wasser gefallen war. Doch die Eifersucht blieb aus, weil sie sich eng an ihn kuschelte und bislang kein einziges Mal den Anschein gemacht hatte, an ihren Ex zu denken.

„Für mich zählt das Jetzt und nicht das Früher."

„Wer klingt denn jetzt philosophisch?“, neckte sie ihn.

„Es ist mir ernst. Ich weiß nicht, wie du warst, sondern wie du bist. Das ist alles, was zählt.“

Harper sagte lange nichts. Ebenso wie er starrte sie in die Flammen des Lagerfeuers, blieb dabei eng an ihn geschmiegt und streichelte über seine Brust.

„Cameron?“

„Hm?“

„Lass uns nach Hause fahren“, schlug sie ihm flüsternd vor.

Die Art und Weise, wie sie *nach Hause* sagte und dabei sein Cottage meinte, ließ sein Herz schneller schlagen. „Aber ich dachte, du wolltest unbedingt einmal unter freiem Himmel schlafen?“

„Mit vierzehn dachte ich auch, dass eine Dauerwelle eine gute Idee sei. Das war sie aber nicht.“ Resolut fügte sie hinzu: „Außerdem können wir ja einfach behaupten, unter freiem Himmel geschlafen zu haben, wenn uns jemand fragt.“

Harpers Antwort entlockte ihm ein Glucksen, das ihn kurze Zeit vergessen ließ, dass sein Hintern vom feuchten Sand bereits ganz nass war.

KAPITEL 10

Harper konnte es nicht leugnen, aber sie begann langsam die Wände hochzugehen.

Nein, ganz so schlimm war es noch nicht, aber nach fast zwei Wochen Flitterwochen war sie an einen Punkt gelangt, an dem sie eine Aufgabe brauchte. Leider war sie nicht der Typ dafür, die Hände in den Schoß zu legen und zu faulenzen.

Um es ganz direkt auszusprechen: Ihr war langweilig.

Während Cameron am Stall werkelte, an seinem Auto schraubte oder irgendetwas im Haus reparierte – was oft der Fall war –, wusste Harper nicht, wohin mit ihrer Energie und ihrem Tatendrang. Glücklicherweise verbrauchte sie bereits eine große Menge ihrer Energie beim Sex mit ihrem Mann, was ebenfalls oft der Fall war. Und so schön es auch war, mehrmals am Tag zum

Orgasmus gebracht zu werden, reichte ihr das einfach nicht. Sie musste sich beschäftigen. Und zwar sinnvoll.

In den ersten Tagen hatte sie es genossen, einfach einmal nichts zu tun, ein Buch zu lesen und Spaziergänge durch die Natur zu unternehmen. Außerdem hatte sie fast jeden Film gesehen, den Cameron besaß – von seiner Vorliebe für Science-Fiction-Filme einmal abgesehen. Sie konnte blutrünstigen Aliens nicht viel abgewinnen.

Dann war sie dazu übergegangen, sich in der Küche zu versuchen, hatte aber einsehen müssen, dass ihr Talent in anderen Bereichen lag. Spätestens als sie eine der Pfannen wegwerfen musste, weil man den verkohlten Speck nicht mehr entfernen konnte, und als sie fürchten musste, an einer Rauchvergiftung zu sterben, hatte sie erkannt, dass aus ihr niemals eine Köchin werden würde. Ebenso wenig talentiert war sie beim Stricken, da ihr die Geduld für Handarbeiten fehlte.

Ihr Talent lag in einem anderen Bereich, aber mit Finanzberatung konnte sie hier nicht viel anfangen.

Jedoch konnte sie sich auf andere Weise nützlich machen, indem sie ihre Vorliebe für gut durchdachte Organisation und Planung verwendete. Also strukturierte sie die Küche um, putzte alles blitzblank und räumte die Küchenschränke neu ein, um den Platz effektiver nutzen zu können. Das Gleiche tat sie im Schlafzimmer, in dem sie die Schubladen der Kommoden und die Fächer des Kleiderschrankes neu überdachte und umräumte. Im Badezimmer ging sie ähnlich vor und verstaute die Handtücher im Badezimmerschrank, anstatt sie in der Schlafzimmerkommode zu verwahren, damit man sie gleich nach der Dusche griffbereit hatte und nicht erst mit nassen Füßen durch den Flur laufen musste.

Als sie fertig war, glänzte das gesamte Cottage auf Hochglanz und jeder militärische Drillsergeant hätte sich über ihre strukturierte Ordnung gefreut.

Das Problem war nur, dass Harper jetzt wieder eine neue Aufgabe brauchte.

Cameron wollte sie nicht sagen, dass sie sich langweilte und eine Beschäftigung benötigte, die sie erfüllte, weil sie ihm nicht das Gefühl geben wollte, dass er ihr nicht reichte. Sie waren seit fast zwei Wochen verheiratet, und es wäre zu früh gewesen, wenn sie jetzt die nörgelnde Ehefrau gespielt hätte. Außerdem hatte Harper Angst davor, dass Cameron glauben könnte, sie würde in alte Muster zurückfallen und wieder damit beginnen, ihr Leben zu verplanen. Sich treiben zu lassen, hieß schließlich nicht, gar nichts mehr zu tun. Cameron tat genug, ohne dass er dabei einen Plan verfolgt hätte.

Jedenfalls glaubte sie das, aber sicher war sie sich nicht.

Peinlicherweise wusste sie nämlich nicht, was ihr Mann eigentlich tat – beruflich gesehen. Sie wusste nicht einmal, ob er überhaupt einen Job hatte, befürchtete jedoch, dass er arbeitslos war. Was hätte sie auch sonst denken sollen? Er fuhr morgens nicht weg, verbrachte nur wenig Zeit am Computer und blieb die meiste Zeit mit ihr im Cottage, wo er irgendetwas reparierte. Für eine regelmäßige Arbeit war das schlicht zu wenig.

Was also arbeitete er?

Und wie finanzierte er sein Leben?

Vor ihrer Hochzeit hatte sein Berufsleben sie nicht interessiert, und nach der Hochzeit war sie zu beschäftigt damit gewesen, ihren Ehemann kennenzulernen. Aber irgendwann kam der Punkt, an dem sie nicht länger vermeiden konnte, über seine berufliche Situation nachzudenken – oder über ihre gemeinsame finanzielle Situation.

Eigentlich war sie nicht so nachlässig, was Finanzen betraf, und hatte ihren Kontostand sowie die Ausgaben und Einnahmen immer im Blick, um auf Abweichungen sofort reagieren zu können. In ihrem Job tat sie auch nichts anderes.

Jetzt stand sie plötzlich vor der Situation, dass ihre finanzielle Situation die große Unbekannte in der Gleichung war.

Und es machte sie ein bisschen verrückt, dass sich ihre finanzielle Sicherheit ihrer Kontrolle entzog.

Vermutlich hätte sie Cameron einfach fragen sollen, aber er hatte bereits so verschlossen reagiert, als sie ihm eine simple Frage nach seiner Heimatstadt gestellt hatte, dass sie ihn nicht verprellen wollte, indem sie ihn nach der Höhe seines Bankkontos fragte. Vielleicht war es ihm auch peinlich, dass er sich gerade so über Wasser halten konnte. Da wollte sie nicht noch tiefer in der Wunde bohren.

Bei genauerer Betrachtung ergab es durchaus Sinn, dass Cameron knapp bei Kasse war.

Das würde auch erklären, dass er diesen zerbeulten Geländewagen fuhr, ein baufälliges Cottage gekauft hatte, das angesichts der niedrigen Grundstückspreise auf Lewis nicht mehr als einen Apfel und ein Ei gekostet haben durfte, und sehr bescheiden lebte.

Es juckte ihr in den Fingern, einen Finanzplan zu entwerfen.

Wenn sie Einblick in seine Finanzen bekommen würde, könnte sie an der Sicherstellung ihrer Existenzgrundlage arbeiten. Ein paar geschickte Investitionen hier und ein paar kleinere Fonds da bewirkten bereits Wunder. Und falls Cameron einen Kredit für das Cottage abgeschlossen hatte, würde sie nur allzu gerne einen Blick hineinwerfen und eventuell nach einer profitableren Alternative Ausschau halten. Aber um all das tun zu können, müsste sie erst einmal über die relevanten Informationen verfügen.

Das tat sie jedoch nicht und wich dem Thema aus, weil Cameron nicht den Eindruck machte, über seine Finanzen zu sprechen.

Als sie einen Tag später nach Stornoway fuhren, um

ein paar Besorgungen zu machen, führte ihr Weg sie auch zu einem Geldautomaten.

Während Cameron Geld abhob, stand Harper hinter ihm und nagte unschlüssig auf ihrer Unterlippe herum. Obwohl sie dem Drang widerstand, über seine Schultern zu spähen und einen Blick auf sein Bankkonto zu werfen, konnte sie ihre Bedenken um ihre gemeinsamen Geldangelegenheiten nicht abschalten.

Sobald er sich lächelnd zu ihr umdrehte und sein Portemonnaie in den hinteren Taschen seiner Jeans verstaute, zückte auch Harper ihre Karte und trat an den Automaten heran.

„Was tust du da?"

„Ich hole Geld ab", informierte sie ihren Mann und schob ihre Kreditkarte in den Automaten hinein. Bei der Gelegenheit dachte sie daran, sich über inländische Bankkonditionen zu informieren, da es eventuell günstiger war, ein britisches Geldkonto zu eröffnen, anstatt mit ihrer Kreditkarte zu zahlen. Für den Fall ...

„Das sehe ich auch", unterbrach Cameron ihre Gedanken. „Warum?"

Im Gegensatz zu ihr hielt er nichts von Privatsphäre, da er sich gegen den Automaten lehnte und somit einen guten Blick auf sie und auch auf das Display hatte, wenn er den Kopf nach links gedreht hätte. Jedoch schaute er nicht in diese Richtung, sondern in ihr Gesicht.

Harper bemühte sich darum, ihn so gut wie

möglich zu ignorieren und stattdessen Bargeld abzuheben. Jedoch war ein Mann von über eins achtzig nur schwer zu übersehen, wenn er mit vor der Brust verschränkten Armen gleich vor einem stand und in seinem Jeanshemd zum Anbeißen aussah.

Sie wollte cool wirken und zuckte lässig mit der Schulter. Und genau in dem Moment stieß der Automat ein sonores Brummen aus, weil er den Auszahlvorgang verweigerte.

Harper zuckte zusammen. Ihr war noch nie eine Auszahlung verweigert worden!

Cameron war derjenige, der cool blieb und einen desinteressierten Blick auf das Display warf, bevor er anerkennend pfiff. „Eintausend Pfund? Wozu brauchst du denn eintausend Pfund? Wir sind hier in Stornoway und nicht auf der Fifth Avenue, Schatz."

Frustriert zog sie ihre Kreditkarte aus dem Automaten und versuchte es mit ihrer anderen. Auf der sammelte sie zwar keine Punkte und musste Gebühren für Auslandsbarabhebungen zahlen, aber das war ihr jetzt egal.

Auch dieses Mal gab der Automat den gleichen Ton von sich wie zuvor.

„Das kann doch nicht wahr sein", fluchte sie unterdrückt.

Räuspernd wiederholte Cameron: „Liebling? Wozu brauchst du eintausend Pfund?"

„Das ist doch egal!" Stirnrunzelnd starrte sie den

Automaten an. „Meine Konten sind gedeckt, Cameron. Ich verstehe nicht, weshalb mir die Auszahlung verweigert wird!"

„Versuche es mit zweihundert Pfund", schlug er freundlich vor.

„Mein Abbuchungsrahmen liegt weit über eintausend Pfund", widersprach sie aufgebracht und würde augenblicklich bei der Kreditkartenfirma anrufen, um sich zu beschweren, schwor sie sich.

„Dein Abbuchungsrahmen mag vielleicht über zweihundert Pfund liegen, aber der Automat spuckt nicht mehr aus", erklärte Cameron ruhig und sah sie neugierig an. „Wozu brauchst du überhaupt so viel Geld?"

Sie wich seinem Blick aus und schob ihre erste Kreditkarte wieder in den Automaten hinein, bevor sie ihren PIN eingab und zweihundert Pfund als Betrag auswählte. Dieses Mal gab der Automat Geräusche von sich, die darauf schließen ließen, dass er ihren Auftrag bearbeitete.

„Harper?"

„Nun ... ich habe kein Geld mehr in der Tasche", argumentierte sie unaufgeregt. „Meine letzten Pfund habe ich nach der Trauung Father Malcolm für die Kirchenkollekte gegeben. Immerhin kann ich nicht ohne Geld herumlaufen."

„Du läufst normalerweise mit eintausend Pfund in der Tasche herum?"

„Normalerweise habe ich selten Bargeld dabei, weil man in Seattle alles mit der Kreditkarte bezahlen kann", klärte sie ihn gelassen auf und verstaute das Geld in ihrem Portemonnaie.

„Was, denkst du, musst du hier zahlen, dass du eintausend Pfund abheben möchtest?", wollte er neugierig wissen.

Sie zuckte mit den Schultern. „Sicher ist sicher."

Er lehnte noch immer gegen den Automaten und schaute sie aus seinen hellbraunen Augen unergründlich an.

Harper gab sich geschlagen und seufzte schwer. „Wir sollten eine Haushaltskasse einführen, an der ich mich beteiligen kann, Cameron."

„Was?" Ungläubig zuckten seine Augenbrauen in die Höhe. „Was für eine Haushaltskasse?"

„Eine Kasse, aus der alle anfallenden Kosten bezahlt werden", erwiderte sie vernünftig. „Du zahlst momentan alle Rechnungen allein, aber ich sollte ..."

„Von welchen Rechnungen sprichst du?"

Sie rümpfte die Nase. „Von Rechnungen, die jeder Mensch zahlen muss: Strom, Wasser, Heizung, Hauskredit, Rundfunk, Grundbesitzabgaben und so weiter."

„Und du denkst, dass du deshalb etwas in eine Haushaltskasse einzahlen musst?" Er klang ziemlich fassungslos.

Harper machte einen Schritt auf ihn zu und legte ihm eine Hand auf den Arm. „Müssen wir das hier mitten auf der Straße besprechen, wo uns jeder hören kann?“

„Ich sehe niemanden, der uns hören könnte“, widersprach Cameron und hatte leider recht, da keine Menschenseele in ihrer Nähe stand. Sie hätte mit ihm lieber in Ruhe und Abgeschiedenheit über dieses Thema geredet.

„Wir sind verheiratet und sollten uns die Kosten teilen.“

„Und das fällt dir plötzlich ein?“

„Cameron, das ist doch keine große Sache“, seufzte sie.

„Das sehe ich etwas anders“, entgegnete er mit dunkler Stimme.

„Ich will dich doch nur ein bisschen unterstützen.“

Anscheinend hatte sie das Falsche gesagt. Cameron kniff nämlich die Augen zusammen und richtete sich steif auf. „Denkst du, ich wäre nicht in der Lage, für dich zu sorgen?“

Harper machte einen Schritt zurück und verschränkte nun ebenfalls die Arme vor der Brust. „Das habe ich nicht gesagt.“

„Und wofür sollten dann die eintausend Pfund sein?“

Genervt verdrehte sie die Augen. „Du machst aus einer Mücke einen Elefanten. Eigentlich wollte ich nur nicht unhöflich sein, indem ich dich alles bezahlen lasse.“

Er schnaubte und stieß sich von dem Geldautomaten ab. „Das klang aber gerade noch ganz anders, als du gesagt hast, dass du mich unterstützen willst. Für mich heißt das, dass du der Meinung bist, mir Geld geben zu müssen."

„Das stimmt doch nicht, Cameron. Wir sind verheiratet. Wir sind Partner, also ist es nur fair, dass ich mich an den alltäglichen Ausgaben beteilige."

Ein bisschen belustigt fragte er nach: „Hältst du mich etwa für pleite?"

„Darum geht es doch gar nicht", protestierte sie.

„Also hältst du mich für pleite?" Wieder zuckten seine Augenbrauen in die Höhe. „Ist das dein Ernst?"

Ungeduldig warf sie die Hände in die Höhe. „Wir sind verheiratet und gleichberechtigt. Deshalb sollten wir uns die Kosten und die Verantwortung teilen – *das* meine ich."

„Das ist nicht nötig", kanzelte er sie ab. „Und ich will auch gar nicht, dass wir uns die Kosten teilen."

„Aber vielleicht will *ich* es ja so", betonte sie. „Ich habe immer für mich selbst gesorgt und habe dich nicht geheiratet, um mich aushalten zu lassen."

„Du bist meine Frau ..."

„Und ich habe in meinem Job immer gut verdient und bin daran gewöhnt, finanzielle Belastungen zu tragen."

„Du klingst wie eine Finanzberaterin", beschwerte er sich mit nach unten gezogenen Mundwinkeln.

Harper schnaubte auf. „Ich *bin* eine Finanzberaterin, Cameron. Außerdem geht es doch auch darum, über unsere Situation Bescheid zu wissen. In einer Ehe teilt man so etwas."

„Ich wiederhole mich: Das ist nicht nötig. Du musst dir keine Sorgen machen", widersprach er gelassen.

Weniger gelassen war Harper. „Cameron, es ärgert mich, dass du mich nicht ernst nimmst, sondern mir den Kopf tätschelst und sagst, ich solle mir keine Sorgen machen."

„Ich habe dir nicht den Kopf getätschelt."

„Aber du tust gerade so, als ginge mich das alles nichts an! Ich will jedoch Bescheid wissen und mir gegebenenfalls Sorgen machen, damit ich helfen kann. In meinem Job bin ich verdammt gut und kümmere mich tagtäglich um finanzielle Probleme oder erstelle Finanzpläne. Warum soll ich das nicht auch bei uns machen?"

Cameron sagte ein paar Sekunden nichts, bevor er den Mund verzog. „Ehrlich? Du willst jetzt und hier darüber reden?"

„Wieso nicht, immerhin hört uns ja niemand zu, oder?", wiederholte sie den Kommentar, den er erst zwei Minuten vorher von sich gegeben hatte.

„Habe ich das richtig verstanden? Erst schlägst du vor, Geld in eine Haushaltskasse zu zahlen, um mich zu unterstützen, weil du mich für pleite hältst, und jetzt willst du meine persönliche Finanzberaterin spielen?

Habe ich irgendetwas verpasst? Ich dachte nämlich, dass wir nur schnell zum Bankautomaten gehen wollten, bevor wir ein paar Dachschindeln kaufen und im Pub etwas essen gehen. Niemand hat mir gesagt, dass mir ein Gespräch bevorsteht, bei dem meine Kreditwürdigkeit geprüft wird."

„Du übertreibst." Harper rieb sich mit einer Hand über die Stirn. „Du bist mein Mann und deshalb interessiere ich mich nun einmal für deine Angelegenheiten."

Seine Stimme klang liebenswürdig, aber die Botschaft war eindeutig. „Ich denke nicht, dass meine Angelegenheiten dich etwas angehen!"

Harper schnappte nach Luft.

~

ES WAR NICHT ZU ÜBERSEHEN, dass Harper wütend auf ihn war.

Sie ignorierte ihn demonstrativ, während er den Einkaufswagen durch den Supermarkt schob, und machte keine Anstalten, irgendetwas aus den Regalen zu nehmen. Und sie sagte kein Wort.

Das ging jetzt schon seit fast einer Stunde so, als sie sich direkt vor einem Geldautomaten gestritten hatten und er anschließend allein in den Baustoffhandel gegangen war, um die fehlenden Schindeln für das Stalldach zu kaufen. Der jetzige Einkauf hatte etwas von einem Spießrutenlauf. Dass sie nicht mit ihm redete, sondern schmollend durch die Gänge des Supermarktes lief und ein finsteres Gesicht machte, ließ ihn mit den Zähnen knirschen. Cameron war nämlich der Typ für offene Auseinandersetzungen und nicht für demonstratives Schweigen.

So etwas brachte niemanden weiter.

„Hallo, ihr zwei. Endlich kriegt man euch hier wieder zu Gesicht." Father Malcolm kam auf sie zu und schwenkte begrüßend die Packung Hähnchenflügel, die er gerade aus dem Kühlregal genommen haben musste.

Der Mann, der sie beide getraut hatte, war wie immer bestens gelaunt.

Bei ihnen beiden sah es leider anders aus.

Father Malcolm blieb vor ihnen stehen und sah von einem zum anderen. „Ich habe schon befürchtet, dass du das bezaubernde Mädchen nicht mehr herausrückst, sondern für dich behalten willst, Cameron."

Das bezaubernde Mädchen lächelte schwach, konnte Cameron jedoch nicht täuschen. Harper hätte ihn vermutlich gerne dahin getreten, wo es ziemlich wehtat. Nichtsdestotrotz gab sie sich große Mühe, das vor Father Malcolm nicht zu zeigen. „Sie wissen doch, wie Flitterwochen sind, Father."

„Ehrlich gesagt: Nein", entgegnete der Kirchenmann jovial und zwinkerte. „Da fehlt mir leider die Erfahrung."

Ihre Antwort bestand aus einem Lachen, das in seinen Ohren ehrlich klang. Auf Father Malcolm war sie demnach nicht sauer – nur auf ihn. Und wirklich verübeln konnte er es ihr nicht, denn er hatte sich ziemlich danebenbenommen und tatsächlich aus einer Mücke einen Elefanten gemacht. Geld interessierte ihn nun einmal nicht, und er sprach nicht gerne darüber. Nur hatte Harper ihn kalt erwischt und auch irgendwie an seinem Stolz gekratzt, als sie hatte durchblicken lassen, dass sie ihn finanziell unterstützen wollte.

Ja, er war ziemlich harsch geworden, was gar nicht seine Art war.

Jetzt musste er es nur irgendwie hinkriegen, dass sie nicht länger wütend auf ihn war.

„Und wie ist das Eheleben?", wollte Father Malcolm von ihnen wissen.

Innerlich stöhnte Cameron. Musste er das ausgerechnet nach ihrem ersten Streit fragen? Nach ihrer explosiven Hochzeitsnacht wäre Harpers Antwort sicherlich erfreulicher ausgefallen.

Man hätte sie auch für eine wortgewandte Anwältin halten können, als sie Father Malcolm fröhlich anvertraute: „Bis auf die Tatsache, dass Cameron ständig seine Socken im Badezimmer liegen lässt, gibt es keinen Grund zur Klage. Wir haben eine wundervolle Zeit miteinander."

Cameron nutzte die Gunst der Stunde und küsste

sie vor den Augen des Priesters auf den Mund, bevor er heiser zustimmte: „Sie hat recht – wir haben wirklich eine wundervolle Zeit miteinander. Und was die Socken betrifft, gelobe ich Besserung."

Er spürte, dass sich Harper neben ihm versteifte, doch vor dem Kirchenmann schien sie sich keine Blöße geben zu wollen.

„Gut, gut! Das freut mich zu hören." Der andere Mann nickte zufrieden. „Wann kann ich mit Nachwuchs rechnen? So gerne ich auch Trauungen vornehme, sind mir Taufen sogar noch lieber."

Automatisch verschluckte sich Cameron und hustete.

Harper dagegen war die Ruhe selbst. „Darauf werden Sie noch etwas warten müssen."

„Hoffentlich nicht zu lange." Er hob die Hähnchenflügel in die Luft. „Jetzt müsst ihr mich leider entschuldigen. Mrs. Freemantle ist so lieb, ein paar Chickenwings für mich zu machen. Ich sollte sie lieber nicht zu lange warten lassen."

„Dann wünschen wir Ihnen guten Hunger."

Father Malcolm lächelte ihnen zu. „Wenn ihr das nächste Mal in der Stadt seid, kommt bei mir vorbei. Ich mache nicht nur ziemlich guten Tee, sondern kann euch bei der Gelegenheit auch ins Kirchenregister eintragen, damit alles seine Ordnung hat. Wir sehen uns!"

Sie beide verfolgten, wie Father Malcolm ihnen

zuwinkte und anschließend in Richtung Kassen lief, bis er aus ihrem Blickfeld verschwunden war. Jetzt waren sie wieder allein, und Cameron ahnte, dass Harper nicht vergessen hatte, dass sie wütend auf ihn war.

Das Schweigen zwischen ihnen vertiefte sich.

Cameron räusperte sich und starrte auf den Scheitel seiner Frau. „Damit alles seine Ordnung hat? Was meint er denn damit?“

Sie antwortete nicht, sondern machte einen Schritt zur Seite, um die Auswahl an Konservendosen in Augenschein zu nehmen.

Innerlich seufzte er und fragte weiter: „Soll das bedeuten, dass wir gar nicht verheiratet sind, bis wir uns ins Kirchenregister eingetragen haben?“

Harper schnaubte, drehte den Kopf jedoch nicht in seine Richtung, sondern nahm eine Dose Tomatensuppe aus dem Regal, dessen Nährstoffangaben sie außergewöhnlich akribisch studierte. „Mach dir keine falschen Hoffnungen – wir *sind* verheiratet. In Schottland zählt eine kirchliche Hochzeit genauso sehr wie eine standesamtliche und dafür muss man nicht einmal ein Aufgebot bestellen oder eine Aufenthaltsdauer nachweisen. Das Kirchenregister ist nur eine Formalität.“

„Woher weißt du das alles? Ich bin Schotte und hatte davon keine Ahnung.“

„Du vergisst, dass ich schon einmal eine schottische

Hochzeit geplant habe und deshalb dementsprechend informiert sein musste", erwiderte sie düster.

„Ah ja", entgegnete Cameron lang gezogen. „Die Hochzeit mit deinem Ex."

„Genau."

Weil sie ihn noch immer nicht ansah, war er am Ende mit seiner Geduld. Schweigend nahm er ihr die Tomatensuppe aus der Hand und warf sie nachlässig in den Einkaufswagen.

„Hey!"

Er umfasste ihre Schulter und zwang sie somit dazu, ihn anzusehen. „Ich soll mir keine falschen Hoffnungen machen? Denkst du, ich bereue es, dich geheiratet zu haben?"

Mit stürmischen blauen Augen sah sie zu ihm auf und kniff die Lippen zusammen.

„Sei nicht so stur, Harper", brummte Cameron und schüttelte anschließend den Kopf. „Wenn wir nicht reden ..."

„Wieso sollten wir reden? Ich dachte, deine Angelegenheiten gingen mich nichts an", zischte sie ihm zu und reckte kämpferisch das Kinn in die Höhe. „Ist es nicht logisch, dass ich davon ausgehe, dass mein Mann unsere Hochzeit bereut, wenn er mir nur zwei Wochen später an den Kopf wirft, dass mich seine Angelegenheiten nichts angehen?"

„Du dramatisierst das Ganze."

„Nein, das tue ich nicht", widersprach sie heftig.

„Wir sind zusammen und wohnen in deinem Cottage, aber ich habe keine Ahnung, wie du dein Leben finanzierst. Das gibt mir zu denken und macht mir Sorgen, weil ich es nicht gewohnt bin, unbesonnen mit Geld umzugehen."

„Unbesonnen?" Er runzelte die Stirn. „Ich gehe nicht unbesonnen mit Geld um, verdammt."

„Das habe ich auch nicht gesagt", antwortete sie scharf. „Ich meinte damit mich! Mir gibt es ein unbesonnenes Gefühl, wenn ich nicht weiß, wie unsere gemeinsame finanzielle Lage aussieht. Wir sind ein verheiratetes Paar und sollten uns zusammensetzen, um unsere Möglichkeiten und Verpflichtungen zu besprechen und einen Finanzplan zu erstellen ..."

„Wolltest du nicht damit aufhören, Pläne zu machen, sondern damit anfangen, dich treiben zu lassen?"

Harper musterte ihn durchdringend. „Mich treiben zu lassen, bedeutet nicht, verantwortungslos zu werden und pleite zu gehen."

Er spannte sich an und atmete tief durch. „Und jetzt? Möchtest du meinen Kontoauszug sehen?"

„Ich möchte, dass du mit mir sprichst, Cameron", widersprach sie deutlich ruhiger. „Und ich möchte, dass du Dinge ernst nimmst, die mir wichtig sind."

Sie hatte mit allem recht, was sie sagte. Das wusste Cameron und kam sich wie ein bornierter Hornochse vor, der auf seinem Standpunkt beharrte, obwohl ihm klar war, dass er falschlag. Das Problem war nur, dass er es mittlerweile so gewöhnt war, Entscheidungen zu treffen und allein für sich verantwortlich zu sein, dass er nur schwer aus seiner Haut konnte.

Und es gab da ein paar Dinge, die Harper nicht wissen sollte – Dinge, die ihr auffallen würden, wenn sie tiefer bohrte und wenn sie sich zu fragen begann, warum jemand, der keinen Job hatte, den Treuhandfonds nicht anrührte, der auf einer Bank ruhte. Als Finanzberaterin würde sie misstrauisch werden, wenn sie sah, wie groß dieser Fonds war.

„Okay“, murmelte er. „Es tut mir leid.“

„Was tut dir leid?“

„Dass du einen Idioten geheiratet hast, der sich mit dir in einem Supermarkt streitet.“ Cameron grinste schwach. „Wenn wir zu Hause sind, können wir uns zusammen an einen Tisch setzen und über diese Finanzpläne reden. In Ordnung?“

Sie wirkte unschlüssig und musterte ihn so lange, dass er befürchten musste, sie würde ihm einen Korb geben und weiter wütend auf ihn sein, doch dann nickte sie zögernd. „In Ordnung.“

KAPITEL 11

Normalerweise kam Cameron nicht zu den Donnerstagsterminen zu spät.

Tatsächlich war es noch nie vorgekommen, dass er sich verspätet hatte.

Heute schien sich jedoch alles gegen ihn verschworen zu haben, weshalb er nun ungeduldig im Aufzug des Krankenhauses stand, den Geruch nach sterilem Desinfektionsmittel ignorierte und auf die Anzeige über sich starrte, die sich nur quälend langsam veränderte.

Stockwerk für Stockwerk.

Zuerst wäre er fast zu spät zur Fähre gekommen, weil es sehr schwierig gewesen war, sich von Harper zu trennen. Dann hatte die vermaledeite Fähre kurz vorm Hafen von Ullapool warten müssen, weil irgendwelche Hobbysegler mit ihrer Schaluppe den Weg der Fähre gekreuzt hatten, und anschließend war er kurz vor Inverness in einen Stau geraten. Von der Parkplatzsuche ganz zu schweigen! Obwohl er mit Harpers kleinem Mietwagen in wirklich jede Parklücke passte, was mit seinem Geländewagen nicht der Fall war, hatte es ewig gedauert, bis er einen Parkplatz gefunden hatte.

Eigentlich hätte er schon vor gut einer Stunde hier sein wollen.

Das schlechte Gewissen, dass er zu spät kam, gepaart mit dem mulmigen Gefühl, Harper über Nacht allein zu lassen, verschaffte ihm keine Ruhe. Daher war es kein Wunder, dass er förmlich aus dem Aufzug stürzte, als dieser endlich auf der fünften Etage hielt.

Onkologie.

Wie bei jedem Besuch holte er tief Luft, bevor er die Station betrat, und setzte ein freundliches Lächeln auf, sobald er einer Krankenschwester, einem Pfleger oder einem Patienten über den Weg lief, die er mittlerweile alle mit Namen kannte.

In den letzten Monaten hatte er ziemlich viel Zeit hier verbracht und wusste, dass der Kaffee aus dem Automaten scheußlich schmeckte, aber dass der Kaffee aus der Cafeteria noch übler war. Jedoch war der Kaffee, den die Stationsschwestern zubereiteten, wirklich gut, sodass er sich mit ihnen gutgestellt hatte und an ihre Tür klopfen konnte, wenn er einen Schuss

Koffein brauchte, der nicht wie Batteriesäure schmeckte.

Eine dieser Stationsschwestern kam gerade aus dem Behandlungszimmer, in das Cameron gehen wollte, und nickte ihm mit einem Lächeln zu. Auch dieses Lächeln kannte er mittlerweile und konnte es von einem alltäglichen Lächeln unterscheiden. Es bedeutete eine Mischung aus Mitleid und Erleichterung.

Mitleid, weil man sehr wohl nachvollziehen konnte, was man gerade durchstand, und Erleichterung, weil man selbst nicht in der gleichen Situation war.

Auf einer Onkologie war nun einmal alles etwas anders – angefangen bei der gedrückten Stimmung innerhalb der Behandlungszimmer bis zum schwarzen Humor der Onkologen. Cameron wusste, wovon er sprach. Mit den meisten Onkologen war er schon früher nie sonderlich gut klargekommen.

Als er den großen Raum betrat, in dem mehrere Patienten auf dick gepolsterten Liegen lagen, während sie ihre Chemomedikamente erhielten, ließ Cameron seinen Blick durch den Raum schweifen. Er brauchte nicht lange, um die Patientin zu finden, die allein an ihrem Platz direkt neben dem Fenster saß – den beinahe kahlen Kopf unter einem geblümten Seidentuch verborgen und die Nase in einem Journal vergraben, das aufgeschlagen auf ihren dünnen Beinen lag. Obwohl Camerons letzter Besuch erst zwei Wochen her war, konnte er die rapide Gewichtsabnahme nicht leugnen.

Sorge überzog seine Haut wie eiskalte Nadelstiche.

Sie musste gespürt haben, dass er den Raum betreten hatte, da sie den Kopf hob, ihn entdeckte und zu strahlen begann.

„Hallo, Liebling."

Cameron trat neben die Liege, beugte sich hinab und küsste sie auf die Stirn. „Hi, Mom. Entschuldige die Verspätung."

„Da gibt es nichts zu entschuldigen."

„Der Verkehr war ein Grauen", erwiderte er in dem Bemühen, ruhig und gelassen zu klingen und sich seine Sorge nicht anhören zu lassen. Er war Arzt, also war der Anblick von Patienten, Transfusionsschläuchen und Behandlungszimmern nichts Besonderes für ihn, und er war daran gewöhnt, mit kranken Menschen zu sprechen, aber hier saß seine Mutter vor ihm und bekam durch ihren Portkatheter auf der linken Brustseite eine Dosis Cyclophosphamid verabreicht, um den zwei Zentimeter großen Tumor in ihrer rechten Brust schrumpfen zu lassen, bevor er entfernt würde.

Ihm fiel es in letzter Zeit immer schwerer, Arzt und Angehöriger zugleich zu sein. Seine Mom sprach auf ihre Therapie nicht so an, wie es die behandelnden Ärzte gehofft hatten. Cameron kannte ihre Krankenakte und wusste, dass seine Mutter die beste und fortschrittlichste Therapie erhielt, die es zurzeit gab. Und das neoadjuvante Verfahren, bei dem sie zuerst eine Chemo bekam, bevor der Tumor operativ entfernt wurde, hatte den großen Vorteil, die medikamentöse Behandlung relativ schnell anzupassen, wenn man bemerkte, dass sie nicht wirkte. Als Arzt stimmte er in allen Punkten zu und wusste, dass man Rückschläge in Kauf nehmen musste.

Aber als Angehöriger sah er mit an, wie sie mit Übelkeit, Erschöpfung und Depressionen kämpfte, und wollte ihre Ärzte anbrüllen, dass sie sich gefälligst mehr Mühe geben und sich besser um seine Mom kümmern sollten.

Caitriona MacAlister war schon immer eine zarte Frau gewesen, die sich für Poesie, Musik und Kunst begeistern konnte – sowie für ihren Blumengarten. Als er ein Kind gewesen war, hatte sie ihm Geschichten über Feen und Wassergeister, die Kelpies, vorgelesen und ihn so sehr in ihren Bann gezogen, dass Cameron tatsächlich geglaubt hatte, dass seine Mutter eine Fee war. Sie war genauso schön, zart und liebenswert wie die Figuren aus ihren Büchern gewesen. Er konnte sich nicht erinnern, jemals ein böses Wort von seiner Mutter gehört oder sie schlecht gelaunt erlebt zu haben.

Nein, nicht seine Mom – die Frohnatur schlechthin, die sogar seinem nüchternen und meist strengen Vater ein Lächeln abringen konnte, wenn sie wollte.

Heute war von ihrem fröhlichen Charakter nicht

mehr viel übrig, auch wenn sie ihm zuliebe immer gute Miene zum bösen Spiel machte, sobald er sie besuchte.

„Jetzt bist du ja hier und nur das zählt." Sie drehte den Kopf in seine Richtung und lächelte ihm zu. „Wie geht's dir, Liebling?"

Sein Blick glitt über ihr Gesicht, das blass und abgekämpft wirkte, und verharrte für einen Moment auf ihren hellbraunen Augen, die immer von dichten Wimpern umgeben gewesen waren, die durch die Chemotherapie jedoch ausgefallen waren.

„Sollte nicht ich dir diese Frage stellen, Mom?"

Mit einem schwachen Lächeln erwiderte sie seinen Blick und streckte die Hand nach seiner aus. Sofort umschloss er diese und hielt sie in seiner fest. „Die Schwestern und das restliche Pflegepersonal sind so wundervoll und kümmern sich rührend um uns. Vorgestern hatte Schwester Maggie Geburtstag und brachte uns allen Kuchen mit – Erdbeertorte. Du weißt ja, wie groß meine Schwäche für Erdbeeren ist."

„Ja, das weiß ich." Ihm war aufgefallen, dass sie seine Frage nicht beantwortet hatte. Doch etwas anderes ließ ihn die Stirn runzeln. „Vorgestern? Wieso warst du vorgestern im Krankenhaus, Mom? Ich dachte, du wärst nur ambulant hier."

„Nun ... ich fühlte mich nicht gut", erklärte sie mit einem beruhigenden Lächeln, das er ihr keine Sekunde lang abkaufte. „Also hielt es dein Vater für besser, mich in die Klinik bringen zu lassen, und Dr. Hemsworth meinte, dass meine Blutwerte nicht besonders gut seien. Er empfahl, mich stationär aufzunehmen und mich zu beobachten. Wir haben zugestimmt." Sie drückte seine Hand und meinte eine Spur zu fröhlich: „Und hier bin ich nun."

Cameron konnte sich ziemlich gut vorstellen, dass sein Vater diese Entscheidung allein gefällt hatte und froh gewesen war, seine Frau in der Klinik zu wissen und die Verantwortung für sie abgeben zu können. Vor seiner Mutter wollte er sich jedoch nicht anmerken lassen, wie schlecht seine Meinung über seinen Vater war. Und er wollte ihr auch nicht zeigen, wie dringend er einen Blick auf ihre Blutwerte werfen wollte. Von daher beugte er sich über sie, erwiderte den Händedruck und entgegnete sanft: „Du hättest mich anrufen können, Mom. Ich wäre sofort nach Inverness gekommen, um bei dir zu sein."

„Das war doch gar nicht nötig, Cameron. Es reicht völlig, dass du zu jeder Therapiesitzung kommst, auch wenn ich dir schon ein Dutzendmal gesagt habe, dass du nicht immer diesen weiten Weg auf dich nehmen musst."

„Der Weg ist nicht weit und ich will hier sein", widersprach er entschieden.

„Das ist wirklich lieb, aber ..."

„Kein Aber, Mom."

Offenbar wollte auch sie ihn ablenken. „Lass uns nicht streiten. Erzähl mir lieber, was Max macht."

„Dem geht es gut." Er ließ die Schultern nach unten fallen, weil er dem Ablenkungsmanöver seiner Mutter nichts entgegenzusetzen hatte. „Max ist unverwüstlich und hat es noch nicht aufgegeben, die Feldmäuse zu jagen."

„Dann richte ihm ein Waidmannsheil von mir aus."

„Das mache ich", versprach Cameron liebevoll. „Ich halte dich auf dem Laufenden, was seine Jagdambitionen betrifft."

Ihr Kichern fühlte sich verdammt gut in seinen Ohren an und brachte ihm etwas Erleichterung. Er wollte seine Mom nämlich wieder kichern und lachen hören, anstatt ihren müden, traurigen Blick mit ansehen zu müssen.

„Und was macht die Reparatur am Stall?"

Obwohl seine Mom noch nie das Cottage besucht hatte, wusste sie genauestens über jede noch so kleine Reparatur Bescheid, weil sie immer wissen wollte, was er machte und woran er gerade arbeitete. Sie hatte seine Entscheidung, nach Lewis zu ziehen und ein einsames Cottage zu kaufen, nie kritisiert oder infrage gestellt. Ganz im Gegenteil, denn seine Mutter wollte am Leben ihres Sohnes teilhaben. Bei seinem Vater lagen die Dinge etwas anders. Dass Cameron mit ihm seit über zwei Jahren nicht mehr gesprochen hatte, lag auch daran, dass sein Vater nie müde wurde, Camerons Entscheidungen zu kritisieren und ihm Vorhaltungen zu machen. Dazu kamen eine Menge anderer

Gründe, über die Cameron nicht hinwegsehen konnte.

„Solange es nicht regnet, mache ich mir auch keine Sorgen um den Stall."

„Das klingt nicht sehr optimistisch", warf seine Mutter ein.

„Ach was – der Stall steht schon seit Jahrzehnten dort, also wird er auch nicht in nächster Zeit in sich zusammenfallen." Jedenfalls hoffte er das.

„Was hast du sonst so in den letzten zwei Wochen gemacht, mein Schatz?" Seine Mutter legte den Kopf zurück und blinzelte zu ihm hoch.

Cameron kannte die Anzeichen, denn bei jeder Chemositzung kam irgendwann der Punkt, an dem sie müde wurde und meistens auch einschlief. Das bewirkte das Antiallergikum, das ihr zusammen mit den anderen Medikamenten verabreicht wurde. Bei der vorletzten Sitzung war sie bereits nach einer Stunde eingeschlafen, während er bei ihr gesessen hatte. Das war vor einem Monat gewesen.

Da sie ihn gefragt hatte, was er in den vergangenen zwei Wochen getan hatte, überlegte er, ihr von Harper zu erzählen. Bereits auf dem Weg nach Inverness hatte er darüber nachgedacht, ob er seiner Mutter von seiner Frau berichten sollte.

Er *wollte* seiner Mom erzählen, dass er einen Tag, nachdem er sie beim letzten Mal besucht hatte, eine Frau kennengelernt und am gleichen Tag geheiratet hatte. Und dass er völlig verrückt nach dieser Frau war und sie liebte. Außerdem wollte er, dass seine Mom damit aufhörte, sich Sorgen um ihn zu machen, weil sie ihn für einen einsamen Mann hielt, dem das Herz gebrochen worden war. Ja, Cameron wollte, dass seine Mutter erfuhr, dass er glücklich war und einen wundervollen Menschen an seiner Seite hatte, mit dem er sein Leben teilen würde.

Aber er wusste auch, dass sie sich aufregen würde, wenn er sofort mit der ganzen Geschichte herausplatzen würde. Es wäre selbstverständlich, dass sie ihn mit Fragen löchern und erst dann Ruhe geben würde, wenn er sie alle beantwortet hätte. Daher hielt er es für besser, sie nicht gleich mit der gesamten Wahrheit zu schockieren. Cameron musste Rücksicht auf ihren Zustand nehmen.

„Ich habe eine nette Frau kennengelernt“, erzählte er ihr aus diesem Grund leichthin.

„Ach?“ Unverkennbares Interesse glomm in ihren Augen auf. „Ich bin schon verzweifelt, weil ich dachte, dass es auf deiner Insel keine netten Frauen gäbe.“

„Wir haben uns ja auch auf der Fähre kennengelernt“, witzelte er.

„Und wie hast du das gemacht?“

Gutmütig verdrehte er die Augen. „Wie macht man das wohl, Mom? Ich habe sie angesprochen und auf einen Kaffee eingeladen. Ich war die Höflichkeit in Person. Du wärst stolz auf mich gewesen.“

„Oha, mein Sohn, der Gentleman."

„Darauf kannst du Gift nehmen." Er zwinkerte ihr zu.

„Einzelheiten, Cameron. Ich will Einzelheiten", verlangte sie ungeduldig. „Wie heißt sie? Wie sieht sie aus? Woher kommt sie?"

Das schlechte Gewissen, weil er seine Mutter gewissermaßen anlog, schob Cameron weit von sich. „Sie heißt Harper, ist hübsch und kommt aus Seattle."

„Und magst du sie?"

„Ja, ich mag sie sehr." Das war im Grunde eine kolossale Untertreibung.

Zufrieden lächelte seine Mom. „Das ist gut. Kann ich also davon ausgehen, dass du bereits eine Verabredung mit ihr hattest oder ist es bei dem Kaffee geblieben?"

„Doch, wir ... äh ... hatten schon die eine oder andere Verabredung."

„Dann muss sie eine nette Frau sein."

„Ja, sie ist sehr nett", bestätigte er. „Und lustig und klug ist sie auch."

„Du klingst ja begeistert", stellte sie fest und wirkte geradezu vergnügt. „Mag sie dich auch?"

Angesichts der Tatsache, dass Harper ihn in der letzten Nacht geweckt hatte, um ihm zu beweisen, wie sehr sie ihn mochte, konnte er die Frage seiner Mutter guten Gewissens mit Ja beantworten. „Ich denke, wir beiden mögen einander wirklich gerne."

Die Zufriedenheit war ihr ins Gesicht geschrieben. „Das freut mich sehr, Cameron."

„Mich auch."

„Und sie kommt aus Seattle? Was tut sie denn bei uns in Schottland?"

Er zuckte mit den Schultern, denn er konnte seiner Mom schlecht erzählen, dass sie hergekommen war, um einen anderen Mann zu heiraten, und stattdessen seine Frau geworden war. Diese Information hätte sie vermutlich ein wenig überfordert. „Sie hat sich in ihrem Job eine Auszeit genommen und ist nach Schottland gekommen, um auszuspannen. Nenne es eine Art Selbstfindungstrip."

„Also ist sie dir sehr ähnlich", kommentierte sie amüsiert. „Fliegt sie bald wieder zurück in die Staaten oder bleibt sie länger hier?"

Augenzwinkernd verriet er: „Ich denke, sie bleibt noch ein Weilchen in Schottland."

Seine Mutter betrachtete ihn versonnen und fragte nach einer Weile: „Glaubst du, dass es zwischen euch etwas Ernstes sein könnte?"

„Ja, das glaube ich." Er nickte langsam.

„Weißt du, Cameron, der Mensch ist nicht dafür gedacht, allein ..."

„... allein zu sein. Ich weiß, Mom. Und ich bin nicht allein."

„Das macht mich sehr glücklich", flüsterte sie ihm zu.

Er hatte gewusst, dass sie glücklich sein würde, wenn sie von Harper erfuhr.

„Ich würde sie gerne kennenlernen. Wäre das in Ordnung?“

„Das wäre sogar sehr schön.“ Cameron zückte sein Handy. „Möchtest du ein Foto von ihr sehen?“

Als sich seine Mom aufsetzte und nach seinem Handy griff, während sich ein Strahlen über ihr Gesicht zog, wurde ihm leichter ums Herz.

~

Harper konnte vom Parkplatz aus beobachten, wie die Fähre langsam den Hafen von Stornoway anfuhr, und wusste, dass sie jetzt nicht mehr allzu lange warten musste, bis Cameron zurück war.

Gestern Morgen war er mit ihrem Mietwagen vom Cottage aufgebrochen, um dort mit der Fähre von Stornoway nach Ullapool überzusetzen und anschließend nach Inverness zu fahren. Er hatte nicht nur vorgehabt, ihren Mietwagen abzugeben, sondern hatte auch gemeint, dass er dort etwas zu erledigen hätte. Was das genau war, hatte er nicht gesagt. Harper wusste nur, dass er eine Nacht in der Stadt verbringen und heute Morgen mit der Fähre wieder zurückkommen wollte.

Wenn sie ehrlich war, hätte sie nur allzu gerne gewusst, was er in Inverness zu tun hatte.

Als sie ihn gefragt hatte, war seine Antwort sehr unzufriedenstellend gewesen, denn er hatte lediglich etwas von Geschäften gemurmelt. Diese Geheimniskrämerei begann sie zu nerven. Als seine Ehefrau hatte sie ein Recht darauf, zu erfahren, was er trieb, wenn er eine Nacht wegblieb und sie zusammen mit seinem Hund in seinem Cottage allein ließ. Normalerweise war Harper kein ängstlicher Typ, aber in der absoluten schottischen Einsamkeit konnte es einem schon mulmig werden, wenn man auf jedes Geräusch von draußen lauschte und sich einbildete, dass irgendwelche finsteren Gestalten hinter dem Cottage herumlungerten. Glücklicherweise war Max bei ihr gewesen. Ohne ihn wäre sie verrückt geworden.

Ihn hatte sie auch mitgenommen, als sie in Camerons Geländewagen gestiegen und nach Stornoway gefahren war, um ihn abzuholen. Ein bisschen vermisste sie ihren wendigen Mietwagen mit dem praktischen Automatikgetriebe, als sie den sperrigen Landrover durch Stornoway manövrierte und dabei an dem Schaltgetriebe verzweifelte. Jetzt saß Max hinter ihr auf der Rückbank, hechelte zufrieden und wartete mit ihr darauf, dass sein Herrchen zurückkam. Eines hatte sich Harper jedoch vorgenommen: Sollte Cameron wieder einmal entscheiden, über Nacht wegzubleiben, würde sie von ihm eine bessere Antwort verlangen.

Da die Fähre erst langsam in den Hafen tuckerte

und es abzusehen war, dass Harper noch ein paar Minuten warten musste, bis die Passagiere von Bord gehen konnten, nahm sie ihr Handy in die Hand und schaute nach ihren E-Mails.

Sie war schon etwas früher nach Stornoway gekommen und hatte sich in der Stadt umgesehen, um ein paar Gartengeräte und Pflanzen zu kaufen, weil sie sich vorgenommen hatte, einen kleinen Gemüsegarten anzulegen. Ihre Einkäufe befanden sich im Kofferraum des Wagens zusammen mit den zwei Büchern, die sie über Gemüsebeete und Gärtnerei gekauft hatte. Harper wollte bald damit anfangen, am liebsten gleich heute, jedoch hatte sie gerade mit ihrer Mom telefoniert, die morgen zusammen mit ihrem Dad nach Lewis kommen wollte, um Harper und Cameron zu besuchen.

Um das Cottage für den Besuch ihrer Eltern vorzubereiten, musste das Gemüsebeet erst einmal warten, weil Harper alles perfekt haben wollte, wenn ihre Eltern Cameron kennenlernten und sahen, wo Harper zurzeit wohnte.

Obwohl ihre Mom am Telefon gefasst geklungen hatte, ahnte Harper, dass ihre Eltern misstrauisch Cameron gegenüber waren. Es war nun einmal eine halbwegs skurrile Geschichte, dass sie beide geheiratet hatten, obwohl sie sich erst ein paar Stunden vorher getroffen hatten. Harper wollte unbedingt, dass der erste Eindruck stimmte, den ihre Eltern von Cameron und vom Cottage haben würden. Sie wollte, dass ihre Eltern ihren Ehemann mochten. Aus diesem Grund würde sie alles penibel genau vorbereiten und auch Cameron instruieren, der noch nicht wusste, dass seine Schwiegereltern morgen auf der Matte stehen würden.

In Gedanken war sie bei der Frage, was sie ihren Eltern zu essen auftischen sollten, wenn sie morgen bei ihnen zu Besuch waren, als Harper durch die E-Mails scrollte und eine Sekunde später sah, dass ihr Telefon klingelte.

Es war ihr Boss.

Das hatte ihr jetzt auch noch gefehlt!

Bislang hatte sie es erfolgreich vermieden, über ihren Job nachzudenken oder sich im Büro zu melden, um ihnen zu sagen, dass sie sich eine Auszeit nahm. Ihr Verhalten war im Grunde unverantwortlich, weil sie Mandanten hatte, die sich auf sie verließen und betreut werden mussten. Ihr eigentlicher Urlaub wäre in ein paar Tagen vorbei – in drei, um genau zu sein. Heute war Freitag und ihrer ursprünglichen Planung nach wären Grant und sie gestern nach Hause geflogen, nachdem sie ihre Flitterwochen in Schottland verbracht hätten, und wären am Montag wieder zur Arbeit gegangen.

Davon musste auch ihr Chef ausgehen, dessen Name nun in ihrem Display aufleuchtete und der an Schlafstörungen zu leiden schien, weil es in Seattle mitten in der Nacht war.

Ihr blieb nichts anderes übrig, als den Anruf anzunehmen.

„Hallo, Mr. Weinstein?"

„Harper, hallo. Ich hoffe, ich störe Sie nicht in Ihren Flitterwochen. Leider war ich mir nicht mehr sicher, ob Sie noch in Schottland oder schon wieder zurück in Seattle sind."

Flitterwochen?

Wie es schien, wusste Mr. Weinstein noch nichts von ihrer geplatzten Hochzeit, was Harper merkwürdig fand. Solche Dinge sprachen sich schnell herum, zumal Grant vor zwei Wochen zurück nach Seattle hatte fliegen wollen, nachdem er die Hochzeit abgesagt hatte. Und da sie beide bei der gleichen Firma arbeiteten, wenn auch in unterschiedlichen Abteilungen, hätte die Kunde längst zu ihrem Chef dringen müssen, dass die Flitterwochen abgesagt worden waren. Selbst wenn Grant noch nicht zurück zur Arbeit gekommen wäre, was sie ehrlicherweise komisch gefunden hätte, weil er ein ebenso großes Arbeitstier war wie sie, hätte irgendjemand aus ihrem Umfeld bereits Wind von der abgesagten Hochzeit bekommen müssen. Seattle war nämlich im Grunde ein Dorf.

„Ich bin noch in Schottland, Mr. Weinstein", erwiderte sie und umschiffte das Thema in der Hoffnung, nicht am Telefon über ihre geplatzte Hochzeit reden zu müssen – oder darüber, dass sie keine Ahnung hatte, wann sie zurückkommen würde.

Die Frage nach ihrem Job hatte sie so lange wie möglich von sich geschoben und ignoriert, aber das war jetzt nicht mehr möglich. Harper musste sich dringend Gedanken darüber machen, wie es weitergehen sollte. Und mit Cameron musste sie auch reden. Zwei Wochen lang hatte sie sich treiben lassen und nicht darüber nachgedacht, wie die Zukunft aussah, sondern sich lieber damit beschäftigt, Zeit mit ihrem Mann zu verbringen. Doch das konnte nicht ewig so weitergehen. Irgendwann kam der Punkt, an dem man sich der Realität stellen musste.

„Oh ... störe ich Sie gerade?"

„Überhaupt nicht", versicherte sie ihrem Chef leichthin, obwohl sich ihr Magen nervös zusammenzog, denn sie war noch nicht so weit, eine Entscheidung wegen ihres Jobs zu treffen. „Womit kann ich Ihnen helfen?"

„Eigentlich wollte ich mich mit Ihnen wegen Ihres Mandanten Stanley Gordon kurzschließen, aber das hat auch noch Zeit, bis Sie wieder zurück sind. Der gute Mann lässt sich gerade scheiden und braucht einen größeren Geldbetrag aus seiner Kapitalanlage für die Abfindung an seine Frau. Vielleicht können wir beide uns nächste Woche zusammensetzen und den Fall besprechen. Passt Ihnen der Freitag? Bis dahin sollte auch Ihr Jetlag ausgestanden sein."

Harper kniff die Augen zusammen und versteifte sich ganz automatisch bei den Worten ihres Chefs. Außerdem wurden ihre Magenkrämpfe noch eine Spur schlimmer.

Stanley Gordon war nicht nur einer ihrer wichtigsten Mandanten, sondern er verfügte auch über ein nicht unerhebliches Vermögen, für das sie allein verantwortlich war. Sie konnte ihn nicht im Regen stehen lassen – und ihrem Chef konnte sie ganz unmöglich am Telefon einen Korb geben.

Nein, ihr blieb nichts anderes übrig, als nächste Woche zurück nach Seattle zu fliegen und ihre Angelegenheiten zu klären. Leider wusste sie noch nicht genau, was sie ihrem Chef sagen würde.

„Der Freitag klingt fabelhaft", erwiderte sie gezwungen fröhlich.

„Fein! Kommen Sie doch einfach um zwölf in mein Büro, dann können wir uns eine Kleinigkeit zum Mittag bestellen, Sie erzählen von der Hochzeit und wir besprechen Stanley Gordons Hang zu folgenschweren Heiraten." Er lachte, als hätte er einen fabelhaften Witz gemacht.

Ihr bereits aufgesetztes Lächeln gefror, jedoch verabschiedete sich Harper freundlich von ihm und legte mit einem unguten Gefühl auf.

Schnell schrieb sie ihrer Assistentin eine Mail, dass sie erst am Freitag zurück im Büro sein würde, und buchte einen Flug. Der fünfzehn Stunden lange Flug über London würde sie zwar wahnsinnig schlauchen, aber wenigstens käme sie am Donnerstag gegen sechs Uhr abends nach Hause und hätte ein paar Stunden, um etwas Schlaf nachzuholen und sich auf das Gespräch mit Mr. Weinstein vorzubereiten.

Nur wusste sie wirklich noch nicht, was sie ihm sagen sollte.

KAPITEL 12

Cameron hatte erst ein einziges Mal die Erfahrung machen müssen, den Eltern seiner Freundin zu begegnen, doch damals war die Situation ein wenig anders gewesen. Natalies Eltern waren über diverse gemeinsame Freunde mit seinen Eltern bekannt gewesen und hatten daher gewusst, wer er war. Ein nettes, unspektakuläres Abendessen in einem Londoner Restaurant, bei dem es zu keinen peinlichen Situationen gekommen war, hatte an jenem Abend ausgereicht, um die Eltern seiner Freundin kennenzulernen. Damals war es ihm auch gar nicht wichtig gewesen, wie das Essen verlief und ob er in den Augen ihrer Eltern besonders sympathisch war.

Als seine zukünftigen Schwiegereltern hatte er sie sowieso nicht betrachtet. Mit Natalie hatte er Spaß gehabt, aber ihm war immer klar gewesen, dass er diese Frau niemals heiraten würde.

Die jetzige Situation war eine völlig andere, und die Miene seines Schwiegervaters verriet ihm, dass zumindest einer der Anwesenden nicht begeistert davon war, ihn in der Familie willkommen heißen zu müssen.

Der Tag würde in einem Desaster enden – so viel stand fest.

Bereits gestern hatte er geahnt, dass das Kennenlernen seiner Schwiegereltern problematisch werden könnte. Er war nach Hause gekommen und in Gedanken noch bei seiner Mom gewesen, die nach der Chemo ziemlich schwach und erschöpft gewesen war, als Harper ihm erzählt hatte, dass heute ihre Eltern auf die Insel kommen würden, um sie beide zu besuchen. Cameron hatte gar keine Gelegenheit bekommen, ihr in einer ruhigen Minute von seiner Mutter zu erzählen, weil Harper das Verhalten eines besessenen Kontrollfreaks an den Tag gelegt hatte. Sie hatte jede Ecke des Cottages geputzt – schon wieder –, hatte Möbel verrückt und Bilder aufgehängt, von denen er gar nicht gewusst hatte, dass er sie besaß. Als er sie fragte, was sie da tat, war ihre Antwort gewesen, dass sie das Cottage wohnlicher machen wollte.

Wohnlicher.

Das war vermutlich auch der Grund gewesen, weshalb sie seinen Geländewagen von innen und außen auf Hochglanz poliert oder ihn gezwungen hatte, das Material für die Stallrenovierung in den Stall zu tragen, anstatt es auf dem Hof unter einer Plane zu lassen. Und warum sie die wunderbar weiche Decke mit den Flicken und durchscheinenden Stellen entsorgt hatte, die normalerweise auf der Couch lag und an Fernsehabenden ihren Dienst getan hatte, weil man sich auch zu zweit gemütlich in sie hineinkuscheln konnte, war ihm schleierhaft.

Jetzt sah das Cottage wie auf der Zeitschrift *Schöner Wohnen* aus, aber wohnlich war es nicht.

Und sosehr er auch Harpers Wunsch verstand, ihre Eltern zu beeindrucken und zu beschwichtigen, war er trotzdem stellenweise genervt über die Verbissenheit, die sie an den Tag legte. Oder wie sollte er darauf reagieren, dass ihm seine Frau heute Morgen die Kleidung herausgesucht hatte, die er zum ersten Treffen mit ihren Eltern anziehen sollte?

„Der Stall macht momentan nicht viel her", erklärte Harper beinahe schon entschuldigend, als Cameron auf dem Hof parkte und den Motor ausschaltete. „Cameron renoviert ihn gerade."

Innerlich atmete er tief durch, denn die letzten zwei Stunden waren verdammt anstrengend gewesen. Erst hatten sie seine Schwiegereltern am Hafen abgeholt, waren dann zusammen einen Kaffee trinken gegangen und hatten anschließend die ungefähr dreißigminütige Fahrt zum Cottage angetreten. Mit seinem schweigsamen Schwiegervater auf dem Beifahrersitz hatte einfach keine Partystimmung aufkommen können. Jetzt wusste Cameron wenigstens, von wem Harpers Bruder den finsteren Blick hatte. Ihre Mom dagegen war geradezu übertrieben fröhlich – so als wolle sie das demonstrativ zurückhaltende Verhalten ihres Mannes überspielen, damit Cameron es nicht bemerkte.

Aber er bemerkte es, immerhin sprach der Mann kaum ein Wort. Insbesondere nicht zu ihm.

„Oh, das ist ja wunderschön hier", rief ihre Mom begeistert. „Die Landschaft sieht aus wie in einem Film. Und dann erst dieses entzückende Häuschen."

„Cameron hat es in den letzten zwei Jahren komplett allein restauriert", erwiderte Harper auskunftswillig und schnallte sich ab. „Wartet ab, bis ihr es von innen seht. Die Küche ist riesig. Cameron hat alles selbst installiert."

„Und wer ist das?", fragte ihre Mutter, als Max durch die Hundeklappe aus dem Haus stürzte und aufgeregt um das Auto zu rennen begann.

„Das ist Max, der wohl schlauste und freundlichste Hund der Welt. Cameron hat ihn super erzogen. Max hört auf jedes noch so kleine Kommando und bewacht das Haus. Sobald draußen ein Geräusch zu hören ist, steht Max an der Tür und gibt Laut."

Außerdem stahl Max gerne Essen vom Teller, aber das verschwieg Harper.

Ihre Mom antwortete mit einem anerkennenden

Laut auf die Lobpreisungen ihrer Tochter. „Das ist erstaunlich."

Gezwungenermaßen drehte er den Kopf zurück und schenkte seiner Schwiegermutter ein Lächeln, das diese erwiderte, auch wenn sie dabei nicht sehr überzeugend aussah. Er konnte es ihr nicht verübeln, denn die Situation hätte merkwürdiger nicht sein können. Vermutlich fühlte sich keiner von ihnen sonderlich wohl – angefangen bei Harper, die nicht müde wurde, ihren Eltern von all den Wundertaten zu berichten, die auf sein Konto gingen. Am liebsten hätte er sie rundheraus gefragt, was los war, dass sie glaubte, ihn in den höchsten Tönen loben zu müssen und jede Kleinigkeit herauszustreichen, die auf sein Konto ging.

Während Harper weiterhin erzählte, was er alles am Cottage getan hatte, stiegen sie aus. Ihre Eltern begrüßten Max und sahen sich interessiert um. Cameron steckte die Hände in die Taschen der khakifarbenen Hose, die Harper für ihn herausgelegt hatte, und fühlte sich wie ein Statist in einem Theaterstück, dessen Text er nicht kannte.

Schweigend beobachtete er, wie Harper mit einer aufgesetzten Fröhlichkeit, die er noch nie an ihr gesehen hatte, zwischen ihren Eltern hin und her sprang und ihnen allerhand zum Cottage erklärte. Sie wirkte dabei wie eine Verkäuferin, die einem ahnungslosen Paar ein Ferienhaus zum Timesharing aufschwatzen wollte. Und ihre Eltern reagierten, indem ihre Mom das Spiel mitspielte und sich ebenso euphorisch wie begeistert gab, während ihr Dad die Umgebung kritisch musterte und die Zurückhaltung in Person war.

Cameron wusste, dass er selbst ähnlich reagieren würde, wenn er eine Tochter hätte, die einen wildfremden Mann heiraten würde. Genauso wie der hochgewachsene Mann mit dem leicht ergrauten Haar an den Schläfen, der mit vor der Brust verschränkten Armen auf seinem Hof stand und mit düsterem Blick alles inspizierte, wäre auch Cameron misstrauisch. Doch ausgerechnet heute konnte er kein Verständnis für seinen Schwiegervater oder für seine Schwiegermutter aufbringen. Und er hatte auch keine Geduld mit Harper, die so offensichtlich davon besessen war, ihren Eltern zu gefallen und ihnen zu zeigen, wie großartig das Leben an seiner Seite war.

Er fühlte sich beschissen und war müde.

Wenn er nicht gestern bei seiner Mom gewesen wäre, deren Blutwerte besorgniserregend waren, dann hätte er heute der charmante, witzige Ehemann sein können, als den Harper ihn ihren Eltern vorstellen wollte. Gerade war ihm alles zu viel. Gestern hatte er auf der Fähre gesessen und seiner Frau erzählen wollen, dass er bei seiner Mom gewesen war, die Krebs hatte, und er hatte mit Harper über seine Ängste und seinen Wunsch reden wollen, sie seiner Mom vorzustellen. Aber dann hatte Harper ihn regelrecht mit der

Nachricht überfallen, dass ihre Eltern herkommen würden, bevor sie sich darangemacht hatte, ihr Zuhause auf den Kopf zu stellen.

„Ist das nicht ein schöner Flecken Erde, Jonathan?", fragte Harpers Mom ihren Mann und warf ihm dabei einen auffordernden Blick zu.

„Mhm", erwiderte dieser nicht sehr auskunftswillig.

Cameron beobachtete, wie sich Harper und ihre Mom Blicke zuwarfen, die für sich sprachen. Wenn er ein Außenstehender gewesen wäre, hätte er das Schauspiel vermutlich lustig finden können. So hoffte er nur, dass der Tag schnell vorüberging.

„Wer kann von sich schon behaupten, dass er in paradiesischer Einsamkeit direkt neben einem eigenen See wohnt?", plauderte ihre Mom weiter. „Das war doch immer dein Traum, Jonathan – an einem eigenen See wohnen und jeden Tag zum Angeln rausfahren."

Anscheinend erwartete Mary Kincaid eine Antwort von ihrem Mann, die er ihr jedoch schuldig blieb.

Also musste Harper in die Bresche springen.

„Auf dem See geht Cameron oft angeln, Dad", meinte sie in dem allzu offensichtlichen Bestreben, ein Thema zu finden, für das sich Schwiegervater und Schwiegersohn begeistern konnten. „Nicht wahr, Cameron?"

Ebenso auskunftswillig wie sein Schwiegervater antwortete er: „Mhm."

Wieder tauschten Mutter und Tochter Blicke aus,

bis Harper ihn anstarrte, als wolle sie ihm per Telepathie irgendeine Botschaft zukommen lassen. Er zuckte mit den Schultern, woraufhin ihre blauen Augen funkelten. Leider war es nicht die Art Funkeln, die er so gerne an ihr sah, weil sie ihm heißen Sex versprach, sondern ein Funkeln, das eher auf längere Abstinenz hindeutete, weil sie sauer auf ihn war.

„Warum lässt du dir von Cameron nicht den See zeigen, Jonathan?", wollte Harpers Mom heiter gestimmt wissen.

Natürlich kam Harper gleich zu ihrer Unterstützung hinzu und setzte noch einen drauf, als sie vorschlug: „Ja, Dad. Es wäre Cameron ein Vergnügen, mit dir auf den See zu fahren, und ich bin sicher, er würde dir auch eine Angelrute leihen."

„Ihr zwei könntet ein bisschen angeln gehen, während Harper und ich uns um das Essen kümmern."

„Das ist eine tolle Idee, Mom."

Die beiden Frauen mochten von dieser Idee sehr angetan sein, aber Cameron und sein Schwiegervater schienen sich einig zu sein, dass die Idee schlichtweg beschissen war. Beide hatten nämlich keine Lust auf einen gemeinsamen Angelausflug.

Couragiert klatschte Harpers Mom in die Hände. „Also ..."

„Zum Angeln habe ich nicht die richtigen Schuhe an", brummte Jonathan Kincaid. „Ich will sie nicht ruinieren."

Prompt starrten alle drei auf sein festes Schuhwerk, das er ihnen offenbar für feinste italienische Lederslipper verkaufen wollte, die nicht nass werden durften.

Cameron bemerkte, wie Harper rot anlief.

„Jonathan." Auch Mary Kincaids Gesichtsfarbe wurde deutlich dunkler.

„Cameron leiht dir ein Paar Gummistiefel", ächzte Harper, jedoch klang es eher wie ein Befehl. „Du musst dir keine Sorgen um deine Schuhe machen."

„Außerdem bin ich in den letzten zwei Wochen oft genug zum Angeln gegangen." Er warf ihm einen düsteren Blick zu. „Langsam habe ich die Nase voll von schottischen Gewässern und schottischen Fischen. Und vom schottischen Wetter sowieso. Wieso regnet es in diesem Land eigentlich ständig?"

Irgendwie ging Cameron davon aus, dass sein Schwiegervater ihm durch die Blume seine Abneigung gegen alles Schottische mitteilen wollte – und das auf eine wenig subtile Art und Weise. Abgesehen davon regnete es gerade überhaupt nicht. Im Gegenteil, denn über ihnen schien die Sonne und kaum eine Wolke war am blauen Himmel zu erkennen.

Den gleichen Gedanken hatte wohl auch Harper. „Es regnet aber gerade nicht, Dad."

„Wird es noch! Sobald ich in einem Boot sitze, schüttet es wie aus Eimern. Das scheint ein schottisches Gesetz zu sein."

„Du bist doch nicht aus Zucker! Wenn …“

„Die Fische beißen heute nicht an“, unterbrach Cameron seine Frau mit ebenso düsterer Miene, wie sein Schwiegervater sie an den Tag legte.

„Was?“

Die Fische beißen heute nicht an“, antwortete er auf Harpers Frage. „Süd-Ost-Wind. Da beißen sie nie an.“

Seine Frau sah ihn an, als habe er den Verstand verloren. Er erwiderte ihren Blick keinesfalls eingeschüchtert.

„Willst du mich auf den Arm nehmen, Cameron?“

An seiner Stelle antwortete Jonathan Kincaid. „Er hat recht. Fische beißen bei Süd-Ost-Wind nie an. Das weiß doch jeder.“

Harper kniff die Augen zusammen und wirkte so wütend, dass ihr jeden Moment Rauch aus den Ohren hätte kommen können. Auch ihre Mom sah alles andere als erfreut aus, tätschelte ihrer Tochter jedoch begütigend den Arm.

„Gut, dann geht ihr eben nicht angeln, wenn du dir deine Schuhe nicht ruinieren willst und die Fische heute nicht anbeißen. Wie wäre es mit einem Kaffee?“

„Lieber nicht“, versetzte Jonathan Kincaid und schnitt eine Grimasse. „Der schottische Kaffee bekommt mir nicht. Meine Blase platzt jeden Moment, wenn ich nicht endlich pinkeln gehen kann. Ist euer Klo im Stall oder hinter dem Haus?“

Es war interessant, die unterschiedlichen Reaktionen auf den Kommentar seines Schwiegervaters zu beobachten. Mary Kincaid wirkte entsetzt bis peinlich berührt, und Harper sah aus, als würde sie ihren Dad gerne einen Kopf kürzer machen. Cameron dagegen fand gerade die grobschlächtige Art des anderen Mannes irgendwie sympathisch.

Daher erwiderte er stoisch: „Normalerweise graben wir in Schottland einfach ein Loch in den Boden. Aber weil das bei Frost echt viel Arbeit ist, haben wir für die Wintermonate eine Toilette ins Haus bauen lassen."

Sein Schwiegervater wandte ihm das unergründliche Gesicht zu und musterte ihn. „Du lässt meine Tochter Löcher in den Boden graben, wenn sie mal muss?"

„Erst seit einer Woche", erwiderte er in dem gleichen gespielten Ernst wie der andere Mann. „Vorher durfte sie noch aufs Klo gehen, aber jetzt sind die Flitterwochen vorbei."

„Das ist gar nicht komisch", beschwerte sich Harper mit finsterer Miene.

Ihr Dad schien es ziemlich komisch zu finden, weil seine Mundwinkel zuckten.

Darauf reagierte Cameron nicht, sondern schlug seinem Schwiegervater leichthin vor: „Der Spaten steht im Stall. Ich empfehle dir den torfigen Boden zehn Meter rechts vom Haus. Da gräbt es sich besonders leicht."

Jonathan Kincaid nickte. „Ich werde es mir merken."

~

Dieser Tag war ein Desaster.

Harper saß am Kopfende des Tisches und verfluchte die Tatsache, dass Cameron ihr gegenübersaß, denn das bedeutete, dass der Abstand zwischen ihnen zu groß war, um ihn treten zu können. Sie hätte ihn nämlich wirklich sehr, *sehr* gerne getreten. Am liebsten dorthin, wo es richtig wehtat.

Ihr Mann benahm sich bereits den ganzen Tag völlig unmöglich und verschlang auch jetzt sein Essen, ohne etwas zum Gespräch beizutragen, das ihre Mom und sie so mühevoll am Laufen hielten. Wo war der witzige und umgängliche Mann hin, den sie geheiratet hatte? In ihrer Vorstellung war die erste Begegnung zwischen Cameron und ihren Eltern ganz anders abgelaufen. Sie war davon ausgegangen, dass sich ihre Mom auf den ersten Blick in ihren Schwiegersohn verlieben würde und dass ihr Dad begeistert wäre, einen Schwiegersohn zu bekommen, der anpacken konnte, gerne angelte und ein Typ zum Pferdestehlen war.

Sie wusste, dass ihr Vater von Grant nicht besonders angetan gewesen war. Für ihn war Grant zu ruhig, zu nüchtern und zu geschäftsmäßig gewesen. Mehr als einmal hatte sie ihn mäkeln hören, dass ihr Exverlobter ein typischer Karrierist war, der zum Lachen in den Keller ging und zu viel Wert aufs Geldverdienen legte.

Deshalb hätte er von Cameron begeistert sein müssen!

Ihr Mann war weder ruhig noch nüchtern noch geschäftsmäßig, sondern hackte sein Holz selbst, lachte viel und laut und gab keinen Deut aufs Geld. Sie war wirklich davon ausgegangen, dass er genau der Typ Mann war, den ihr Dad sofort akzeptieren würde.

Leider zeigte Cameron nicht viel von all dem, sondern hielt sich im Hintergrund, sagte kaum etwas und wirkte eher kühl als herzlich. Und ihr Dad machte keinen Schritt auf seinen Schwiegersohn zu, sondern ließ schon seit Stunden Spitzen gegen Cameron und insbesondere gegen Schottland ab, die Cameron ruhig und übertrieben höflich zurückgab. Die beiden schienen zwar ihren Spaß dabei zu haben, den anderen aufs Korn zu nehmen, aber Harper war mittlerweile so angespannt, dass sie am liebsten geschrien hätte.

Ihrer Mom schien es ähnlich zu gehen.

Jedenfalls gab sie sich wahnsinnig viel Mühe mit einem lockeren Small Talk. „Schmeckt es dir, Cameron? Das ist Harpers Lieblingsgericht. Als sie auf dem College war, habe ich immer diesen Hackbraten gemacht, sobald sie nach Hause kam."

„Er schmeckt sehr gut. Vielen Dank, dass du gekocht hast, Mary."

„Nichts zu danken. Das habe ich doch gerne gemacht."

Räuspernd warf ihr Dad ein: „Vielleicht solltest du dir von deiner Mom endlich das Kochen beibringen lassen, Harper. Ich glaube nämlich nicht, dass es hier eine große Auswahl an Lieferdiensten gibt – es sei denn, du isst gerne Haggis."

Sie knirschte mit den Zähnen, weil es ihr Dad nicht sein lassen konnte, Cameron zu piesacken, indem er sich über Schottland lustig machte. Als er zu denken gegeben hatte, dass die Briten eine Königin hatten, die bereits so alt war, dass sie jederzeit auf dem Thron ein Nickerchen machen könnte, hatte Cameron nonchalant geantwortet, dass die Briten wenigstens keinen Präsidenten gewählt hatten, der anscheinend an fortschreitender Demenz litt. Als ihr Dad angemerkt hatte, dass Fußball ein Sport für Mädchen sei, war es Cameron gewesen, der seinen Schwiegervater daran erinnert hatte, dass Footballspieler Schutzkleidung trugen, während Fußballspieler und Rugbyspieler darauf verzichteten. Und als ihr Dad sich darüber lustig gemacht hatte, dass die Schotten an das Monster von Loch Ness glaubten, hatte Cameron erwidert, dass es auf der Welt kein anderes Land gab, in dem so viele Menschen an Engel glaubten wie in den USA.

Entspannt war das Gespräch also wirklich nicht.

„Keine Sorge, Dad", entgegnete Harper ruhig.

„Cameron kocht ganz ausgezeichnet. Er kann sogar stricken."

„Stricken?"

Bevor sie den Mund öffnen konnte, warf Cameron ein: „In Schottland kann jeder stricken – zumindest Socken, damit uns im Winter nicht die Füße abfrieren."

„Ihr könntet euch auch einfach Socken kaufen."

Harper verdrehte die Augen und wünschte sich, die beiden Männer würden mit diesem Affentanz endlich aufhören, weil sie es nicht mehr hören konnte.

Aber ihr lieber Ehemann setzte noch einen drauf. „Wir kaufen keine Socken, sondern *verkaufen* sie. Vorzugsweise an amerikanische Touristen, die uns das kratzige Zeug aus den Händen reißen. Was denkst denn du, warum wir so viele Schafe besitzen?"

„Ach, baust du deshalb einen Stall? Wollt ihr unter die Schafzüchter gehen und selbst gestrickte Socken an Touristen verkaufen?"

Verdrossen sah Harper von einem zum anderen und konnte nicht begreifen, was mit ihrem Dad los war – und warum Cameron auf jede Fopperei reagierte. Warum hatte sie sich gestern überhaupt diese wahnsinnige Mühe gegeben, das Haus auf Hochglanz zu polieren, damit ihre Eltern einen guten Eindruck von ihrem neuen Zuhause und von Cameron bekamen, wenn der sich heute wie ein Idiot benahm?

Während ihre Mom gekocht hatte, hatte Harper am Küchentisch gesessen und ihr erzählt, wie fantastisch

Cameron war und wie sehr sie in den großartigen Highlander verliebt war. Der großartige Highlander war währenddessen im Stall verschwunden, während ihr Dad einen Spaziergang unternommen hatte – nur mit Max an seiner Seite. Sie war noch immer wütend, dass die beiden einen gemeinsamen Angelausflug abgelehnt hatten. Eigentlich hätten beide Männer sich unterhalten sollen – vernünftig unterhalten sollen, aber das war anscheinend nicht möglich. Konnte Cameron nicht verstehen, dass sie wollte, dass ihr Vater ihren Mann mochte?

„Ja, Dad", entgegnete sie voller Sarkasmus. „Cameron und ich haben bereits einen todsicheren Businessplan zusammengestellt. Wir bauen den Stall zur Sockenproduktionsstätte um – er wird Tag und Nacht stricken und ich kümmere mich um den Vertrieb und das Marketing. Das Konzept exportieren wir in die ganze Welt und werden Millionäre."

Ihr Dad prostete ihr zu. „Schön, dass du einen Plan hast. Ich hatte mir schon Sorgen gemacht, wovon ihr leben wollt."

Aha!

Das war also des Pudels Kern.

Schlagartig kippte die Stimmung und wurde ernst. Die Foppereien ihres Dads waren nur der Auftakt zu einem ganz anderen Gespräch gewesen, das er mit ihnen führen wollte. Die Situation, dass ihr Vater ein Gespräch übers Geld mit ihr führte, war Harper neu, denn bisher hatte er sich nie Sorgen darum gemacht, was sie verdiente und wovon sie ihren Lebensunterhalt bestritt.

Auch Cameron musste begriffen haben, worum es ging, da er sich steif aufrichtete und das Kinn nach vorn schob.

Ihre Mom dagegen schüttelte den Kopf. „Jonathan, du hast versprochen, nicht darüber zu reden."

„Ach was! Die beiden sind erwachsen, Mary, und werden sicherlich verstehen, dass ich neugierig bin. Und verwirrt."

Plötzlich hatte Harper keinen Hunger mehr auf den Hackbraten ihrer Mom und schob ihren Teller beiseite. „Warum bist du verwirrt, Dad?"

Abfällig schnaubte er auf. „Fragst du mich ernsthaft, weshalb ich verwirrt bin? Lass mich nachdenken ... ach ja! Erst willst du diesen spießigen Anwalt heiraten, den du wie einen Leibeigenen herumschubsen konntest, und kaum lässt der dich sitzen, heiratest du einen Mann, den du nicht kennst und der das genaue Gegenteil deines Verlobten ist."

Unsicher darüber, wie Cameron auf die Worte ihres Vaters reagierte, spähte sie über den Tisch zu ihm hinüber. Er wirkte neugierig, doch keineswegs aufgebracht oder wütend. Vielmehr schien er interessiert darauf zu warten, was sie antwortete.

Um dieses Gespräch kam sie allem Anschein nach nicht herum. Also holte sie Luft und erklärte ihrem

Dad unmissverständlich: „Erstens habe ich Grant nicht wie einen Leibeigenen herumgeschubst und zweitens war es bei Cameron und mir Liebe auf den ersten Blick. Deshalb haben wir geheiratet."

„Liebe auf den ersten Blick? Seit wann bist du eine Romantikerin? Deine andere Hochzeit hast du mit militärischer Härte geplant und deiner Mom eingetrichtert, bloß nicht zu weinen, weil du nicht wolltest, dass sie auf den Fotos verquollen aussah."

Harper biss die Zähne zusammen, weil Camerons Miene eine Mischung aus Überraschung und Belustigung war. Was er so lustig fand, wusste sie zwar nicht, aber ihr war es nicht recht, dass ihr Dad über ihre Beziehung zu Grant redete und sie wie eine Furie darstellte.

„Können wir bitte aufhören, über Grant und unsere Verlobung zu reden? Wir haben uns getrennt – glücklicherweise. Cameron und ich sind jetzt verheiratet und glücklich miteinander."

„Und das ist der Umstand, der deine Mutter und mich verwundert!"

„Sprich bitte nur für dich", widersprach ihm ihre Mom, wofür Harper ihr dankbar war, denn etwas Schützenhilfe kam ihr gerade recht. „Ich weiß, wie es ist, wenn man sich Hals über Kopf verliebt und blind und taub für alles um einen herum ist. Sei froh darüber, sonst hätte ich dich vermutlich nie geheiratet, Jonathan."

Ihr Dad verdrehte die Augen. „Hier geht es aber nicht um uns, sondern um Harper, Mary. Und mach dir nichts vor! Als Jake uns erzählt hat, dass sie sich wundersamerweise verliebt und gleich darauf geheiratet hat, *waren* wir verwirrt. Ich bin es noch!"

„Dad, ich bin erwachsen ..."

„Und du bist unsere Tochter, die urplötzlich in der einsamsten Gegend, die ich kenne, mit einem uns völlig fremden Mann lebt. Ich denke, wir haben eine Antwort verdient."

Harper ballte die Hände zu Fäusten. „Meine Antwort ist, dass ich gemerkt habe, dass ich mich in die Verlobung mit Grant hineingesteigert habe und das alles gar nicht wollte. Ich brauchte eine Auszeit und habe Cameron kennengelernt."

Ihr Vater beherrschte das Pokerface so gut, dass sie wirklich nicht sagen konnte, was in seinem Kopf vorging. Das Zucken seines linken Augenlids sprach dafür, dass er ganz und gar nicht zufrieden war. Sie war auch nicht zufrieden über eine Situation, in der ihr Dad sie anbrüllte und wie ein Kind gängelte, während ihr Ehemann am anderen Ende des Tisches saß und sich heute wie ein ferngesteuerter Zombie benahm. Vielleicht wäre ihr Vater auch nicht so aufgebracht gewesen, wenn Cameron in den letzten Stunden den Eindruck erweckt hätte, glücklich zu sein und Spaß mit ihr zu haben, anstatt wie ein Eigenbrötler zu wirken, der lieber allein gewesen wäre.

„Wie soll diese Auszeit denn aussehen, Harper? Worauf müssen deine Mom und ich uns einstellen? Wie sieht dein Plan aus? Was hast du jetzt vor?“

Stirnrunzelnd sah sie ihn über den Hackbraten ihrer Mom hinweg an. „Was soll ich schon vorhaben? Cameron und ich sind verheiratet. Das ist der Plan.“

„Ich bitte dich! Du hast immer einen Plan, Harper.“ Abschätzig musterte ihr Vater sie. „Du wirst dir doch Gedanken um eure Zukunft gemacht haben. Was ist mit deinem Job? Gibst du den auf? Bleibst du von jetzt an in Schottland und wirst Schafzüchterin? Verkaufst du deine Wohnung? Und wovon wollt ihr leben? Oder hat dein Mann ein regelmäßiges Einkommen? Hat er überhaupt einen Job?“

Ihr schwirrte der Kopf und gleichzeitig lief sie rot an, denn all diese Fragen konnte sie nicht beantworten. Aber wie sollte sie ihrem besorgten und aufgebrachten Dad erklären, dass sie nicht wusste, was sie tun und ob sie kündigen sollte. Und erst recht hatte sie keine Antwort auf die Frage, ob ihr Mann einen Job hatte.

Das Thema wollte sie lieber umschiffen.

„Wir sind erst seit zwei Wochen verheiratet und sind noch dabei, uns über ein paar Dinge klar zu werden und Entscheidungen zu treffen“, erwiderte sie diplomatisch. Zwar würde sie Cameron damit überrumpeln, dennoch fuhr sie fort: „Am Donnerstag fliege ich nach Seattle, um mit meinem Chef zu reden. Bestimmt gibt es eine Möglichkeit, den Job anders zu strukturieren, sodass ich den Großteil auch von hier erledigen kann." Sie klang zumindest zuversichtlicher, als sie es war.

Ausgerechnet jetzt mischte sich Cameron in das Gespräch ein, als er grimmig in den Raum warf: „Du fliegst nach Seattle?"

Innerlich stöhnte sie auf. Das hätte er vor ihren Eltern nicht sagen sollen. „Ja, für ein oder zwei Tage, um mit meinem Chef zu reden. Das hat sich kurzfristig ergeben."

„Aha. Kurzfristig." Er runzelte die Stirn. „Hattest du mir nicht am Abend unserer Hochzeit gesagt, dass du deinen Job am liebsten aufgeben würdest?"

„Ich glaube nicht, dass wir jetzt darüber reden sollten", entgegnete sie gespielt ruhig. Eigentlich war sie alles andere als ruhig und war sich auch bewusst, dass ihr Gespräch mit Spannung verfolgt wurde.

Jedenfalls von ihrem Dad.

Der verkündete auch gleich darauf so großkotzig, dass Harper ihm am liebsten eine gescheuert hätte: „Es scheint mir vernünftig zu sein, dass sich wenigstens Harper Gedanken um ihren Job macht."

„Dad, halte dich da raus!"

„Ja, Jonathan", bestätigte auch ihre Mom. „Lass uns vor die Tür gehen und die beiden allein lassen."

Ihr Dad schnalzte mit der Zunge. „Mein Gott, macht doch nicht so ein Drama! Cameron ist ein netter Kerl mit dem Herz am rechten Fleck, auch wenn ich keine Ahnung habe, ob er einen Beruf hat oder nicht."

Bis jetzt war Cameron gelassen geblieben und hatte sich nicht provozieren lassen – jedenfalls nicht so sehr, dass er wütend auf ihren Dad geworden wäre. Ausgerechnet jetzt pochte jedoch eine Ader an seiner Stirn, und er blaffte ihren Dad an: „Weißt du was, Jonathan? Das regeln Harper und ich allein. Aber falls du dann beruhigter schlafen kannst: Ja, ich habe einen Beruf."

„Ist Schafzüchter heute ein Beruf?", witzelte ihr Vater.

„Keine Ahnung. Ich bin kein Schafzüchter, sondern Arzt."

Harper schnappte nach Luft. Fassungslos starrte sie ihren Mann an. „Du bist *was*?"

KAPITEL 13

„Du bist Arzt und sagst mir nichts!“

„Du hast mir doch auch nicht gesagt, dass du zurück nach Seattle fliegst, oder?“

„Das ist etwas völlig anderes, Cameron!“

Cameron kniff die Augen vor der untergehenden Sonne zusammen und umklammerte das Lenkrad fester, während er die Straße südlich von Stornoway entlangfuhr. Seit ungefähr fünfzehn Minuten stritten sie sich und waren kurz davor, sich gegenseitig niederzubrüllen. Seit genau dem Moment, als sie Harpers Eltern in Stornoway an ihrem Hotel abgesetzt hatten, ging es zwischen ihnen heiß her – im negativen Sinn. Der eigentliche Plan seiner Frau hatte vorgesehen, auch den Abend mit ihren Eltern zu verbringen, aber nach dem Eklat beim Essen hatte Harpers Mom entschieden, dass sie *müde* war.

Ihm war es nur recht.

Er war so unfassbar wütend auf Harper und auf sich selbst, dass er nicht mehr klar denken konnte. Jetzt wollte er einfach zurück ins Cottage und etwas Ruhe haben.

Von Ruhe hielt Harper leider nichts. „Ich sitze wie eine Idiotin am Tisch, während du meinen Eltern erzählst, dass du Arzt bist. Hättest du dieses winzige Detail nicht vorher erwähnen können? Meine Eltern glauben jetzt, dass wir beide nichts voneinander wissen."

Cameron musste nicht einmal einen Blick nach links werfen, um zu wissen, dass Harper kurz davorstand, an die Decke zu gehen. Auch in ihm brodelte es gewaltig, denn sie hatte diese Situation mit ihren Eltern heraufbeschworen. Ihre Mom war ein Schatz und ihr Dad war ein direkter Kerl, der ihn getestet hatte, indem er sich ein paar flotte Sprüche geleistet hatte – das akzeptierte Cameron, auch wenn es ihm auf den Sack gefallen war. Womit er hingegen ein Problem hatte, war, dass Harper ihm keine Gelegenheit gegeben hatte, seine Schwiegereltern unter normalen Umständen kennenzulernen. Sie hatte das Cottage auf den Kopf gestellt, ihm Klamotten herausgelegt und den Besuch generalstabsmäßig vorbereitet, dass sich Cameron wie ein absoluter Statist gefühlt hatte. Und dann hatte sie ihm das Gefühl gegeben, ein Versager zu sein, indem sie jede Frage über ihn beantwortet und ihn vor ihren Eltern in den höchsten Tönen gelobt hatte, als wäre er ein Förderschüler, der gerade gelernt hatte, sich die Schuhe zuzubinden.

„Wäre es dir lieber, wenn ich Schafzüchter wäre?"

„Nein! Mir wäre es lieber, wenn du mit mir reden würdest, anstatt aus allem, was dich betrifft, ein Geheimnis zu machen! Wir sind verheiratet ..."

„Ein Umstand, den du immer wieder hervorholst, wenn es dir passt", entgegnete er barsch. „Hast du daran gedacht, mir – deinem Ehemann – mitzuteilen, dass du zurück nach Seattle fliegst?"

„Ich fliege nicht *zurück* nach Seattle, sondern fliege nur für ein paar Tage nach Seattle", betonte sie. „Außerdem habe ich dort einen Job."

„Das beantwortet nicht meine Frage, warum du mir nicht gesagt hast, dass du dorthin fliegst."

„Ich hätte es dir noch erzählt ..."

„Wunderbar." Er schnaubte abfällig. „Dann ist ja alles geklärt!"

Ihre Stimme bebte geradezu: „Wann hätte ich dir denn davon erzählen sollen? Gestern ergab sich keine Gelegenheit, weil alles so hektisch war, und heute waren meine Eltern zu Besuch!"

„Weißt du, warum es gestern so hektisch war? Weil du ein riesiges Theater aus dem Besuch deiner Eltern gemacht hast! Du hättest doch am liebsten das Cottage renoviert, um Eindruck bei deinen Eltern zu schinden. Jetzt weiß ich auch, was du gemeint hast, als du bei unserer ersten Begegnung gesagt hast, dass du dein Leben bislang immer durchgeplant hast. Genau das hast du nämlich gestern gemacht und mir dabei das Gefühl gegeben, dass mein Leben nicht in Ordnung ist, weil es eben nicht durchorganisiert ist."

Sie schnappte nach Luft. „Das ist nicht fair, Cameron! Ich habe lediglich aufgeräumt!"

„Du hast mir herausgesucht, was ich anziehen sollte", höhnte er.

„Geht es dir etwa darum, was du heute getragen hast?"

Ungeduldig klopfte er mit seinen Fingern gegen das Lenkrad. „Nein, es geht mir darum, dass du Pläne schmiedest, die mich betreffen, aber mich dazu nicht befragst."

„Wie bitte?

„Du hast mir nicht gesagt, dass du nach Seattle fliegst." Düster starrte er vor sich hin. „Ich hätte gerne gewusst, was du vorhast, bevor du es deinen Eltern erzählst und ich völlig überrumpelt bin."

Es hörte sich so an, als würde Harper neben ihm die Messer wetzen. „Wirfst du mir wirklich vor, dir nichts von meinem Flug gesagt zu haben? Du bist derjenige, der mir nicht sagen wollte, womit er sein Geld verdient! Du bist über Nacht in Inverness geblieben und hast mir nicht erzählt, was du dort machst, Cameron! Im Grunde habe ich keine Ahnung, wer du bist, *Dr.* MacAlister!"

Ihre letzten Worte waren wie ein Paukenschlag, auf den keiner von ihnen mehr etwas sagte.

Beide schwiegen.

Nur das monotone Motorengeräusch, das Rattern der Belüftung und ihre heftigen Atemzüge waren im Inneren zu hören. Die Situation hätte nicht beschissener sein können.

Aus dem Augenwinkel konnte er sehen, wie Harper wieder den Kopf nach vorn drehte und ebenfalls durch die Windschutzscheibe nach draußen sah, wo meilenweit nichts zu sehen war als eine Straße durch einsame Landschaften. Zum ersten Mal empfand Cameron angesichts der Einsamkeit um sich herum keine Erleichterung. Als er nach Lewis gezogen war, hatte er genau das gewollt – Abgeschiedenheit von der Hektik, von dem Trubel und von der Bedeutungslosigkeit einer Großstadt. Es hatte ihn geerdet und ihn Frieden finden lassen, in der Natur zu sein und ein einfaches Leben zu führen, das unaufgeregt war. Die Einsamkeit war wie ein Kokon gewesen, der ihn vor allen Widrigkeiten geschützt hatte. Aber irgendwann war die Einsamkeit nicht länger ein Schutz gewesen, sondern das, was sie nun einmal war: Einsamkeit.

Dann war Harper gekommen.

Jedoch glaubte Cameron mittlerweile nicht mehr, dass sie gekommen war, um zu bleiben.

„Was für ein Arzt bist du überhaupt?“, fragte sie in die Stille des Autos hinein.

Er ließ sich tiefer in den Sitz sinken. „Traumatologe."

„Aha", entgegnete sie dumpf. „Was ist das?"

„Unfallchirurg, aber ich praktiziere nicht mehr", erwiderte er ruhig und wappnete sich gegen weitere Fragen.

Die kamen jedoch nicht.

Stattdessen wurde Harper ruhiger – resignierter. „Ich wollte dich bei meinen Eltern nicht übergehen, Cameron. Ich wollte, dass sie dich mögen. Und dass du sie magst. Vielleicht bin ich etwas vorgeprescht ..."

„Vielleicht?"

„Könnte ich bitte ausreden?"

Er antwortete nicht.

Harper seufzte schwer und deutete sein Schweigen als Aufforderung, weiterzureden. „Heute ist alles ganz falsch gelaufen, und es tut mir leid, dass ich dir das Gefühl gegeben habe, dass mit deinem Leben etwas nicht in Ordnung wäre. Das stimmt nicht. Aber ich habe nicht das Gefühl, dass du mich an deinem Leben teilhaben lässt, wenn du mir wichtige Dinge verschweigst. Ich bin deine Frau."

Alles, was sie sagte, klang so verdammt vernünftig und rational, dass sich Cameron wie ein Idiot vorkam. Der ebenfalls rationale Teil in ihm riet dazu, ihr reinen Wein einzuschenken und ihr zu sagen, warum er nach Inverness gefahren war und warum er seinen Job an den Nagel gehängt hatte und nach Lewis gezogen war. Aber der rationale Teil verlor gegen einen anderen Teil in ihm. „Gehst du deshalb zurück nach Seattle?“

Wieder seufzte sie. „Mein Boss hat angerufen, weil es Probleme bei einem meiner großen Mandanten gibt, Cameron. Das hätte ich gleich sagen müssen, aber … ich wollte vor dem Besuch meiner Eltern die Stimmung nicht reizen. Das war falsch und ich entschuldige mich.“

Schlagartig verpuffte auch seine Wut und machte den Weg frei für eine Resignation, die ihn müde machte.

„Wann kommst du wieder?“

„Ich weiß es noch nicht.“

„Kommst du denn wieder?“

„Cameron“, flüsterte sie angespannt. „Wieso fragst du mich das? Denkst du, dass ich Schluss mache?“

Seine Kehle fühlte sich wie Schmirgelpapier an. „Ich denke, es spricht für sich, dass du nicht gekündigt hast.“

Harper stieß laut den Atem aus. „Ich kann nicht einfach am Telefon kündigen, sondern muss vor Ort mit meinem Chef die Situation besprechen und meine Mandanten in vertrauensvolle Hände übergeben.“

Für ihn klang das wie eine Ausrede. „Willst du denn kündigen?“

Harper antwortete nicht sofort, sondern schien nach Worten zu suchen, bis sie betont ruhig erwiderte:

„Es ist ein guter Job, der fantastisch bezahlt wird, deshalb ist die Frage kompliziert."

„Es ist eine einfache Frage", widersprach er. „Willst du kündigen oder nicht? Punkt."

„Die Frage lautet doch eher, wie wir unser Leben finanzieren, wenn mein Job wegfiele, Cameron."

„Ich kann unser Leben finanzieren."

„Gerade hast du mir noch gesagt, dass du nicht mehr als Arzt praktizierst."

„Ich habe Geld."

„Woher?"

Er knirschte mit den Zähnen. „Ich habe es geerbt."

„Von wem?" Sie schüttelte den Kopf, wie er aus dem Augenwinkel sehen konnte. „Siehst du, was ich meine? Du redest nicht mit mir und erwartest gleichzeitig, dass ich einfach alles stehen und liegen lasse."

Cameron nahm die Abzweigung zum Cottage und spürte, wie sich ein Loch in seinen Magen fraß. „Es gibt Dinge, über die ich nicht reden will."

„Nicht einmal mit mir?"

„Mit niemandem."

Als sie leise nach Luft schnappte, wusste er, dass er sie verletzt hatte, und er wollte auf die Bremse steigen, um ihr zu sagen, dass er es nicht so gemeint hatte. Aber dann fuhr er über den Hügel und sah einen schwarzen Geländewagen auf seinem Hof stehen. Den Wagen kannte er nicht, aber die hochgewachsene Gestalt daneben erkannte er sofort.

Dass sein Vater hier war, konnte nur eines bedeuten.

HARPER WAR MÜDE. Sie war wütend. Und sie war verwirrt.

Cameron war jetzt schon seit zwanzig Minuten mit seinem Dad im Cottage verschwunden, während sie draußen im Hof stand, den Ball für Max warf und darüber nachgrübelte, wer der Mann mit dem maßgeschneiderten Anzug war, der vor dem Haus auf und ab lief. Der Fahrer konnte er nicht sein, denn ein anderer Mann in einem maßgeschneiderten Anzug saß hinter dem Steuer des schwarzen Geländewagens und schien zu warten.

Stirnrunzelnd fragte sich Harper, was Camerons Dad beruflich machte, wenn er hier mit einer Entourage aufkreuzte, die eher zu einem Politiker gepasst hätte. Oder zu einem Mafiaboss.

Der Tag zerrte an ihren Nerven, denn das Kennenlernen ihrer Eltern und Cameron war nicht so verlaufen, wie sie es sich vorgestellt hatte, und zu allem Überfluss war es zu einem Streit mit ihrem Mann gekommen, der viele Fragen aufgeworfen hatte. Sie hatte wirklich das Gefühl gehabt, dass sie beide auf dem Weg gewesen waren, ihre Ehe infrage zu stellen.

Aber das wollte sie nicht. Sie wollte mit Cameron

verheiratet sein, morgens neben ihm aufwachen und ihr restliches Leben mit ihm verbringen. Und sie wollte wissen, was er vor ihr verborgen hielt und warum er glaubte, ihr nicht vertrauen zu können. Anders war es nämlich nicht zu erklären, warum er ihr nicht erzählte, was er in Inverness zu schaffen hatte oder dass er Unfallchirurg war.

Und sie wollte wissen, was zwischen ihm und seinem Vater vorgefallen war, dass die beiden sich völlig distanziert und kühl begrüßt hatten, bevor sie im Haus verschwunden waren. Der einzige Wermutstropfen war der, dass Cameron sie seinem Vater als seine Frau vorgestellt hatte.

Als hätte Max gespürt, dass sie durcheinander war, kam er wieder zu ihr zurück, ließ den Ball auf den Boden fallen und setzte sich neben sie, während er seinen Kopf gegen ihr Bein schmiegte. Harper kniete sich hin und begann den Hund am Kopf zu kraulen, als sich hinter ihr die Eingangstür des Cottage öffnete und Cameron zusammen mit seinem Vater herauskam.

Max stieß ein freudiges Jaulen aus und rannte zurück zu Cameron, dessen Miene Harper Sorgen bereitete. Sie erhob sich und wischte ihre Hände an den Hosenbeinen ab, bevor sie auf die beiden Männer zuging, die sich so sehr ähnelten und dennoch grundverschieden aussahen.

Von seinem Vater hatte Cameron offenbar die hochgewachsene Gestalt und das gute Aussehen geerbt, obwohl ihr Mann in den Schultern breiter war als sein Vater. Auch das blonde Haar musste er von seinem Dad haben, das bei dem älteren Mann an den Schläfen bereits ergraut war. Ihr Schwiegervater war ein gut aussehender Mann, aber im Gegensatz zu Cameron wirkte er sehr nüchtern und sogar ein wenig unnahbar. Auf die Nachricht, dass sie seine Schwiegertochter war, hatte er reagiert, indem er keine Miene verzogen hatte. Stattdessen hatte er ihre Hand geküsst und sich dann bei ihr entschuldigt, dass er mit seinem Sohn eine wichtige Angelegenheit zu besprechen habe.

Er hatte sich so vornehm und distinguiert benommen, dass es für sie unverständlich war, Camerons Dad vor sich zu haben. Mit Cameron konnte man Pferde stehlen, er war humorvoll, geradeheraus und herzlich, aber sein Vater war die Zurückhaltung in Person, wie er steif und in einem makellosen Anzug vor ihr gestanden hatte.

Wortlos stellte sie sich zu Cameron und nahm seine Hand, während sie in seinem undurchsichtigen Gesicht forschte, das nichts preisgab. Sie bemerkte nur, dass er zusammenzuckte, als sein Vater ihm für eine Dauer von wenigen Millisekunden eine Hand auf die Schulter legte – so unpersönlich, als wäre er ein Sicherheitsbeamter am Flughafen.

„Wann kann ich euch morgen erwarten, Cameron?“

„Wir nehmen die erste Fähre. Also gegen Mittag“,

entgegnete Cameron und klang dabei völlig ferngesteuert.

„Gut, ich lasse alles vorbereiten." Höflich neigte der ältere Mann seinen Kopf und schaute ihr ins Gesicht, bevor er nach ihrer rechten Hand griff und sich formvollendet über sie beugte. „Meine Liebe, es war mir eine Freude. Wir sehen uns morgen."

„Äh ... ja. Danke." Wieso wurde sie das Bedürfnis nicht los, einen Knicks machen zu sollen?

Konsterniert verfolgte Harper, wie der Fahrer den Wagen startete und der andere Mann die Tür für Camerons Vater aufhielt, bevor er an der anderen Seite einstieg. Als das Auto davonfuhr, atmete sie durch und kam auf das Offensichtliche zu sprechen. „Wer ist der Mann, der hier wie ein nervöses Hemd auf und ab marschiert ist, während du mit deinem Vater im Cottage warst?"

„Das ist Badger, der Privatsekretär meines Vaters."

„Der Privatsekretär?" Ihr klappte die Kinnlade hinunter. Sie starrte nach oben und musterte das bewegungslose Profil ihres Mannes, der offenbar dem Geländewagen hinterhersah. „Dein Vater hat einen Privatsekretär? Ist er zufällig der Prince of Wales?"

„Nein." Ihr Mann schüttelte den Kopf und erklärte so leichthin, als würde er ihr erzählen, wie das Wetter morgen werden sollte: „Er ist der Duke of Glenmore."

Harper blinzelte und glaubte, sich verhört zu haben. „Wie bitte?"

Cameron senkte das Kinn so tief, dass es fast auf seiner Brust lag, und murmelte heiser: „Duncan Ian MacAlister, zwölfter Duke of Glenmore, Marquess of Carrick und Earl of Lomond. Die anderen Titel erspare ich dir, aber besonders stolz ist er darauf, Ritter des Distelordens zu sein."

Verständnislos schaute sie ihn an und versuchte zu begreifen, was Cameron ihr gerade sagte. Tausend Fragen brannten ihr auf der Zunge, aber sie brachte lediglich hervor: „Distelorden?"

Er nickte barsch. „Ein schottischer Ritterorden, der direkt nach dem Hosenbandorden an zweiter Stelle in der Rangliste der britischen Orden steht. Es gibt nur sechzehn Ordensträger und mein Vater ist einer von ihnen." Cameron klang nicht nur grimmig, sondern auch besonders abfällig. Wie es schien, war der Sohn nicht sehr stolz darauf, dass sein Vater diesem ominösen Ritterorden angehörte, von dem Harper niemals zuvor gehört hatte. Aber sie war auch Amerikanerin und hatte keine Ahnung von europäischen Adelsfamilien.

„Dein Vater ..." Sie schluckte und hatte das Gefühl, dass ihr etwas Entscheidendes entging. „Dein Vater ist ein Adeliger?"

„Ein Herzog." Cameron schnaubte auf. „Mütterlicherseits ist er sogar mit der Königin verwandt."

„Wie bitte?" Vor Schreck verschluckte sie sich beinahe.

„Meine Ururururgroßmutter war eine Großcousine von Prinz Albert, dem Ururgroßvater von Königin Elizabeth. Eine sehr enge Familienbande, wie du siehst."

Für seinen Sarkasmus war sie nicht empfänglich. „Du bist mit der Königin von England verwandt?!"

„Mein Vater ist es. Ich will damit nichts zu tun haben." Er ließ ihre Hand los, bückte sich, um Max zu streicheln, und vergrub die Hände in seinen Hosentaschen, während er ihr den Rücken zukehrte und in Richtung See starrte.

Dass er ihr die Hand entzogen hatte, tat ihr weh. Und ihr tat es weh, dass er nichts von alldem erzählt hatte. Sie war doch seine Frau.

Unschlüssig betrachtete sie seinen breiten Rücken. Er benahm sich merkwürdig, aber Harper glaubte nicht, dass sein Verhalten nur auf seinen Vater zurückzuführen war. So gerne hätte sie die Hand ausgestreckt und tröstlich seinen Rücken gestreichelt, aber sie glaubte nicht, dass er das wollte.

„Was wollte dein Vater hier, Cameron? Und warum ist er gleich wieder weggefahren?"

Als er endlich antwortete, klang er verbittert. „Er musste wieder weg, weil er so viel zu tun hat, aber er wollte mir persönlich sagen, dass meine Mom heute Morgen gestorben ist."

Erschüttert flüsterte sie seinen Namen und machte automatisch einen Schritt nach vorn, aber er entzog sich ihr, bevor sie die Arme um seine Mitte hätte schlingen können. Er wollte nicht, dass sie für ihn da war.

„Cameron." Sie krächzte seinen Namen. „Liebling, das ... das tut mir so entsetzlich leid. Kann ich etwas für dich tun?"

Noch immer drehte er sich nicht zu ihr um, sondern erklärte mit rauer Stimme, die Harper sagte, wie sehr ihn der Tod seiner Mutter mitnahm: „Die Fähre geht morgen um neun. Wir sollten um halb acht losfahren, damit wir sie nicht verpassen."

Und dann ließ er sie einfach stehen und ging in Richtung See.

Allein.

KAPITEL 14

Harpers To-do-Liste:
~~*Ins Auto steigen und einfach losfahren*~~
~~*Spontan sein*~~
~~*Den perfekten ersten Kuss bekommen*~~
~~*Heißen, wilden Sex haben*~~
~~*Unterm Sternenhimmel schlafen*~~
Einmal in einem Schloss übernachten

Als Cameron ihr erzählt hatte, dass er aus einer winzigen Ortschaft komme, hatte er irgendwie recht gehabt, denn der Ort Glenmore war nicht sonderlich groß. Es war ein beschauliches Örtchen umgeben von Wäldern und Flüssen, in dem wunderschöne alte Steinhäuser standen. Ein paar Geschäfte, Cafés sowie eine Bank und eine Tankstelle säumten die Hauptstraße, die mitten durch die Stadt führte. Es war ein bisschen, als wäre die Zeit stehen geblieben, denn es gab weder neonbeleuchtete Werbeschilder noch moderne Gebäude. Außerdem trugen auffallend viele Passanten schwarze Kleidung, wie Harper bemerkte, als sie durch die Ortschaft fuhren.

Der Grund für die Trauerkleidung wurde Harper klar, als sie die Stadt verließen und ein paar Meilen später rechts in eine Straße abbogen. Anscheinend handelte es sich bei der Straße um eine Privatstraße, da sie mit einem riesigen schmiedeeisernen Tor, das an zwei gewaltigen Steinsäulen befestigt war, von der Hauptstraße getrennt war. Außerdem befand sich an einer dieser Säulen ein kleines Häuschen, in dem ein Wachmann saß und sie durchwinkte, als Cameron mit seinem Geländewagen vorfuhr. Harper hatte währenddessen nur einen Blick für das Blumenmeer, das vor dem Wachhäuschen lag, und für die Passanten, die dort standen und neue Blumengestecke ablegten.

Was Cameron ihr verschwiegen hatte, als er von seinem Heimatort erzählt hatte, war das imposante Schloss gewesen, das vor ihnen aufragte, nachdem sie durch eine Allee von Bäumen gefahren waren.

Das alte Steingemäuer wirkte geradezu bedrohlich, gewaltig und beeindruckend zugleich.

Ganz automatisch hielt Harper den Atem an, als

Cameron vor dem Schloss mit dem überdimensionalen Eingangsportal hielt und sich wie selbstverständlich einen Parkplatz neben all den Luxuskarossen suchte, die auf dem mit Kieselsteinen ausgelegten Hof standen. Wieder musste sie die imposante Fassade des Schlosses ansehen und verglich das Äußere ganz automatisch mit dem winzigen Cottage, in dem sie in den vergangenen zwei Wochen zusammen mit Cameron gelebt hatte.

Das Cottage war heimelig, gemütlich und einladend gewesen – geradezu schnuckelig.

Das Schloss war das genaue Gegenteil. Keine Frage, es wirkte tatsächlich imposant und musste eine beeindruckende Geschichte vorweisen können, aber gemütlich oder einladend waren zwei Adjektive, die Harper nicht in Verbindung mit diesem trutzigen Schloss gebracht hätte.

Massive Steinmauern, schmale Fenster, spitze Zinnen und hohe Türme, die wie Wachposten nach oben ragten, sowie altertümliche Verzierungen im Stein zeugten davon, dass das Schloss nicht nur zur Zierde erbaut worden war. Der Architekt in ihrem Bruder hätte seine helle Freude an Camerons Elternhaus gehabt.

Apropos Cameron.

Ihr Ehemann schaltete den Motor aus und beachtete gar nicht, dass Harper angesichts des gewaltigen Schlosses eingeschüchtert war. Seit sein Vater gestern vorbeigekommen war, hatte er nicht viel geredet. Sie hatte versucht, mit ihm über seine Mutter zu sprechen, aber Cameron hatte jeden Versuch abgeblockt. Einzig die Tatsache, dass seine Mom wegen Brustkrebs in Behandlung gewesen sei und einen Herzstillstand erlitten hätte, hatte Cameron von sich gegeben. Mehr wusste sie nicht. Harper wusste auch nicht, was sie erwartete und wie sie sich verhalten sollte. Sie wusste nur, dass Cameron sie gestern Abend abgewiesen hatte, als sie für ihn da sein wollte. Und dass es ihm ziemlich schlecht ging. Er litt sichtlich und trauerte, was wiederum ihr wehtat.

Als er die Autotür öffnen wollte, legte sie eine Hand auf seine und hielt ihn zurück.

„Geht es dir gut, Cameron?"

Er wandte ihr das Gesicht zu und suchte ihren Blick. Seine hellbraunen Augen hatten einen Ausdruck angenommen, den sie an ihm noch nie bemerkt hatte. Tröstlich drückte sie seine Hand und wünschte sich, er würde sich zu ihr beugen, damit sie ihn umarmen konnte. Harper wollte so sehr für ihn da sein, dass es umso schmerzlicher war, wie sehr er sich auf Distanz zu ihr begeben hatte.

„Ich bin okay", erwiderte er dumpf. „Vielleicht sollte ich dich vorwarnen. Da drinnen wird es ziemlich nervenaufreibend zugehen."

Mit *da drinnen* konnte er nur das kühle Gemäuer meinen, in dem er aufgewachsen war.

Harper wollte es nicht vor ihm zugeben, aber sie

hatte eine Heidenangst vor dem, was sie erwartete. Sie kannte seine Familie nicht und würde auf der Beerdigung seiner Mutter dabei sein, während die Gäste hochwohlgeborene Mitglieder des britischen Adels waren. Als Amerikanerin hatte sie keinen blassen Schimmer, wie man sich in dieser Gesellschaft verhalten musste. Ganz sicher würde sie sich bis auf die Knochen blamieren. Außerdem hatte sie angesichts des riesigen Schlosses Angst, sich innen drinnen hoffnungslos zu verirren und den Weg nicht mehr zu finden.

„Mach dir um mich keine Sorgen", erwiderte sie dennoch so zuversichtlich wie möglich. Gleichzeitig hätte sie sich am liebsten an ihn gekrallt. Wo war das einfache Leben hin, das sie in ihrem süßen Cottage geführt hatten?

Während ihr das Herz bis zum Hals klopfte und sie sich fragte, was von ihr erwartet wurde, betrachtete Cameron ihre Hand, die noch immer auf seiner lag. Sie wusste nicht, was in seinem Kopf vorging. Verdammt, sie wusste eigentlich gar nichts mehr, seit sein Vater plötzlich bei ihnen aufgekreuzt war. Harper kannte das Gefühl nicht, völlig unvorbereitet in eine Situation zu kommen, die sie nicht kontrollieren konnte. Aber genau das war hier der Fall.

„Vielleicht wäre es besser gewesen, wenn du nicht mitgekommen wärst", erklärte er heiser und senkte den

Kopf. „Diese Veranstaltung wird eine Zumutung werden."

Sie wusste, was er hatte sagen wollen, dennoch taten ihr seine Worte weh.

„Cameron, ich will bei dir sein", flüsterte sie ihm eindringlich zu und schnallte sich ab, damit sie sich in seine Richtung drehen konnte. Harper beugte sich vor und legte ihre freie Hand auf seine Wange. „Ich will einfach nur bei dir sein."

Seine Antwort bestand aus einem Grollen, das tief in seinem Bauch zu beginnen schien.

Das winzige Lächeln, das er ihr schenkte, versöhnte sie ein bisschen und gab ihr Mut.

Der Mut kam ihr jedoch abhanden, als sie beide ausstiegen und wie auf Kommando die Eingangstür geöffnet wurde, durch die zwei junge Männer kamen, die unaufgefordert ihre Koffer nahmen und hineintrugen. Ihnen folgte in gemächlichem Schritt ein älterer Mann, dessen graues Haar sowie der graue Bart sehr gepflegt wirkten und der einen schwarzen Anzug trug, der keinerlei Falte aufwies. Sein Auftreten war respektvoll und distanziert zugleich, als er vor ihnen stehen blieb und den Kopf neigte.

„Lord Cameron, normalerweise würde ich mich freuen, Euch endlich wieder daheim begrüßen zu dürfen, aber angesichts der traurigen Umstände möchte ich zuerst mein herzliches Beileid bekunden."

Lord Cameron?

Harper traute ihren Ohren kaum und fühlte sich plötzlich in einen dieser britischen Filme nach Vorlage eines Jane-Austen-Romans versetzt. Unweigerlich trat sie näher an Cameron heran und wollte schon nach seiner Hand greifen, als ihr einfiel, dass sie nicht wusste, ob sich das gehörte. Himmel, noch vor ein paar Tagen hatten Cameron und sie nackt am Küchentisch gesessen, und jetzt zögerte sie, seine Hand zu nehmen!

„Danke, Stuart. Das ist sehr freundlich", entgegnete Cameron ruhig. „Das ist meine Frau Harper. Harper, das ist der Haushofmeister meines Vaters."

Falls der gute Mann überrascht war, dass Cameron mit einer Ehefrau im Schlepptau nach Hause kam, zeigte er es nicht. Er zuckte nicht einmal mit der Wimper, sondern begrüßte sie mit einem respektvollen Neigen seines Kopfes. „Mylady."

Ganz automatisch drehte sie den Kopf nach hinten, um nachzusehen, mit wem der Haushofmeister sprach, bis Harper begriff, dass sie gemeint war. Nun nahm sie trotz allem Camerons Hand in ihre.

„Falls Sie irgendeine Frage oder irgendeinen Wunsch haben, lassen Sie es mich bitte wissen, Mylady."

„Danke", stotterte sie zur Antwort und widerstand dem Bedürfnis, einen Knicks zu machen.

„Die Fahrt war lang", hörte sie Cameron sagen, während er sie mit sich in Richtung Eingangstür zog. „Wir würden uns gerne ein bisschen ausruhen, Stuart."

„Selbstverständlich. Ich lasse unverzüglich ein paar Erfrischungen kommen. Die Räumlichkeiten sind bereits hergerichtet.“ Stuart ließ ihnen den Vortritt, als sie das Haus betraten. „Seine Gnaden befinden sich mit einigen Kondolenzbesuchern im Salon. Er bat mich, Bescheid zu geben, sobald Ihr ...“

Harper hörte nicht mehr zu, was Cameron und der Haushofmeister besprachen.

Staunend und fassungslos zugleich schaute sie sich im Eingangsbereich des Schlosses um und war wie erschlagen von all dem Prunk um sich herum. Der Boden bestand aus hellem Marmor und die Wände waren mit dunkelgrüner Tapete bezogen, die jedoch kaum auszumachen war, weil Dutzende Gemälde mit barocken, goldenen Rahmen sowie Schwerter und andere Kriegswerkzeuge aufgehängt waren. Von allen Seiten starrten Camerons Vorfahren mit strenger Miene und teilweise weiß gepuderten Perücken auf den Köpfen auf sie nieder.

Langsam ließ Harper ihren Blick immer höher und höher wandern, bis sie den Kopf beinahe in den Nacken legen musste, um an die Decke schauen zu können, die nicht nur mit Fresken versehen war, sondern an der auch riesige Kronleuchter hingen, die die dunkel wirkende Eingangshalle beleuchteten. Und eine Halle war es wirklich.

Am hinteren Ende der Halle befand sich eine riesige Freitreppe, die nach oben führte und die mit rotem

Teppichboden überzogen war. Im Haus ihrer Eltern war der Eingangsflur so klein, dass man sich kaum umdrehen konnte, und ständig stolperte man über Schuhe, die ihr Dad dort auszog und stehen ließ, aber im Eingangsbereich von Camerons Elternhaus hätte man problemlos den Abschlussball ihrer Highschool veranstalten können. Die einzige Gemeinsamkeit war, dass auch im Flur ihrer Eltern Familienbilder an den Wänden hingen – Fotos von Grillabenden, an denen ihr Onkel Mike betrunken auf einer Gartenliege einschlief, Fotos von ihrem Dad beim alljährlichen Hotdog-Wettessen und Fotos von Jake und ihr in ihren Halloweenkostümen. Die Bilder, die hier hingen, waren riesige Ölgemälde, auf denen die ehrwürdigen Vorfahren ihres Mannes in prunkvollen Uniformen oder in kostbaren Kleidern und mit Juwelen behangen abgebildet waren. Ein mit Senf verschmierter Mann, der stolz seinen Pokal in die Höhe hielt, weil er im vierten Jahr in Folge das Hotdog-Wettessen für sich entschieden hatte, fehlte.

Harper war angesichts der prächtigen Ahnen um sich herum eingeschüchtert.

Noch eingeschüchterter war sie, als sie an Camerons Seite die Treppe erklomm und nicht nur bemerkte, dass es in der ersten Etage weiter mit der pompösen Ahnengalerie und feudalen Möbelstücken ging, sondern einen Blick aus den Fenstern und auf den Garten warf.

Die Parkanlage, die sich hinter dem Schloss erstreckte, war riesig und so gut gepflegt, dass kein einziges Grasbüschel höher als ein anderes zu wachsen schien. Die Hecken waren beinahe kunstvoll gestutzt und die Blumenbeete waren geometrisch angelegt.

Unwillkürlich erinnerte sie sich daran, wie sie vor ein paar Jahren nach Washington gefahren war und das Weiße Haus besichtigt hatte. Nachdem sie es in der achten Klasse leider versäumt hatte, den Regierungssitz des amerikanischen Präsidenten zu besuchen, weil ihre Eltern die Klassenfahrt nicht hatten finanzieren können, hatte Harper es als Erwachsene nachgeholt. Damals war sie davon überzeugt gewesen, niemals etwas so Überwältigendes und Prachtvolles gesehen zu haben. Aber jetzt musste sie erkennen, während Cameron sie durch lange Flure vorbei an Gemälden, Marmorstatuen und erlesenen Möbelstücken führte, dass sie sich geirrt hatte.

Wo war sie hier bloß hineingeraten?

~

Cameron konnte nur daran denken, dass er nicht da gewesen war, als seine Mom gestorben war.

Niemand war da gewesen, als ihr Herz zu schlagen aufgehört hatte.

Jetzt waren sie alle da und bekundeten ihre Trauer, dass die Duchess of Glenmore verstorben war, aber niemand von ihnen hatte sich die Mühe gemacht, sie zu besuchen, als sie in der Klinik lag. Allen voran sein Vater, der gramgebeugt neben Cameron hinter dem Sarg seiner Frau herlief, als der in die Kirche eskortiert wurde.

Sein alter Herr war ein guter Schauspieler – das musste man ihm lassen.

Während sie hinter dem Leichenwagen herliefen, der in Schrittgeschwindigkeit über die für den Verkehr gesperrte Straße fuhr, musste Cameron nicht einmal den Kopf heben, um zu wissen, dass am Straßenrand nicht nur Schaulustige und trauernde Bewohner der angrenzenden Ortschaften standen, sondern dass sich auch alle Angestellten aufgestellt hatten, um ihrer verstorbenen Dienstherrin das letzte Geleit zu geben. Vor dem Leichenwagen marschierten Dudelsackspieler in der traditionellen Hochlandbekleidung her und spielten schottische Trauerlieder, die vermutlich bis ans Ende der Trauerprozession zu hören waren.

Irgendwo inmitten der Trauergäste, die von überall hergekommen waren, lief auch Harper hinter dem Sarg her. Am liebsten hätte er sie hier neben sich gehabt, auch wenn sie ein furchtbares schwarzes Kleid und einen dieser albernen Hüte trug, die er nicht ausstehen konnte. Vermutlich hatte Badger ihr Outfit besorgt – genauestens nach Protokoll. Das verdammte Protokoll besagte auch, dass nur männliche Familienmitglieder in der ersten Reihe hinter dem Sarg laufen durften.

Und weil das Protokoll, auf das sein Vater so großen Wert legte, befolgt werden musste, fehlte ihm nun seine Frau.

Cameron war erst seit zwei Tagen zu Hause und hatte bereits jetzt die Nase gestrichen voll. Er wollte um seine Mom trauern, doch dafür blieb laut Protokoll keine Zeit, weil es wichtiger war, die Vertreter aller Adelsfamilien des Landes zu begrüßen, deren Anwesenheit seinem Vater immens wichtig war. Und trotz ihres Streits, den Harper und er noch nicht beigelegt hatten, wollte er Zeit mit ihr verbringen, aber auch das ging nicht, weil seine Großtante Iona Harper unter ihre Fittiche genommen hatte. Während er also Small Talk mit ständig wechselnden Besuchern betreiben musste, die ins Schloss kamen, um ihnen zu kondolieren, saß Harper im Damensalon und trank Tee. Wenn er sie sah, erkannte er an ihrem aufgesetzten Lächeln, dass sie sich nicht wohlfühlte, und konnte es ihr nachfühlen. Auch er fühlte sich nicht wohl.

Das hatte er nie.

Ja, er wusste, wie er sich benehmen musste, kannte das Protokoll und beherrschte alle korrekten Anredeformeln für jeden einzelnen Besucher, aber das hieß nicht, dass das hier seine Welt war. Es war auch nie die Welt seiner Mom gewesen, die eine kleine, private Trauerfeier bei Weitem schöner gefunden hätte als dieses *Who is who* der degenerierten Blaublüter des Landes.

Da seinem Vater die Reputation seines Titels jedoch immer wichtiger gewesen war als die Wünsche oder Bedürfnisse seiner Familie, wurde Camerons Mom mit einem riesigen Spektakel zu Grabe getragen.

Dass sogar jemand der königlichen Familie anwesend war, hatte sein Vater noch gestern Abend betont, nachdem die letzten Kondolenzbesucher endlich verschwunden waren, und das Protokoll für den heutigen Tag besprochen wurde.

An wirklich alles war gedacht worden – auch an passende Kleidung für Harper und an eine Trauerrede, die sein Vater halten würde und die von Badger geschrieben worden war. Der Privatsekretär war ein noch größeres Organisationstalent als Camerons Frau. Und er war derjenige gewesen, der sich in den letzten Jahren mit den Ärzten in der Klinik in Verbindung gesetzt hatte, um über die Behandlung der Duchess zu sprechen, bevor er die Ergebnisse seinem Arbeitgeber übermittelt hatte.

Ja, so sah die Welt seines Vaters aus, in der er unangenehme Dinge seinem Privatsekretär überließ.

Die Krankheit seiner Frau war eines dieser unangenehmen Dinge gewesen.

Langsam blickte Cameron auf und musterte den schwarzen Leichenwagen, durch dessen Fenster man den Sarg sehen konnte, über dem die herzogliche Standarte gespannt war.

Er konnte nicht begreifen, dass sie einen Tag nach

seinem Besuch bei ihr gestorben war, weil ihr Herz einfach stehen geblieben war. Er konnte nicht begreifen, dass sie tot war. Vor seinen Augen sah er noch immer, wie sie freudestrahlend das Foto von Harper betrachtet und ihn über seine *neue Freundin* ausgequetscht hatte. Sie hatte alles wissen wollen und war ganz verrückt danach gewesen, Harper kennenzulernen. Ein paar Stunden später hatte ihr Herz aufgehört zu schlagen.

Und seitdem verging das dumpfe Gefühl in seinem Herzen nicht.

Warum hatte er seine Mom angelogen? Und warum hatte er Harper nicht einfach mit nach Inverness genommen, um sie seiner Mom vorzustellen?

Auf dem Rückweg von Inverness nach Stornoway hatte er sich noch vorgenommen, Harper beim nächsten Besuch in der Klinik an seiner Seite zu haben, damit sie ihre Schwiegermutter kennenlernen konnte. Doch jetzt war es zu spät.

Seine Mom würde ihre Schwiegertochter niemals kennenlernen. Sie hatte nicht einmal gewusst, dass sie eine Schwiegertochter hatte. Und das alles, weil er nicht gewusst hatte, wie er seiner Mom erklären sollte, dass er eine Frau geheiratet hatte, die er kaum kannte.

Cameron kam über das Gefühl nicht hinweg, seine Mom im Stich gelassen zu haben. Er hätte dabei sein müssen, als sie starb. Sie war so lange allein gewesen.

Ausgerechnet bei ihrem Tod hätte jemand bei ihr sein müssen.

Es war ihm egal, ob es ins Protokoll gehörte oder nicht, aber Cameron spürte, wie ihm die Tränen über das Gesicht liefen.

KAPITEL 15

„Cameron."

Beim Klang der Stimme seines Vaters drehte sich Cameron um und sah ihn über den mit feinen Kieselsteinen ausgelegten Gartenweg auf sich zukommen. Er konnte sich nicht erinnern, wann sein Vater jemals den Garten betreten hatte, wenn man von den Fotoaufnahmen einmal absah, die in schöner Regelmäßigkeit gemacht worden waren, um irgendwo abgedruckt zu werden und die heile Familienwelt des Herzogs zu zeigen.

Wenn es nicht so traurig gewesen wäre, hätte Cameron beinahe darüber lachen können.

Eines dieser Fotos stand noch heute dekorativ auf dem Flügel im Salon und war so platziert, dass der Blick eines jeden Besuchers zuerst auf das perfekt arrangierte Foto mit dem filigranen, silbernen Rahmen fiel: Cameron im Alter von ungefähr acht Jahren auf einer Gartenbank neben seiner Mom, während sein Vater hinter ihnen stand.

Obwohl es schon einige Jahre her war, erinnerte er sich, als sei es gestern gewesen.

Er hatte sich geweigert, die albernen kurzen Hosen und das weiße Hemd anzuziehen, das man für ihn herausgesucht hatte, weil sie so verdammt uncool ausgesehen hatten. Stattdessen wollte er seine Lieblingsjeans und das Power-Rangers-T-Shirt anziehen, das ihm seine Mom aus London mitgebracht hatte. Es hatte einen furchtbaren Streit mit seinem Vater gegeben, weil auch Camerons Mom der Meinung gewesen war, dass er anziehen solle, was er wollte. Das Ende vom Lied war, dass Cameron auf dem Foto wie ein Matrose aussah und zu allem Überfluss die Haare zur Seite gekämmt und mit ordentlich viel Haargel trug.

Außerdem erinnerte er sich daran, dass der Fotograf geschlagene zehn Minuten gebraucht hatte, um seinen Vater davon zu überzeugen, die Hand auf die Schulter seiner Frau zu legen.

„Badger sucht dich seit einer halben Stunde“, erklärte sein Vater vorwurfsvoll und blieb vor ihm stehen.

„Was will er denn mit mir besprechen?“, hörte er sich leichthin fragen und schob die Hände in seine Hosentaschen, während er den Blick über die Rosenbüsche seiner Mom wandern ließ. Seit der gestrigen

Beerdigung verbrachte er viel Zeit hier im Garten, weil es der Lieblingsplatz seiner Mom im gesamten Schloss gewesen war und weil er sich ihr hier nahe fühlte.

Und weil Cameron nach diesem Aufenthalt wohl für eine lange Zeit nicht mehr nach Glenmore kommen würde. Für eine sehr lange Zeit.

„Du weißt so gut wie ich, dass nicht Badger etwas mit dir zu bereden hat, sondern ich“, erklärte sein Vater wie die Nüchternheit in Person.

Ja, das wusste er.

Vor Badger war es der bereits pensionierte Hamilton gewesen, durch den Cameron zu seinem Vater zitiert worden war, wenn er etwas ausgefressen hatte, was häufiger vorgekommen war. Aber normalerweise hatten diese unangenehmen Gespräche im Arbeitszimmer seines Vaters stattgefunden und nicht im Garten. Der dunkle Raum mit den wuchtigen Bücherregalen, Wandbehängen und dem massiven Schreibtisch war der passende Schauplatz gewesen, um Cameron bedeutungsschwer über die Vernachlässigung seiner Pflichten zu schelten. Je älter Cameron wurde, desto weniger hatte es ihn interessiert, was ihm sein Vater zu sagen hatte, und desto lauter waren ihre Auseinandersetzungen geworden. Vermutlich hatte der gesamte Haushalt mitbekommen, was sie beide sich an den Kopf warfen.

Dass er nicht der Sohn war, den sich sein Vater gewünscht und den er erwartet hatte, hatte ihm sein alter Herr mehr als einmal gesagt. In seinen Augen besaß Cameron nicht genug Pflichtgefühl, er missachtete seine Privilegien und zeigte ein eklatantes Desinteresse an seiner Verantwortung als sein Erbe.

Dagegen hatte Cameron rebelliert – er hatte ständig rebelliert. Gegen die Gefühlskälte seines Vaters, gegen das grauenvolle Internat in Wales und gegen die Tatsache, dass in den Augen seines Vaters nichts gut genug war. Dass er nichts richtig machen konnte.

Sein Vater blieb vor ihm stehen und straffte die Schultern.

Cameron kannte die Geste – ebenso wie das winzige Rümpfen seiner Nase, mit dem er ihm anschaulich machte, dass ihm irgendetwas nicht passte. Vermutlich war es sein Kapuzenshirt.

„Morgen wird in Carrick eine neue Sporthalle der hiesigen Schule eingeweiht, zu der ich erwartet werde. Es würde sich jedoch nicht ziemen, wenn ich zwei Tage nach der Beerdigung meiner Frau dort an einer Festlichkeit teilnehme."

„Und warum erwähnst du das mir gegenüber?", wollte er nonchalant wissen, auch wenn er die Antwort längst kannte.

„Du musst diesen Termin übernehmen", erklärte sein Vater ihm ohne Umschweife.

So etwas hatte Cameron vermutet. Warum sonst sollte sein Vater mit ihm reden?

„Tut mir leid, aber das wird nicht möglich sein", entgegnete Cameron höflich, auch wenn seine Antwort die Bedeutung eines nach oben gereckten Mittelfingers hatte und einem *Leck mich* gleichkam.

„Wieso nicht?"

„Weil Harper und ich morgen abreisen."

Nun runzelte sein Vater die Stirn und schüttelte kategorisch den Kopf. „Die Beerdigung deiner Mutter war erst gestern. Du kannst nicht zwei Tage später wieder fahren. Was sollen die Leute denken?"

Augenblicklich war er auf einhundertachtzig und stand kurz davor, seinen Vater hier direkt vor den Rosenbüschen seiner Mom anzubrüllen und zu fragen, was die Leute wohl denken würden, wenn sie wüssten, dass er seine kranke Frau kein einziges Mal im Krankenhaus besucht hatte. Aber das würde nichts bringen – Cameron wusste es aus Erfahrung. Mit Emotionen kam man bei seinem Vater nicht besonders weit.

Stattdessen antwortete Cameron freundlich: „Das ist mir scheißegal."

Es war faszinierend, seinen Vater zu beobachten, dessen Gesichtsfarbe die vornehme Blässe verlor und dunkelrot wurde. „Ich hatte gehofft, dass du endlich erwachsen geworden wärst, damit wir in Ruhe und ohne Fäkalsprache reden können, Cameron!"

„Du willst reden?" Cameron kniff die Augen zusammen. „In meinen Ohren klang das, als würdest du mir schon wieder Befehle erteilen wollen."

„Du bist noch genauso verantwortungslos wie früher …“

„Vater, ich bin nicht verantwortungslos“, widersprach er heftig.

„Warum fängst du dann nicht endlich damit an, deine Pflichten ernst zu nehmen, und gehst zu offiziellen Terminen? Anstatt dich irgendwo auf einer abgelegenen Insel zu verstecken, solltest du deine Familie repräsentieren.“

In seinen Hosentaschen ballte Cameron die Hände zu Fäusten. Wann immer sein Vater damit begann, über ihre Familie zu reden, musste Cameron dem Drang widerstehen, ihm Gewalt anzutun. „Haben wir uns nicht bei unserem letzten Streit darauf geeinigt, dass ich nicht in der Lage bin, Pflichten zu übernehmen, Vater?“, fragte er sarkastisch. „Warst du es nicht, der mir gesagt hat, ich wüsste nicht einmal, was meine Pflichten seien!“

„Offenbar hatte ich damit recht! Du würdest nämlich nicht mit dem Gedanken spielen, zwei Tage nach der Beerdigung deiner Mutter zu fahren, wenn du endlich begreifen würdest, wo dein Platz ist und dass du mit deiner Geburt nicht nur Privilegien, sondern auch Pflichten geerbt hast.“

„Niemand hat mich gefragt, ob ich irgendwelche Privilegien und Pflichten erben will. Ich will keins der beiden“, grollte er.

„Aber du *bist* mein Erbe.“

„Danke, ich verzichte", schnaubte Cameron abfällig. „Such dir einen anderen für den Job."

„Das ist kein Job, sondern ein Geburtsrecht – dein Geburtsrecht! Und das kann man sich nun einmal nicht aussuchen", warf ihm sein Vater wütend vor. „Du musst endlich lernen, Verantwortung zu übernehmen, Cameron. Ich brauche dich hier."

„Ich glaube, du kommst sehr gut allein zurecht. Wozu brauchst du mich?"

„Du bist mein Sohn und mein Erbe. Ende der Diskussion!"

„Ah, das erklärt natürlich alles", spottete Cameron. „Soll ich es vielleicht aufschreiben, Vater? Ich will nichts von alledem hier. Nur Mom zuliebe bin ich hergekommen, aber morgen bin ich wieder weg."

„Was willst du dann? In diesem Cottage leben und Bauer spielen?" Sein Vater machte eine abfällige Geste. „Ist es das, was du willst?"

„Keine Ahnung", antwortete er ehrlich. „Ich weiß nicht, was ich will, aber ich weiß, was ich nicht will."

„Du bist eine Enttäuschung", grollte sein Vater. „Ich weiß wirklich nicht, was ich verbrochen habe, dass mein Sohn keinerlei Pflichtbewusstsein besitzt. Als du im Ausland gearbeitet hast, bin ich noch davon ausgegangen, dass du nur ein wenig deinen Horizont erweitern wolltest, aber als du mir eine Amerikanerin als deine Ehefrau vorgestellt hast, hätte mir bereits klar werden müssen, dass du deinen Titel mit Füßen trittst.

Soll der fünfzehnte Duke of Glenmore etwa mit einem Kaugummi im Mund reden? Deine Vorfahren reichen bis zu Wilhelm, dem Eroberer, zurück! Hast du denn keinerlei Sinn für Traditionen?“

In seinem Nacken prickelte es. „Anscheinend nicht, Vater. Ich habe mich dafür entschieden, die Frau zu heiraten, in die ich mich verliebt habe, anstatt mir jemanden zu suchen, der zwar eine ebenso ruhmreiche Ahnengalerie hat, aber den ich nicht liebe. Für mich klingt das gut, denn das bedeutet, dass ich niemanden unglücklich machen muss, weil ich seit mehr als zwanzig Jahren eine Geliebte habe.“

Sein Vater schnappte nach Luft. Zum ersten Mal in seinem Leben sah Cameron ihn sprachlos und erschüttert. Es dauerte ein paar Augenblicke, bis sein Vater mit krächzender Stimme wissen wollte: „Du weißt es?“

„Du meinst, ob ich von der Anwaltsgehilfin aus Aberdeen weiß, für die du seit über zwanzig Jahren Alimente zahlst? Ja, das tue ich, Vater.“

Die nüchterne Fassade seines Vaters bröckelte langsam, aber sichtbar. „Wie ... Ich meine ... woher weißt du es?“

Neben der Wut in seinem Bauch spürte er vor allem, wie sich seine Kehle verengte. „Ist das nicht egal, Vater?“

„Nein, es ist nicht egal, Cameron. Wenn du ...“

Er unterbrach ihn scharf. „Hast du etwa Angst, dass

noch jemand herausfinden könnte, dass du seit zwei Jahrzehnten eine Geliebte hast, wenn schon dein nichtsnutziger Sohn in der Lage war, dahinterzukommen? Ich kann mir denken, wie groß deine Sorge ist, was wohl die Leute sagen würden, wenn sie wüssten, dass du noch drei andere Kinder hast, die allesamt unehelich geboren sind."

Cameron atmete schwer und fühlte all den Groll von sich abfallen, den er seit Jahren mit sich herumschleppte – Groll auf seinen Vater, weil der sich nicht um seine kranke Frau gekümmert hatte und stattdessen lieber zu seiner Geliebten gefahren war. Groll, weil sein Vater ihn niemals liebevoll behandelt, sondern immer nur von ihm erwartet hatte, dass er als sein Erbe seine Pflicht erfüllte. Cameron war niemals nur sein Sohn gewesen, sondern in erster Linie sein Erbe – der Sohn, den sein Vater pflichtschuldigst gezeugt hatte, um den Fortbestand der Familie zu sichern. Wie früher im Mittelalter hatte er sich seine Liebe und Zuneigung für eine andere Frau aufbewahrt – und für seine anderen Kinder.

Für Cameron und seine Mom war daher nicht viel Liebe und Zuneigung übrig geblieben.

„Wusste es deine Mutter?"

„Ich weiß es nicht", erwiderte er und wunderte sich selbst, wie ruhig und besonnen er klang. „Wenn sie es wusste, hat sie es mir nicht gesagt."

Irgendetwas zuckte im Gesicht seines Vaters auf,

das wie Bedauern wirkte. „Cameron, du musst begreifen, dass ich deine Mutter ...“

„Sag es nicht“, unterbrach er ihn grob. „Sag einfach gar nichts mehr.“

Sein Vater hörte nicht auf ihn. „In unserer Welt gehören Kompromisse dazu.“

„Also waren Mom und ich ein Kompromiss?“

„So habe ich das nicht gemeint.“ Er seufzte schwer. „Als ich zwanzig Jahre alt war, hatte ich mich in ein gleichaltriges Mädchen von der Universität verliebt und wäre gerne zur Airforce gegangen, aber ich wusste, dass von mir etwas anderes erwartet wurde. Es war meine Pflicht, der Familientradition zu folgen und in die Fußstapfen meines Vaters zu treten. Und es ist auch deine Pflicht, in meine Fußstapfen zu treten, Cameron.“

„Nein, danke.“ Cameron schüttelte den Kopf und fuhr grimmig fort: „Da bleibe ich doch lieber in meinem Cottage. Mit deiner Welt will ich schon lange nichts mehr zu tun haben. Vielleicht will ja eines deiner anderen Kinder in deine Fußstapfen treten. Ich wünsche ihnen viel Glück. Sie können es brauchen.“

Er drehte sich um und ignorierte seinen Vater, der ihm irgendwelche Floskeln hinterherrief. Als er den Garten verließ, wusste er, dass er nicht mehr zurückkommen würde, aber das war in Ordnung.

Ohne seine Mom war das Schloss sowieso nicht mehr sein Zuhause.

ALS HARPER die Tür hinter sich schloss, lehnte sie sich erleichtert dagegen und hoffte, dass sie Großtante Iona für die nächsten Stunden entkommen war. Noch mehr Tee würde sie nicht vertragen, denn sie hatte jetzt schon das Gefühl, dass ihre Blase jeden Moment platzen könnte. Und was die kleinen Gurkensandwiches betraf, die zum Tee gereicht wurden, glaubte Harper nicht, dass sie noch ein einziges davon essen könnte, ohne dass es ihr zu den Ohren wieder hinauskam.

Die rüstige, alte Dame war sehr liebenswert und hatte sie netterweise unter ihre Fittiche genommen, wofür Harper ihr dankbar war. Ohne Großtante Iona hätte sie die gestrige Beerdigung vermutlich nicht ohne die eine oder andere Blamage überstanden – und auch der Tag davor, an dem ständig Besucher hereingeschneit waren, um der Familie zu kondolieren, hätte ohne Camerons Großtante eine Katastrophe werden können. Woher sollte ein Mädchen aus Ohio auch wissen, wem sie die Hand geben durfte, wen sie zuerst ansprechen konnte und wann sie unter keinen Umständen Tee nachschütten durfte.

Ja, es gab sogar ein striktes Protokoll, was das Servieren des Tees betraf!

Zu Hause in Ohio fiel man sich auf Beerdigungen um den Hals, brachte Fruchtkuchen mit und stellte sich in fremden Küchen an die Spüle, wenn es kein sauberes Geschirr mehr gab. Das war hier nicht der Fall.

Tatsächlich hatte es sogar genaue Kleidervorschriften gegeben, nach denen sie sich zu richten hatte.

Als sie am Abend vor der Beerdigung ins Zimmer gekommen war, das sie sich mit Cameron teilte, hing am Kleiderschrank ein schwarzes Kleid mit passendem Jäckchen, Schuhen, Strumpfhosen, einem Täschchen und einem Hut. Harper hatte zwei Dinge festgestellt. Erstens besaß diejenige oder derjenige, der die Kleidung besorgt hatte, ein exzellentes Augenmaß, was Kleidergrößen betraf, und zweitens hatte sie einfach kein Hutgesicht.

Sie war sich ziemlich deplatziert und kostümiert vorgekommen und hatte es bedauert, nicht an Camerons Seite sein zu dürfen. Er hatte nämlich wahnsinnig mitgenommen gewirkt, wie er mit starrem Blick und hängenden Schultern hinter dem Sarg seiner Mutter hergelaufen war.

So verschlossen und unglücklich kannte sie ihn nicht.

In der vergangenen Nacht war sie wach geworden und hatte ihn am Fenster stehen sehen – in absoluter Finsternis. Dabei war er ihr so allein vorgekommen, dass sie am liebsten aufgestanden und zu ihm gegangen wäre, um ihn in den Arm zu nehmen. Sie hatte es schließlich nicht getan und bereute es heute noch. Ihr

Zögern hatte etwas damit zu tun, dass Cameron ihr nicht das Gefühl gab, sie unbedingt bei sich haben zu wollen.

Seit ein paar Tagen gab es diese Distanz zwischen ihnen, die es ihr unmöglich machte, ihm nahe zu sein. Seit wann war es so schwer geworden, einfach zu ihm zu gehen und seine Nähe zu suchen? Statt sich einander anzunähern, entfernten sie sich immer mehr. Harper spürte es genau.

Nach ihrem Streit waren sie nicht dazu gekommen, ihre Konflikte zu besprechen und zu lösen. Der Tod seiner Mom war dazwischengekommen, und jetzt gab es diese ungeklärten Dinge zwischen ihnen, die Harper nicht ansprechen wollte, weil er um seine Mutter trauerte und sichtlich unter ihrem Tod litt. Wie sollte sie auf ihren Streit zu sprechen kommen, ohne dabei herzlos zu erscheinen?

Langsam stieß sie sich von der Zimmertür ab und betrat das große Schlafzimmer, in dem sie in den vergangenen drei Nächten geschlafen hatte. Obwohl das Schloss irgendwann im vierzehnten Jahrhundert in seiner ursprünglichen Form erbaut worden war, fehlte es nicht an Luxus und Bequemlichkeit. Das Schlafzimmer war angenehm geheizt, in dem Bett schlief es sich himmlisch und die Badewanne besaß sogar Whirlpooldüsen. Großtante Iona hatte ihr in aller Ausführlichkeit über die Geschichte des Schlosses, über seine Renovierungsarbeiten und über die lange Ahnenreihe der Familie Bericht erstattet. Da war es kein Wunder, dass ihr das Gurkensandwich förmlich im Hals stecken geblieben war. In den USA galt eine Familie als alteingesessen, wenn man wusste, aus welchem Land sein Ururgroßvater irgendwann im neunzehnten Jahrhundert eingewandert war. Camerons Familie besaß eine Ahnentafel, die bis ins Jahr eintausendsechsundsechzig zurückreichte.

Harper schlüpfte aus ihren Schuhen und legte sich aufs Bett.

Wie von selbst wanderte ihre Hand zur rechten Bettseite, auf der Cameron geschlafen hatte. Sie drehte sich auf die Seite und legte ihren Kopf auf sein Kissen. Während sie die Augen schloss, nahm sie seinen Geruch wahr und lächelte unweigerlich, auch wenn ihr eher zum Heulen zumute war.

Mittlerweile wusste sie, dass er an jenem Donnerstag nach Inverness gefahren war, um seine Mutter zu besuchen. Sie wusste auch, dass er an jenem Tag, als sie sich am Hafen von Ullapool zum ersten Mal begegnet waren, ebenfalls aus Inverness gekommen war, wo er seine Mom im Krankenhaus besucht hatte. Was sie sich aus diesen Informationen zusammenreimte, gefiel ihr nicht. Es schmerzte sie sogar.

Sie fragte sich, ob er sie wirklich geheiratet hatte, weil er sich in sie verliebt hatte. Oder weil er über den Zustand seiner Mom so deprimiert gewesen war, dass er nach etwas gesucht hatte, was ihn tröstete – und zufällig war sie das gewesen. Die Hochzeit war seine Idee gewesen. Er war völlig euphorisch und von seiner Idee nicht abzubringen gewesen. Spontan sollte sie sein, hatte er gesagt und davon geredet, dass man später im Leben Dinge bereute, die man nicht gewagt hatte. Diesen Enthusiasmus hatte Harper zugleich süß und romantisch gefunden. Aber jetzt ...

Jetzt zweifelte sie daran, ob seine Idee aus purer Romantik geboren worden war.

Außerdem begriff Harper, warum Cameron ein riesiges Geheimnis aus seinem Aufenthalt in Inverness in der vergangenen Woche gemacht hatte. Er hatte ihr deshalb nicht sagen wollen, dass er seine Mutter im Krankenhaus besuchte, weil er sie nicht mitnehmen wollte.

Er hatte sie seiner Mom nicht vorstellen wollen.

Der Gedanke machte ihr schwer zu schaffen.

Noch während sie über seine Gründe nachdachte, ging plötzlich die Tür auf und Cameron kam hereingepoltert.

Harper erschrak so sehr über seinen dramatischen Auftritt, dass sie förmlich in die Höhe hüpfte und aufrecht im Bett saß.

Er wirkte nicht weniger erschrocken, sie hier zu entdecken, und fragte mit ungewöhnlich düsterer Tonlage: „Was machst du denn hier?“

Sie war wie vor den Kopf gestoßen und konnte nicht glauben, dass der Mann mit der gerunzelten Stirn und der grimmigen Miene, der sich gerade das Sweatshirt über den Kopf zog und es unbeherrscht in eine Zimmerecke pfefferte, ihr Mann sein sollte.

Anscheinend erwartete er auch gar keine Antwort von ihr, weil er ihr den Rücken zuwandte und den Kleiderschrank aufriss.

„Deine Großtante Iona ist ganz bezaubernd, aber ich fürchte, dass ich keinen einzigen Tropfen Tee mehr trinken kann", erzählte sie seinem Rücken und rief sich in Erinnerung, dass erst gestern die Beerdigung seiner Mom gewesen war. Ansonsten hätte sie ihm nämlich ein Kissen an den Kopf geworfen oder zu drastischeren Mitteln gegriffen.

Seine Entgegnung war ein Grunzen, als er ihren großen Koffer vom Kleiderschrank herunterhob, bevor er seine Reisetasche aus dem Schrank herauszerrte. Beide Gepäckstücke warf er auf das Bett, ohne sie zu beachten, die immerhin am Kopfende saß und ihn beobachtete.

Harper hielt es für das Beste, sich in Sicherheit zu bringen, bevor er auch noch den dritten Koffer aufs Bett warf und sie womöglich dabei traf. Cameron wirkte nämlich etwas abwesend.

„Was tust du da?", wollte sie ruhig wissen, als er mit beiden Händen in seiner Schublade herumwühlte und wahllos Kleidungsstücke in die Reisetasche stopfte. Sollte er das Gleiche bei ihren Sachen machen, wäre sie sicherlich nicht länger so ruhig, entschied sie.

„Ich packe. Wir fahren nach Hause."

Nun runzelte auch sie die Stirn, denn sie hatten noch gar nicht darüber geredet, wann sie zurück nach Lewis fahren würden. Und eigentlich hatte Harper gehofft, ihren morgigen Flug nach Seattle nehmen zu können, um mit ihrem Chef zu reden. Nach zwei oder drei Tagen hätte sie einen Rückflug nach Schottland genommen und sich überlegt, wieder hierherzufahren, weil sie davon ausging, dass Cameron für ein paar Tage bei seinem Vater bleiben würde.

„Etwa jetzt?"

„Jetzt sofort." Er zog so heftig an einem Hemd, das auf einem Bügel hing, dass Harper befürchtete, er würde die Kleiderstange herunterreißen. „Ich halte es hier keine Sekunde länger aus!"

Das klang gar nicht gut, auch wenn sie nicht wusste, was ihn so sehr aufregte. Damit er das Mobiliar nicht zerstörte, trat sie neben ihn und drängte ihn sanft zur Seite. „Lass mich das machen."

Cameron nickte und tigerte anschließend im Zimmer auf und ab.

Über ihre Schulter hinweg warf sie ihm einen besorgten Blick zu. „Was ist passiert?"

„Ich will nicht darüber reden", wehrte er kategorisch ab.

Harper biss die Zähne zusammen, faltete sein Hemd jedoch akkurat zusammen. „Und ich schätze, dass du langsam anfangen solltest, mir reinen Wein einzuschenken, Cameron. Ich bin deine Frau ..."

Sein Lachen hatte etwas Gemeines an sich. „Süße, ich kann dir sagen, dass manche Menschen über dreißig Jahre miteinander verheiratet sind und keinen blassen Schimmer haben, wer der andere überhaupt ist."

Sie ließ sein Hemd in die Tasche fallen und drehte sich fassungslos und bestürzt zu ihm um. Diese verletzend sarkastische Seite an ihm kannte sie gar nicht.

„Was soll das? Warum sagst du so etwas?"

„Weil du verstehen sollst, dass ich über ein paar Dinge in meinem Leben nicht reden will."

Wenigstens schrie er sie nicht an, dachte Harper wütend. „Kannst du nicht verstehen, dass ich wissen will, was mit dir los ist?"

Er verschränkte die Arme vor der Brust. „Du willst wissen, was mit mir los ist? Meine Mom ist tot und mein Vater ist ein Arschloch. Das ist los."

Ihre Kehle wurde eng. Gleichzeitig war sie erschrocken über die Heftigkeit seiner Worte. „Aber das ist kein Grund, mich anzubrüllen."

„Du hast ja keine Ahnung ..."

„Ja, weil du nicht mit mir sprichst! Du kommst hier ins Zimmer gepoltert, wirfst Koffer durch die Gegend und erwartest, dass ich springe, ohne dass du mir sagst, was los ist! So funktioniert das nicht, Cameron."

„Ich habe dir doch gesagt, dass mein Vater ein Arschloch ist", wütete er. „Reicht das nicht?"

„Nein, das reicht mir nicht!" Harper stemmte die Hände in die Hüften und kniff die Augen zusammen. „Das alles reicht nicht, wenn man verheiratet ist und einander vertrauen sollte! Ich habe einen Mann, der sich rundheraus weigert, mir zu sagen, wer er ist, was er tut und woher er kommt. Hast du überhaupt eine Ahnung, wie beschissen es ist, dass du mich ständig außen vor lässt?"

Mit beiden Händen fuhr er sich unbeherrscht durch sein Haar. „Du erwartest zu viel!"

„Ich erwarte zu viel?", höhnte sie mit einem wütenden Lachen in der Stimme. *„Du* erwartest, dass ich mein gesamtes Leben auf den Kopf stelle, auf einen anderen Kontinent ziehe und meinen Job aufgebe, ohne dass du mir in irgendeiner Form entgegenkommst."

Als Cameron sie lange anstarrte und nicht mehr wütend zu sein schien, entspannte sie sich, denn sie glaubte, dass er endlich verstanden hatte, worum es ihr ging.

Doch dann entgegnete er leichthin: „Dann tu es nicht."

Harper verstand nicht. Sie nahm den Kopf zurück und stockte kurz. „Was?"

„Dann tu es nicht." Er zuckte unbeeindruckt mit den Schultern. „Meinetwegen musst du nicht nach

Schottland ziehen und deinen Job aufgeben. Mach doch, was du willst, Harper."

Etwas Spitzes bohrte sich direkt durch ihre Brust. „Cameron", flüsterte sie verwirrt. „Wir sind verheiratet."

„Wir haben uns in einem Pub vor einem angetrunkenen Priester und vor einem fast ohnmächtigen Trauzeugen das Jawort gegeben, während im Nebenzimmer ein Fußballspiel übertragen wurde", erklärte er emotionslos. „Ich glaube kaum, dass das zählt."

Sie konnte nicht glauben, was sie da hörte. „Natürlich zählt das!"

„Eine Annullierung sollte kein Problem sein", hörte sie den Mann sagen, bei dessen Anblick ihr Herz einen Rückwärtssalto machte – normalerweise.

Annullierung? Sie wollte keine Annullierung! Sie wollte seine Frau sein und mit ihm und mit Max zusammenleben. Wovon zum Teufel sprach er nur?

„Deine Mom ist gerade gestorben", brachte sie zittrig hervor, während sich in ihr angesichts seiner entschlossenen Miene alles zusammenkrampfte. „Du bist durcheinander ..."

„Nein, das bin ich nicht", entgegnete er gelassen und beinahe sanft. „Du und ich – wir sind zu verschieden. Es wäre eh nicht gut gegangen, Harper. Ich bin glücklich in meinem Cottage, und du bist bereits nach zwei Wochen dort ganz wild darauf, zurück nach Seattle zu fliegen und deinen Job wieder zu übernehmen. Warum sollen wir uns weiter belügen und alles nur schlimmer machen?“

Magensäure stieg ihr in die Kehle. „Aber wir lieben uns.“

Er schüttelte den Kopf. „Nein, ich denke, wir haben da etwas verwechselt – Liebe mit Lust.“

Tausend Gedanken rasten durch ihren Kopf, bis dieser leer war und einzig Wut übrig blieb. „Die Hochzeit war deine Idee! Komm mir jetzt nicht damit, dass wir beide nur Sex voneinander wollten!“

Sein Lächeln erreichte seine Augen nicht und war ein kläglicher Versuch. „Sieh es positiv: Wir hatten bombastisch guten Sex und der war sogar von der katholischen Kirche gebilligt. Das ist viel mehr, als die meisten One-Night-Stands sagen können.“

Harper sah rot und verpasste ihm eine Ohrfeige.

Er reagierte überhaupt nicht.

Wenn Harper nicht aufpasste, würde sie vor seinen Augen jeden Moment in Tränen ausbrechen. Ihre Hand brannte.

„Such dir lieber einen anderen, Harper. Du weißt ja, wohin du die Annullierungspapiere schicken musst.“

Ihr Kinn zitterte, während sie in seine hellbraunen Augen sah und hoffte, dort irgendetwas zu finden, was sie davon überzeugte, dass er es nicht ernst meinte. Anscheinend tat er es doch.

„*Du* bist ein Arschloch, Cameron MacAlister.“

KAPITEL 16

Es war erst vier Wochen her, dass Harper ihre Wohnungstür verschlossen hatte und nach Schottland geflogen war, aber als sie jetzt ihre Wohnung betrat, hatte sie das Gefühl, mehrere Jahre weg gewesen zu sein.

In kurzen vier Wochen war so viel passiert, dass sich Harper völlig verändert und auch ein bisschen fehl am Platze fühlte, als sie sich in ihrer Wohnung umsah. Sie hatte heiraten wollen, war verlassen worden, hatte jemanden kennengelernt und ihn geheiratet und war dann verlassen worden – zum zweiten Mal. Wenn das kein Stoff für einen Roman war!

Nur leider würde es kein Liebesroman werden, denn die kamen nicht ohne ein Happy End aus, wie jeder wusste.

In ihrer Geschichte würde es kein Happy End

geben – jedenfalls nicht mit Cameron. Er hatte ihr unmissverständlich klargemacht, dass es zwischen ihnen aus war.

Sie war müde und wollte eigentlich nur noch ins Bett fallen und schlafen, aber angesichts ihrer aufgeräumten und fast schon steril sauberen Wohnung traten ihr die Tränen in die Augen. Nach einem zehnstündigen Flug von London nach Seattle, auf dem sie vermutlich literweise Tränen vergossen hatte, hätte sie nicht geglaubt, noch welche übrig zu haben. Es hatte ihr nicht einmal etwas ausgemacht, dass die Stewardessen ihr besorgte Blicke zugeworfen hatten und auch die anderen Passagiere beunruhigt waren, die ganze Zeit eine heulende Frau in ihrer Mitte zu haben. Nie im Traum hätte sie es für möglich gehalten, ihren Liebeskummer öffentlich zu machen und so sehr die Beherrschung zu verlieren.

Schniefend stellte sie ihr Gepäck im Flur ihrer Wohnung ab und schloss die Tür hinter sich.

Wie es aussah, war Mrs. Paddington erst vor Kurzem hier gewesen und hatte geputzt, denn Harper konnte sich auf dem glänzend polierten Parkettboden beinahe spiegeln. Ihre Putzfrau hatte auch die Post fein säuberlich auf die kleine Kommode gelegt, die im Eingangsflur stand und eher der Zierde diente als einem funktionalen Dienst. Dem Poststapel schenkte Harper keinen Blick, sondern schlang die Arme um ihre Mitte und betrat langsam ihre Wohnung.

Alles sah aus wie immer.

Alles war perfekt. Beinahe schon zu perfekt.

An den hellgrau gestrichenen Wänden im Flur hingen mehrere Schwarz-Weiß-Fotographien, die sie vor rund drei Jahren auf einer Ausstellung gekauft hatte und deren weiße Holzrahmen perfekt zur weißen Bordüre passte, die die Wände von der ebenfalls weißen Decke trennte und so die Höhe des Flurs optisch verstärkte. Die Lampen über ihr verbreiteten ein angenehmes Licht, das nicht zu grell und nicht zu schwach war. Um die richtigen Leuchtmittel zu finden, hatte Harper fast drei Monate gebraucht, aber jetzt war der Flur zu jeder Tages- und Nachtzeit in perfektes Licht getaucht. An der anderen Wand hing ein Spiegel, der so angebracht war, dass man sich nicht nur im Ganzen betrachten konnte, sondern dass man auch bei richtigem Lichteinfall den Eindruck bekam, dass die Wohnung viel größer war.

Für jemanden, der nicht kochen konnte, war ihre Küche viel zu verschwenderisch.

Eigentlich hätte eine kleine Küchenzeile gereicht, aber Harper hatte sich für die Luxusvariante mit einer Kochinsel, ultramodernen Hochglanzfronten und einem doppelten Kühlschrank entschieden, der sowieso meistens leer war, weil sie auswärts aß. Einzig das gekühlte Weinregal war eine gute Investition gewesen. Harper nahm eine Flasche Sauvignon Blanc heraus, entkorkte die Flasche und goss sich ein

Rotweinglas voll, weil sie mit einem kleineren Weißweinglas heute nicht ausgekommen wäre.

Während sie einen großen Schluck nahm, wanderte sie in ihr Wohnzimmer, das von einer wunderschönen Steinwand mit einem künstlichen Kamin und einem Fernseher dominiert wurde. Gleich daneben befanden sich die Fensterfronten, von denen man bis zur Space Needle sehen konnte. Auf dem Ledersofa lag eine sauteure Kaschmirdecke, die Harper ausgesucht hatte, weil die Farbe perfekt zur restlichen Dekoration gepasst hatte. Einfach alles in dieser Wohnung war aufeinander abgestimmt. Sogar die Bücher im Bücherregal waren farblich sortiert.

Harper war immer wahnsinnig stolz auf ihre geschmackvolle und perfekt durchgestylte Wohnung gewesen, aber jetzt fühlte sie sich wie ein Fremdkörper und hatte Angst, die Ordnung zu zerstören, wenn sie bloß ihre Jacke über einen der beiden Sessel warf, die sie ebenfalls nur für die Optik gekauft hatte und die niemals gebraucht wurden.

Wieso kam ihr ihre Wohnung nur so unpersönlich vor?

Sie fragte sich, ob sie sich hier jemals wirklich wohlgefühlt hatte.

Wieder nahm sie einen Schluck und ging zum kleinen Sekretär, auf dem ihr Telefon samt Anrufbeamter stand, der wild blinkte.

Über zwanzig Nachrichten.

Stöhnend ließ sie den Kopf in den Nacken fallen und massierte sich die Stirn.

Bevor sie es sich anders überlegen konnte, drückte sie auf den Abhörknopf und hoffte, dass sie es nicht bereuen musste.

„Sie haben dreiundzwanzig neue Nachrichten. Letzte neue Nachricht. Heute, zwölf Uhr zehn.“ Es piepste. *„Hallo Harper, hier ist Mac. Ich ... äh ... dein Handy ist ausgeschaltet, ich ... äh ... Geht's dir gut? Das mit deiner Hochzeit ... das tut mir leid. Wirklich. Also ... das mit deiner ersten Hochzeit ... Ich meine ... Lucy ... hat erzählt, du hättest jemand anderen geheiratet. Das ist schön! Sehr ... schön! Äh ... bist du bald in Seattle? Und ... können wir uns dann treffen? Ich ... ich bin in der Stadt ... zurzeit ... und ... und würde dich gerne sehen. Meine Nummer hast du bestimmt noch, oder? Tja ... also ... ruf mich doch zurück. Es ist ... nicht so wichtig. Tschüss! Hab dich lieb ... Ach, das hier war ich. Mac.“*

Verdattert starrte Harper auf den Anrufbeantworter und musterte anschließend ihr halb volles Weinglas. Lag es etwa am Alkohol oder hatte sich Mac wirklich angehört, als hätte ein Außerirdischer von ihr Besitz ergriffen? Was sollte denn diese völlig verworrene Nachricht?

Sie wollte sie sich ein weiteres Mal anhören, weil sie schon befürchten musste, dass Mac ihr eine geheime Botschaft hinterlassen hatte, weil sie entführt worden war, als ihr Telefon klingelte. Der Laut erschreckte sie so sehr, dass sie fast ihren Wein verschüttet hatte.

„Ja?"

„Hallo, Harper! Ich bin's."

Blair.

Das hatte ihr auch noch gefehlt.

Innerlich seufzte sie, denn sie war heute nicht in der Lage, mit ihrer besten Freundin *und* der frischgebackenen Ehefrau ihres Bruders zu reden. „Hallo Blair, woher wusstest du, dass du mich zu Hause erreichen kannst?", fragte sie unverbindlich nach und ließ sich auf einen der bisher nicht genutzten Sessel sinken.

Fröhlich erwiderte Blair: „Von Zac."

„Zac?" Was zum Teufel hatte Blair mit dem besten Freund ihres Ex-Verlobten zu schaffen, der dummerweise in der gleichen Firma wie sie arbeitete?

„Genau. Er hat mitbekommen, dass du morgen einen Termin mit deinem Boss hast, und hat es Lucy erzählt, die es wiederum mir erzählt hat. Deshalb dachte ich, ich versuche mal mein Glück und klingele bei dir durch."

Für Blairs übersprudelndes Wesen hatte sie ausgerechnet jetzt keinen Sinn. Viel lieber hätte sie sich mit ihrem Weinglas unter die Dusche verkrochen und wäre dann ins Bett gegangen, um ihre Wunden zu lecken. Morgen stand ihr ein anstrengender Tag bevor, für den sie alle Kraftreserven mobilisieren musste. Sie durfte nämlich unter keinen Umständen vor Mr. Weinstein in Tränen ausbrechen.

Auch vor Blair wollte sie nicht in Tränen ausbrechen. Ihre Freundin hätte sie nämlich entweder dazu gezwungen, ihr in den nächsten Stunden am Telefon die ganze Misere zu berichten, oder aber sie wäre ins nächste Flugzeug gestiegen und hätte eine Familienpackung Reese's dabei sowie eine große Flasche Tequila.

„Aha. Was hat Zac mit Lucy zu schaffen?"

„Frag lieber nicht", erwiderte Blair seufzend. „Los, erzähl mal! Wie geht's dir? Wie geht es Cameron?"

Die Erwähnung seines Namens brachte sie beinahe an den Rand des Erträglichen. „Gut. Gut. Uns geht es ... gut. Und jetzt lass dir erst einmal gratulieren, dass du aus meinem Bruder einen anständigen Mann gemacht hast."

Blair lachte in den Hörer. „Jake und anständig? Das glaubst du doch selbst nicht!"

„Nein, eigentlich nicht." Sie schluckte schwer. „Ich wünschte, ich wäre dabei gewesen. Dass ihr zwei die Kurve gekriegt habt, hat mich wirklich glücklich gemacht."

„Danke." Ihre Freundin schniefte. „Ich hätte mir auch gewünscht, dass du dabei gewesen wärst. Und ich wäre gerne bei deiner Hochzeit dabei gewesen."

„Vielleicht bei der nächsten", witzelte Harper, obwohl ihr der Sinn nicht unbedingt nach Witzen stand.

Blair musste sie missverstanden haben. „Sprich doch mal mit Cameron! Ihr könntet ja einfach noch einmal heiraten. Deine Mom wäre Feuer und Flamme!"

Wieder krampfte sich etwas in ihr zusammen und sie hielt es für besser, Blair abzulenken, bevor Harper sich nicht mehr zusammenreißen konnte. „Hör mal! Ich hatte gerade die merkwürdigste Nachricht aller Zeiten auf Band – und sie kam von Mac. Wenn ich nicht ihre Stimme erkannt hätte, wäre mir nie in den Sinn gekommen, dass sie das war. Willst du sie hören?"

„Du kennst doch Mac. Die ist eh immer schräg drauf." Leider verdiente Blair nicht umsonst den Titel ihrer besten Freundin, weil sie sofort gemerkt haben musste, dass etwas nicht stimmte. „Erzähl mir lieber, was bei dir los ist."

„Ich habe ziemlichen Jetlag." Harper gähnte übertrieben laut. „Vermutlich gehe ich gleich ins Bett ..."

„Harper, was ist los?"

„Nichts."

„Du vergisst, mit wem du sprichst. Also? Was ist passiert?"

Sie biss die Zähne zusammen und stellte das Weinglas beiseite, bevor sie sich die Hand über die Augen legte. Wenn sie jetzt zu weinen anfangen würde, könnte sie vor morgen früh bestimmt nicht aufhören.

„Versprich mir zuerst, dass du es Jake nicht sagst."

„Aber ..."

„Versprich es mir, Blair!"

Am anderen Ende der Leitung erklangen Geräusche, die Harper nicht richtig zuordnen konnte, bevor sie die düstere Stimme ihres Bruders hörte: „Harper, ich bin's. Was ist passiert? Muss ich nach Schottland fliegen und ihm in den Arsch treten?“

Vermutlich hatte Jake es witzig gemeint, aber das tröstete sie nicht. Stattdessen brach sie in Tränen aus.

Schon wieder.

„SIE IST NICHT HIER, Max.“

Der Border Collie sah sich irritiert um, warf einen Blick ins Badezimmer und kam zurück, um seinen Kopf auf die Bettseite zu legen, auf der Harper in den vergangenen zwei Wochen geschlafen hatte. Dabei stieß er ein mitleiderregendes Fiepen aus, das Cameron noch nie von seinem Hund gehört hatte.

Anscheinend vermisste Max sie.

Er hatte sich schon die ganze Zeit über merkwürdig benommen, seit Cameron ihn von Lachlan abgeholt und nach Hause gebracht hatte. Kaum waren sie zu Hause gewesen, war Max aus dem Auto gesprungen und ins Haus gedüst, um nach Harper zu suchen.

Nur würde er sie hier nicht finden.

Mittlerweile war sie über viertausend Meilen weit weg – am westlichsten Ort der USA, wenn man Hawaii nicht mitzählte.

Der Gedanke hatte etwas Deprimierendes an sich, und beinahe hätte auch Cameron ein mitleiderregendes Fiepen ausgestoßen. Stattdessen sagte er sich, dass es so das Beste war. Sie war nicht dazu gemacht, auf längere Zeit mit ihm hier in seinem Cottage zu wohnen. Irgendwann wäre sie hier buchstäblich die Wände hochgegangen und hätte ihn verlassen.

Er stellte seine Reisetasche aufs Bett und begann damit, seine Kleidung auszupacken. Je schneller er wieder in seinen Alltag fand, desto leichter würde es sein, Harper zu vergessen und weiterzumachen. Im Grunde hatte er recht gehabt. Man konnte nicht von einer Heirat sprechen, wenn man sich gerade erst kennengelernt hatte und dann aus einer Laune heraus entschied, einander das Jawort zu geben.

Sie beide hatten in den vergangenen zwei Wochen lediglich gespielt, verheiratet zu sein. Aber es war keine Realität gewesen. Cameron hatte immer gewusst, dass sie irgendwann gehen würde. Und auch Harper musste gewusst haben, dass sein Leben nichts für sie war. Beide hatten sich etwas vorgemacht.

Himmel, wenn man genau darüber nachdachte, war es schon am Abend ihrer Hochzeit abzusehen gewesen, dass sie irgendwann getrennte Wege gehen würden. Harper war gerade kurz vor ihrer Hochzeit verlassen worden. Und Cameron war aus dem Krankenhaus gekommen, wo ihn seine Mom mehrmals bedeutungsschwer beschworen hatte, dass er nicht allein sein sollte. Also hatte er sich schnurstracks die erste Frau geschnappt, die seinen Weg gekreuzt hatte, hatte sich eingebildet, in sie verliebt zu sein, und dann geheiratet. Und Harper war vermutlich froh gewesen, jemanden gefunden zu haben, der sie von der deprimierenden Tatsache ablenkte, vor dem Altar stehen gelassen worden zu sein.

Wie konnte aus dieser Geschichte etwas Gutes hervorkommen?

Er war sich sicher, dass auch das dumpfe Gefühl in seiner Herzgegend bald verschwand.

Mit einem tiefen Atemzug schloss er den Kleiderschrank, nachdem er dort alles verstaut hatte, und trug seine Kulturtasche ins angrenzende Badezimmer. Kaum hatte er den Raum betreten, fiel sein Blick auf die Haarbürste, die Harper wohl vergessen haben musste und an der ein paar lange blonde Haare hingen. Woher der plötzliche Kloß in seinem Hals kam, wusste er nicht.

Cameron schluckte mehrmals, aber der Kloß verschwand nicht, sondern setzte sich regelrecht fest, während irgendetwas in seinen Augen brannte.

Wie von selbst strichen seine Fingerspitzen über die Borsten und prüften deren Beschaffenheit. Er erinnerte sich, wie sie an jenem Morgen, als sie sich für die Beerdigung seiner Mom angezogen hatten, im Badezimmer gestanden, sich das Haar gebürstet und ihm durch den Badezimmerspiegel hindurch einen aufmunternden Blick geschenkt hatte, während er im Schlafzimmer auf dem Bett gesessen und seine Krawatte gebunden hatte. Da musste sie seine Bürste benutzt haben.

Er senkte den Kopf und wusste, dass er am Arsch war, wenn ihn schon die bloße Erkenntnis, dass sie seine Haarbürste benutzt hatte, zu dem Gedanken verleitete, einen neuen Kamm zu besorgen, weil er die alte Bürste nicht mehr verwenden konnte.

Max kam ins Zimmer und lehnte seinen Kopf gegen Camerons Bein, während er fiepte.

„Ich weiß, Kumpel", erklärte er mit heiserer Stimme seinem Hund. „Mir fehlt sie auch."

Aber das würde vorübergehen. Manchmal war es das Beste, die Brücken hinter sich abzureißen und nach vorn zu sehen. Auch wenn es verdammt schmerzlich war.

KAPITEL 17

„Ich fürchte, dass ich mich bei Ihnen entschuldigen muss, Harper."

Überrascht sah Harper von den Unterlagen vor sich auf und begegnete dem unsicheren Blick ihres Chefs. „Inwiefern, Mr. Weinstein?"

Der ältere Mann mit der altmodischen Brille und dem Anzug, der aussah, als wäre er bei Wal-Mart erstanden worden, wand sich sichtlich, als wäre es ihm unangenehm, weiterzureden. Harper war keineswegs beunruhigt, denn sie hatte in den vergangenen Jahren herausgefunden, dass ihr Chef der wohl freundlichste und ehrlichste Finanzberater des ganzen Landes war. Er brachte andere Menschen nicht gerne in Verlegenheit, war jovial und gehörte nicht zu der Sorte Mensch, die Untergebene anbrüllten oder nur aus Spaß feuerten, während sie sich dabei wie die Größten vorkamen.

Obwohl ihr Chef mit dem Vermögen hätte protzen können, das er sich in den letzten Jahrzehnten erarbeitet hatte, war er ziemlich bescheiden, was man auch an seinem Anzug sehen konnte, der bereits bessere Tage erlebt hatte.

„Nun … ich habe vor ein paar Tagen durch Marcy erfahren, dass Ihre Hochzeit nicht stattgefunden hat, was ich sehr bedaure. Als wir telefoniert haben, bin ich auf Ihre Hochzeitsreise zu sprechen gekommen. Das war unsensibel von mir und dafür möchte ich mich entschuldigen."

Er schaute sie derart bedauernd und gleichzeitig treuherzig an, dass Harper ein Lächeln nicht unterdrücken konnte. Nach einem langen Abend am Telefon, in dessen Verlauf sie Blair davon überzeugen musste, nicht ins nächste Flugzeug nach Seattle zu steigen, und ihren Bruder davon abgehalten hatte, das nächste Flugzeug nach Schottland zu nehmen, tat ihr Mr. Weinsteins Ruhe ziemlich gut. Sie fühlte sich nämlich wie gerädert und hatte nur Watte im Kopf, weil sie ein gehöriges Schlafdefizit hatte. Schon seit einer Stunde hatte sie größte Mühe, sich auf die Zahlenkolonnen vor ihren Augen zu konzentrieren und keine Fehler bei den Berechnungen zu diversen Aktiendepots ihres Mandanten zu machen.

„Dafür müssen Sie sich nicht entschuldigen, Mr. Weinstein."

„Sind Sie sicher? Ich habe nämlich ein furchtbar schlechtes Gewissen.“

„Ja, ich bin mir sicher. Sie müssen wirklich kein schlechtes Gewissen haben.“

„Das erleichtert mich. Wirklich.“

Harper lehnte sich auf ihrem bequemen Bürostuhl zurück und nahm einen Schluck Wasser.

Vermutlich dachte ihr Chef, dass ihre Augen so verquollen waren, weil sie noch immer Tränen darüber vergoss, von ihrem Verlobten kurz vor der Hochzeit sitzen gelassen worden zu sein. Nur war es eigentlich so, dass sie an Grant gar nicht mehr dachte, seit sie Cameron getroffen hatte. Obwohl sie ihren Mann erst seit zwei Wochen kannte, hatte sie das Gefühl, schon seit Ewigkeiten mit ihm zusammen zu sein und zu ihm zu gehören, während Grant eine kurze Episode in ihrem Leben darstellte. Und zwar eine so kurze Episode, dass sie Schwierigkeiten hatte, sich in Erinnerung zu rufen, wie er aussah. Kräuselten sich seine Mundwinkel auf diese schalkhafte Art und Weise, wenn er lächelte, und runzelte er auch jedes Mal die Stirn, wenn er einen Blick in den Kühlschrank warf? Gab er nachts diese winzigen schnaufenden Töne von sich, wenn er sich auf den Rücken drehte und dabei die Decke mit sich zog?

Und funkelten seine hellbraunen Augen auch jedes Mal auf, wenn er sie ansah und ihr das Gefühl gab, die erste und einzige Frau zu sein, die er jemals geliebt hatte?

„Sie können sicherlich verstehen, wie dumm ich mir vorkam, als Marcy mir erzählt hat, dass ... nun ja." Mr. Weinsteins Stimme unterbrach ihre Gedanken und brachte sie zurück auf den Boden der Realität.

Harper bohrte sich einen Fingernagel in den Daumenballen in der Hoffnung, sich damit von ihren Tagträumen abzulenken und nicht in die Verlegenheit zu kommen, den armen Mr. Weinstein mit ein paar Tränen zu behelligen.

„Das konnten Sie doch gar nicht wissen, Mr. Weinstein", versuchte sie ihn zu beschwichtigen und senkte den Blick zurück auf die Papiere vor sich. Lieber hätte sie mit ihrem Chef weiter an dem Fall gearbeitet, als mit ihm über ihr desaströses Privatleben zu reden.

In der vergangenen Nacht hatte sie wach gelegen und sich gefragt, was sie wollte – was sie *wirklich* wollte. Nach dem Gespräch mit Blair und Jake war ihr klar geworden, dass sie nicht einfach weitermachen konnte, als sei nichts passiert. Sie war nicht mehr dieselbe Frau, die vor einem Monat nach Schottland geflogen war, um aus den falschen Motiven heraus zu heiraten. Sie hatte heiraten wollen, weil es in ihren Lebensplan gepasst hatte – nicht aus Liebe. Nicht einmal aus Lust, wie ihr Cameron vorgeworfen hatte.

Mittlerweile stellte sie nicht nur ihren wohldurchdachten Lebensplan infrage, sondern auch ihr ganzes Leben.

Was zurückblieb, war ein schales Gefühl, wenn sie darüber nachdachte, was sie bisher erreicht hatte.

Harper wollte mit ihrem Chef diesen Fall besprechen und ihm anschließend mitteilen, dass sie eine Auszeit brauchte. Eine Auszeit, die länger dauerte als nur zwei Wochen.

Nachdem sie sich einig waren, was den Fall ihres sich in der Scheidung befindenden Mandanten betraf, und sie sich entschieden hatte, welche Aktiendepots sie auflösen konnten, ohne allzu großen Verlust zu machen, sortierte Harper ihre Papiere und nahm sich ein Herz, während Mr. Weinstein damit beschäftigt war, seine Brille zu putzen.

„Da wir schon einmal beisammensitzen, würde ich gerne eine weitere Angelegenheit mit Ihnen besprechen, Mr. Weinstein." Sie wandte sich ihm zu und hätte am liebsten die Hände gerungen. Stattdessen faltete sie diese in ihrem Schoß und räusperte sich.

„Natürlich, Harper. Womit kann ich Ihnen denn helfen? Was Ihre Gehaltserhöhung betrifft, die ..."

„Nein, nein", wiegelte sie rasch ab und lächelte schwach. „Es geht nicht um eine Gehaltserhöhung."

Er zwinkerte ihr zu. „Darüber sollten Sie sich keine allzu großen Sorgen machen. Die Papiere liegen bereits auf meinem Schreibtisch. Eigentlich sollte es eine

Überraschung werden, aber dann wissen Sie es eben jetzt schon."

Es fiel ihr schwer, das Lächeln beizubehalten. „Das ist außerordentlich großzügig von Ihnen."

„Das ist es nicht, und das wissen Sie auch, Harper. Sie sind das beste Pferd im Stall und sollten dementsprechend bezahlt werden."

Machte er es ihr absichtlich schwer, ihm zu sagen, dass sie für die nächsten Monate aussetzen wollte? „Es bedeutet mir sehr viel, dass Sie das sagen, Mr. Weinstein. Es ist nur so ..." Harper holte tief Luft. „Ich habe mich entschieden, in der nächsten Zeit etwas kürzerzutreten und weniger zu arbeiten. Genau genommen würde ich mir gerne eine kleine Auszeit nehmen."

Damit schien ihr Chef nicht gerechnet zu haben.

„Eine Auszeit?" Er setzte seine Brille wieder auf und zwinkerte verwirrt. „Was meinen Sie damit?"

Unsicher zuckte sie mit den Schultern. „Ich würde mir gerne für die nächsten Monate Urlaub nehmen – selbstverständlich unbezahlt –, bis ich mich entschieden habe, wie es für mich weitergehen soll."

„Wollen Sie etwa kündigen, Harper?" Er klang völlig fassungslos.

Weil Harper ihn nicht anlügen wollte, blieb ihr nichts anderes übrig, als wieder mit den Schultern zu zucken. „Das weiß ich noch nicht. Aber es ist eine Möglichkeit, die mir bereits durch den Kopf gegangen ist."

Ihr Chef wirkte ratlos und runzelte die Stirn. „Damit haben Sie mich ziemlich überrumpelt. Ich dachte immer, Sie machen Ihren Job gerne."

„Das mache ich auch", bestätigte sie. „Ich mag meinen Job, und ich weiß, dass ich ihn sehr gut mache", erklärte sie ohne falsche Bescheidenheit.

„Und warum wollen Sie dann kündigen? Laufen Sie zur Konkurrenz über?"

„Nein, überhaupt nicht." Jetzt musste sie doch lächeln. „Ich würde nicht fremdgehen – vor allem dann nicht, wenn mir hier eine Gehaltserhöhung winkt."

„Mh." Ihr Chef brummte und hatte offenbar eine ganz eigene Theorie, weshalb Harper ihn um eine Auszeit bat. „Hat Ihr Wunsch nach einer Auszeit damit zu tun, dass Grant ebenfalls in der Firma arbeitet? Wenn das so ist, kann ich Ihnen versichern, dass ich mich persönlich darum kümmere, Ihre Fälle auseinanderzuhalten."

„Nein, darum geht es nicht, aber es ist sehr nett, dass Sie das anbieten." Sie hob erklärend eine Hand und ließ sie gleich wieder sinken. „Ich brauche einfach ein bisschen Zeit für mich, ohne dass sich mein halbes Leben im Büro abspielt."

Mr. Weinstein schien keinesfalls glücklich über ihre Worte zu sein und betrachtete sie nachdenklich, bis er resigniert nickte. „Wenn es das ist, was Sie wollen, Harper, will ich Ihnen nicht im Weg stehen."

„Danke."

„Aber bitte bleiben Sie uns noch so lange erhalten, bis Sie Ihre Mandanten ordentlich an ein paar Kollegen übergeben haben, die Ihre Fälle übernehmen werden, bis Sie wieder zurückkommen."

Sie wollte ihr Glück nicht ausreizen, indem sie ihn darauf hinwies, dass die Möglichkeit bestand, dass sie nicht mehr zurückkommen würde. „Selbstverständlich."

Die Erleichterung über ihr positives Gespräch mit Mr. Weinstein hielt bis zum frühen Nachmittag an – bis zu dem Zeitpunkt, als jemand an ihre Bürotür klopfte und anschließend den Kopf hereinsteckte.

Es war Zac, ihr Arbeitskollege und Grants bester Freund, der ebenfalls in Schottland dabei gewesen war, als Grant die Hochzeit abgesagt hatte.

„Hey."

„Zac." Nachdem sie den ganzen Tag dazu gezwungen gewesen war, allen Arbeitskollegen mit einem strahlenden Lächeln zu beweisen, wie fabelhaft es ihr ging, verkniff sie es sich jetzt. Er hätte es ihr sowieso nicht abgekauft, denn Zac besaß ein scharfes Auge für Lügner. Vermutlich war er deshalb so gut in seinem Job als Anwalt.

„Ich habe gehört, dass du zurück bist." Er betrat ihr Büro und schloss die Tür.

Vermutlich wäre es sinnlos gewesen, ihm zu sagen, dass sie keine Lust auf Gesellschaft hatte. Zac gehörte nicht zu den Männern, die sich großartig um Konventionen und Höflichkeiten scherten – das sah man auch an seiner Kleidung. Sie kannte keinen anderen Mann, der bei *Callahan, Weinstein & Smith* arbeitete und mit Pferdeschwanz und Lederjacke zur Arbeit erschien. Die Geschichte, wie er zu seinem Vorstellungsgespräch mit zerrissenen Jeans und einem Black-Sabbath-Shirt aus den Achtzigern beim alten Callahan, dem wohl konservativsten Menschen nach George Bush, gekommen war und nach zehn Minuten den Job in der Tasche gehabt hatte, war in der Firma legendär.

„Ich habe noch zu tun." Sie warf ihm über ihren Computer hinweg einen Blick zu, von dem sie hoffte, dass er einschüchternd genug wirkt, damit Zac verschwand. Er musste nicht wissen, dass auf dem Bildschirm vor ihr Suchergebnisse zu Weltreisen zu sehen waren.

„Keine Sorge, ich wollte auch nur kurz vorbeikommen und Hallo sagen."

„Hallo", entgegnete sie und starrte wieder auf ihren Bildschirm. Vielleicht verstand er ja jetzt die Botschaft.

Stattdessen kicherte er. „Du verletzt meine Gefühle, wenn du biestig bist. Ich wollte doch nur nett sein, Harper."

Erstens war sie nicht biestig, und zweitens glaubte sie nicht einmal, dass er Gefühle hatte, die man verletzen konnte. Zac war in der Firma nämlich nicht nur für sein Vorstellungsgespräch bekannt, sondern auch dafür, dass er die Praktikantinnen in der Firma willkommen hieß, indem er sie auf den Kopierern vögelte – und vermutlich kamen auch die Sekretärinnen und Kolleginnen in diesen besonderen Genuss, wenn sie dumm genug waren, sich auf ihn einzulassen.

„Dann sei nett, aber such dir bitte ein anderes Opfer. Ich bin beschäftigt."

Er seufzte. „Weißt du, dass es mir wirklich leidtat, als es mit dir und ihm nicht geklappt hat?"

Harper brauchte ein paar Sekunden, bis sie realisierte, dass er mit *ihm* nicht Cameron, sondern Grant meinte. „Danke. Das weiß ich zu schätzen."

Anscheinend war Zac in Plauderlaune. „Schade, dass du Blairs und Jakes Hochzeitsparty verpasst hast. Zu später Stunde wurde deine Großtante Stella zur Partykönigin schlechthin und tanzte barfuß Lambada."

Ihre Großtante war dafür berühmt, peinliche Tänze aufzuführen, wenn sie genug getrunken hatte, deshalb bereute Harper es in dieser Hinsicht nicht, die Party verpasst zu haben. Sie wunderte sich nur, dass Zac dabei gewesen war. Nachdem Grant abgereist war, hatte es für ihn eigentlich keinen Grund mehr gegeben, dort zu bleiben. „Du warst dabei, als die beiden geheiratet haben?"

„Lucy hatte mich gefragt."

Ihre linke Augenbraue wanderte in die Höhe. „Lucy?"

„Mhm." Fragend legte er den Kopf zur Seite und

musterte sie. „Hast du in letzter Zeit etwas von Grant gehört?"

Verwundert über den Themenwechsel und über die Bedeutung seiner Frage verschränkte sie die Arme vor der Brust. „Von Grant?"

„Ja, ich dachte, du hättest vielleicht etwas von ihm gehört, nachdem er sich seit ... du weißt schon ... nicht mehr bei mir gemeldet hat. Im Büro hat auch noch niemand etwas von ihm gehört."

„Und da glaubst du, dass ich etwas von ihm gehört habe?"

„Es war nur eine Vermutung."

„Du bist sein bester Freund. Wenn du nichts von ihm gehört hast, dann habe ich es ganz bestimmt nicht." Harper hörte selbst, wie biestig sie klang.

Er hob seine Hände in die Höhe, als wolle er sich vor ihr schützen. „Schon gut. Ich verstehe, dass er ein rotes Tuch für dich ist."

Nein, das war er nicht. Im Grunde war sie Grant überhaupt nicht böse oder wünschte ihm Schlechtes. Und sie hoffte, dass mit ihm alles okay war. „Grant ist kein rotes Tuch für mich, Zac. Wenn du was von ihm hörst, lass es mich bitte wissen."

„Okay." Er klopfte demonstrativ gegen den Türrahmen. „Ich lass dich mal wieder weiterarbeiten."

„Ach, Zac?"

„Ja?"

Streng kniff sie die Augen zusammen. „Was auch immer du bei Lucy versuchst, lass es sein.“

„Ist das eine Drohung?“

„Es ist ein gut gemeinter Vorschlag“, verkündete sie entschlossen.

Er grinste. „Man sieht sich.“

Harper glaubte nicht, dass sich Zac irgendetwas von ihrem gut gemeinten Vorschlag zu Herzen nahm.

Warum sonst hätte er fröhlich pfeifen sollen, als er ihr Büro verließ?

KAPITEL 18

„Du kommst in letzter Zeit ziemlich häufig nach Stornoway."

Cameron blickte von seinem Ale auf und begegnete dem Blick von Father Malcolm, der sich rechts von ihm auf einen Hocker setzte und dem Barkeeper ein Zeichen gab, ihm ein Bier zu zapfen.

Innerlich stöhnte Cameron auf, denn er hatte den Pub nicht aufgesucht, weil er Gesellschaft wollte – insbesondere nicht die von Father Malcolm. Wenn er Gesellschaft hatte, musste er auch reden, aber danach stand ihm nicht der Sinn.

Er wollte allein sein, aber nicht einsam.

Zu Hause ging das nicht mehr, seit Harper weg war. Die Stille brachte ihn noch um den Verstand und machte ihm deutlich, dass er nicht nur allein war, sondern auch einsam. Vor allem einsam. Das ertrug er momentan nicht sonderlich gut. Also kam er in schöner Regelmäßigkeit nach Stornoway und saß im Pub an der Theke, während er ein Ale trank. Oder auch zwei. Erst vor ein paar Tagen war er auf dem Rückweg beinahe im Straßengraben gelandet, weil er ein Bier zu viel getrunken hatte. An dem Punkt hatte er sich gesagt, dass seine Kneipenbesuche ein Ende haben mussten, damit er sich nicht irgendwann umbrachte.

Der Vorsatz hatte zwei Tage gehalten, bis er seine Wäsche machen wollte und im Wäschekorb eines von Harpers T-Shirts entdeckte, das noch immer nach ihr roch. Er war wieder in den Pub gefahren, hatte aber darauf geachtet, nach zwei Bieren auf Wasser umzusteigen.

Momentan erfüllte er wirklich jedes Klischee eines einsamen Idioten, der die Frau vermisste, die er selbst vergrault hatte.

Selbsterkenntnis war scheiße.

Scheiße war auch, dass er nicht länger in den Tag hineinleben konnte, weil er stattdessen darüber nachdenken musste, was er mit seinem Leben anstellen sollte. Er konnte sich einfach nicht vorstellen, in den nächsten zehn, zwanzig, dreißig oder gar vierzig Jahren allein in seinem Cottage zu leben und nichts zu tun. Er konnte sich nicht einmal vorstellen, das in den nächsten sechs Monaten zu tun. Die Abgeschiedenheit war okay gewesen, bis Harper gekommen war und er nicht länger einsam gewesen war. Jetzt konnte er an jenen Punkt nicht mehr zurück.

„Hast du was dagegen, wenn ich mich zu dir setze?"

Ja! „Nein, natürlich nicht", antwortete er höflich und setzte sich aufrecht hin, um nicht wie ein nasser Sack neben dem Gemeindepriester auf dem Barhocker zu fläzen.

„Und wie geht's dir so, Cameron?"

Beschissen. „Ganz gut. Und selbst?"

„Wie soll es einem schon gehen, wenn Mrs. MacDouglas ständig selbst gebackenes Brot vorbeibringt, das einem wie ein Stein im Magen liegt?"

Das Problem hatte er zwar nicht, aber er wusste, wie es sich anfühlte, als hätte man einen ganzen Felsbrocken zum Frühstück verspeist. „Mhm."

„Ich kann das Zeug nicht einmal wegschmeißen, weil Mrs. Henderson meine Mülltonne mitbenutzt, wenn ihre mal wieder voll ist, und sie das schlimmste Klatschweib der ganzen westlichen Welt ist. Sobald sie sieht, dass ich Brot von Mrs. MacDouglas wegwerfe, ist die Hölle los. Wortwörtlich."

Himmel, der Father hatte vielleicht Probleme! „Mhm."

„Langweile ich dich?"

„Ganz und gar nicht, Father." Er hob das Glas an seine Lippen und nahm einen Schluck.

„Ich habe Harper schon eine Weile nicht gesehen."

Zehn Tage, fünf Stunden und etwas mehr als fünfundzwanzig Minuten, um genau zu sein. „Mhm." Langsam setzte er das Glas wieder ab.

„Versteckst du sie absichtlich in deinem Cottage oder versucht sie meiner Einladung zum Tee zu entkommen?"

„Weder noch", erwiderte er seufzend und warf dem Priester neben sich einen flüchtigen Blick zu. Schon wieder trug der Father ein Sweatshirt und wirkte ungefähr genauso priesterhaft wie Cher nonnenhaft wirkte. „Wir haben uns getrennt."

„Das höre ich gar nicht gerne."

„Ich weiß." Cameron bewegte den Kiefer von rechts nach links. „Ich auch nicht."

„Also hat sie sich von dir getrennt?"

Das war die Krux an der Sache. „Nicht wirklich."

„Wenn es eine einvernehmliche Trennung war, musst du mir erklären, warum du hier wie ein verzweifelter Ire in dein Bierglas starrst, als könntest du dort die Lösung für dein Problem finden."

Er atmete tief durch. „Es war nicht einvernehmlich. Ich habe mich von ihr getrennt."

„Dann macht es noch weniger Sinn."

„Es ist kompliziert", wehrte er dumpf ab.

„Atomphysik ist kompliziert", warf der Priester ein. „Die Liebe ist es nicht."

Cameron warf ihm einen bedeutungsvollen Blick

zu. „Nichts für ungut, Father, aber ich weiß nicht, ob ein im Zölibat lebender katholischer Priester der richtige Ansprechpartner in Sachen Liebe ist."

Father Malcolm schien ihm den Kommentar nicht übel zu nehmen, da er lässig mit den Schultern zuckte. „Ich mag ja schon seit einigen Jahren im Zölibat leben, aber das heißt nicht, dass ich nichts von der Liebe weiß."

Neugierig blickte Cameron ihn an und bemerkte zum ersten Mal, dass der Gemeindepriester noch gar nicht so alt zu sein schien, wie er immer gedacht hatte. Grob geschätzt würde er auf Anfang fünfzig tippen, und obwohl er nicht in der Lage war, Gedanken von Frauen zu lesen, ging er davon aus, dass Father Malcolm beim weiblichen Geschlecht bestimmt auf positive Resonanz gestoßen war. Ja, irgendwie hatte er die Vermutung, dass der gute Father nichts hatte anbrennen lassen.

„Sprechen wir hier über Nächstenliebe?"

„Ich dachte, wir sprechen über Sex und über den Unterschied zwischen einem unverbindlichen One-Night-Stand und richtiger Liebe", erwiderte der Priester völlig gelassen.

Zum Glück hatte Cameron gerade nicht von seinem Ale genippt, weil er dieses mit großer Bestimmtheit verschluckt hätte.

„Wie bitte?", krächzte er schockiert.

„Denkst du, ich würde nicht den Unterschied zwischen Sex und Liebe kennen, mein Junge? Bevor ich Priester wurde, gab es eine Zeit, in der ich es ziemlich habe krachen lassen."

Offenbar brauchte Cameron heute etwas Stärkeres als nur Bier, um den Abend zu überstehen. „Ist das so?"

„Aber hallo – es waren die wilden Achtziger. Sex, Drugs und Punkmusik – und genau in der Reihenfolge. Aber irgendwann war auch damit Schluss."

Er wusste nicht, ob irgendjemand die Heizung hochgedreht hatte, aber plötzlich brannten Camerons Wangen. Father Malcolm mochte ein lässiger und eher unkonventioneller Priester sein, aber er war immer noch ein Priester, Herrgott noch mal!

„Wurde Ihnen die Punkmusik irgendwann zu viel?" Cameron schaute ihn neugierig von der Seite an und konnte selbst nicht glauben, dass er ihn Folgendes fragte: „Oder war es zu viel Sex, dass Sie damit aufgehört haben?"

„Wie kann man jemals zu viel Sex haben?", wollte der andere Mann mit einem Schmunzeln wissen. „Nein, ich lernte die Frau kennen, in die ich mich hoffnungslos verliebte. Von da an wollte ich keinen oberflächlichen Sex mit Frauen mehr haben, deren Namen ich oftmals gar nicht kannte."

Erstaunt drehte er sich nun zu dem anderen Mann herum. „Sie haben geheiratet?"

„Nein, dazu kam es nicht. Wir wollten heiraten,

aber dann machte ich einen Rückzieher aus wirklich selten dämlichen Gründen und verlor sie. Heute lebt sie in Bristol, ist verheiratet und hat zwei Kinder – und ich bin in den Kirchendienst eingetreten."

In Camerons Ohren klang es nach einer sehr drastischen Reaktion, nach einer Trennung Priester zu werden und nie wieder mit einer Frau zu schlafen. Auch er hatte gerade eine Trennung hinter sich, würde aber niemals mit dem Gedanken spielen, jetzt Priester zu werden. Allein die Vorstellung, nie wieder Sex zu haben, war ...

Er stockte und richtete sich steif auf, während es ihn wie einen Schlag traf.

Er wollte nicht einmal daran denken, mit einer anderen Frau als Harper zu schlafen. Allein der Gedanke, nicht mit Harper, sondern mit jemand anderem ins Bett zu gehen, war absurd und verstörend. Aber es war mehr als das. Es ging ihm nicht nur um Sex. Cameron konnte sich ebenfalls nicht vorstellen, mit einer anderen Frau am Frühstückstisch zu sitzen, einer anderen Frau dabei zuzusehen, wie sie sich die Fußnägel lackierte, oder eine andere Frau dabei zu beobachten, wie sie mit Max spielte.

Wenn es Harper nicht war, würde es niemand sein.

„Du siehst aus, als hättest du gerade einen Geistesblitz gehabt", stellte Father Malcolm fest. Anscheinend fand er das ganz und gar nicht verwunderlich.

Bei Cameron war es etwas anders. Seit dem Tag, als

er Harper gesagt hatte, sie solle die Ehe annullieren lassen, war er nicht mehr er selbst. Cameron hatte es geschafft, innerhalb weniger Stunden alle Brücken hinter sich abzureißen, indem er seinem Vater die Wahrheit ins Gesicht brüllte und kurz darauf Harper von sich stieß.

Ja, der Geistesblitz war zwar da, dass er ohne Harper einsam war, aber es war zu spät. Er hatte sie von sich gestoßen und musste jetzt damit leben.

„Ich fürchte, es ist zu spät für meinen Geistesblitz." Cameron fuhr sich durch sein Haar und schüttelte den Kopf. „Harper ist längst weg."

„Und das hält dich davon ab, deine Frau zurückzuholen? Weil sie schon weg ist?"

„Sie verstehen das nicht", erwiderte er grimmig. „Ich habe sie regelrecht dazu aufgefordert, die Ehe zu beenden, und ein paar üble Dinge gesagt."

„Wie übel?"

Cameron schluckte schwer. „Ich habe ihr gesagt, dass wir nicht aus Liebe geheiratet haben, sondern aus Lust. Und dass unsere Hochzeit ein Witz war."

Father Malcolm antwortete nicht sofort, sondern kratzte sich unschlüssig am Nacken. „Tja, das hast du verbockt, mein Junge. Man sagt einer Frau nicht, dass man sie nur geheiratet hat, um mit ihr zu schlafen."

„Ich weiß", stimmte Cameron ihm heiser zu. „Ich habe es richtig verbockt. Harper wird mir meine Worte niemals verzeihen."

„Natürlich wird sie dir verzeihen", warf Father Malcolm schnaubend ein. „Was nicht heißen soll, dass du nicht ordentlich vor ihr auf den Knien herumrutschen musst. Frauen verzeihen Männern alles Mögliche."

Er schüttelte den Kopf. „Es gibt so viele Dinge, die ich ihr nicht erzählt habe – die ich ihr verschwiegen habe. Wir hatten von Anfang an keine Chance, weil ich nicht den Mut hatte, mich ihr zu öffnen."

Unweigerlich dachte er an die Gelegenheiten, bei denen Harper ihm Fragen zu seiner Familie oder zu seinem Job gestellt hatte. Völlig harmlose Fragen, die er ihr nicht beantwortet hatte, weil er diese Facetten seines Lebens für sich behalten wollte.

Sie hatte recht gehabt – Harper war seine Frau. Er hätte ihr erzählen sollen, wer er war und was er tat. Und warum er sich irgendwann dazu entschieden hatte, das Cottage zu kaufen und nach Lewis zu ziehen.

Harper hätte von seiner Mom wissen müssen und auch von dem schwierigen Verhältnis zu seinem Vater, aber er hatte sie im Unklaren gelassen und war sogar dann nicht mit der ganzen Wahrheit herausgerückt, als sie nach Glenmore gefahren waren.

„Einsicht ist der erste Weg zur Besserung. Jetzt musst du nur den Mut finden, um von diesem Barhocker zu steigen, deine Frau zu finden und ihr zu sagen, dass du ein Idiot warst."

„Das klingt aus Ihrem Mund so leicht."

„Niemand hat gesagt, dass es leicht ist, aber dafür lohnt es sich auch, oder?“ Father Malcolm schlug ihm gutmütig auf den Rücken. „Als du mich an jenem Abend darum gebeten hast, euch zu trauen, hätten die meisten meiner Kollegen abgelehnt.“

Interessiert legte Cameron den Kopf schief und musterte den Kirchenmann. „Warum haben Sie nicht abgelehnt?“

„Weil ich einen guten Riecher für Paare habe, die es schaffen, glücklich verheiratet zu sein und es zu bleiben. Bei euch war ich mir sehr sicher. Bitte, ruiniert meine Quote nicht. Das käme beim Papst gar nicht gut an.“

Cameron lächelte schwach und klopfte unschlüssig mit den Fingern auf der Theke herum. „Danke, Father.“

„Nichts zu danken.“ Er erhob sich und nahm sein Bierglas in die Hand. „Mal sehen, wem ich heute beim Billard ein paar Pfund aus der Tasche ziehen kann.“

„Viel Glück.“

„Mit Glück hat das nichts zu tun, mein Junge.“

Der Priester wandte sich ab, um in den Nebenraum zu gehen, als Cameron sich räusperte. „Eine Frage noch, Father.“

„Die da wäre?“

Zögernd wollte Cameron vom anderen Mann wissen: „Bereuen Sie es, damals einen Rückzieher gemacht und nicht geheiratet zu haben?“

Der Priester zuckte mit den Schultern. Cameron konnte ganz unmöglich sagen, ob der Priester zufrieden oder melancholisch war, doch dann antwortete er: „Jeden Tag.“

KAPITEL 19

Als es an ihrer Tür klingelte, trug Harper ausgebeulte Jogginghosen, ein ausgefranztes Shirt, das so durchsichtig war, dass man beinahe ihren BH darunter erkennen konnte, und sie war barfuß. Außerdem hatte sie ihr Haar zu einem hohen Pferdeschwanz gebunden und ein Tuch darum gesteckt. Sicherlich sah sie grauenvoll aus.

Sie öffnete die Tür, ohne durch den Spion zu sehen, weil sie davon ausgegangen war, dem Postboten zu öffnen, der immer zur späten Mittagszeit erschien, doch der stand ihr nicht gegenüber.

Es war Grant.

„Was tust du denn hier?" Überrascht starrte sie ihn an, machte jedoch keine Anstalten, ihn in die Wohnung zu lassen. Vielleicht war sie aber auch gar nicht so sehr über die Tatsache verwundert, dass er vor ihr stand, sondern eher darüber, wie er aussah.

Grant war ein gut aussehender Mann, keine Frage. Dunkles Haar, dunkle Augen und markante Gesichtszüge sowie ein athletischer Körper, den er mit Sport fit hielt. Normalerweise sah sein Haar jedoch nicht aus, als hätte es seit Ewigkeiten keinen Kamm gesehen, und um seine Augen lagen sonst auch keine Augenringe, die auf durchzechte Nächte schließen ließen. Und was seinen Körper betraf – den kleidete Grant eher in konservative Anzüge als in zerschlissene Jeans, T-Shirts und Lederjacken so wie jetzt.

„Ich wollte nach dir sehen." Er seufzte schwer. „Lässt du mich rein?"

Harper zuckte mit den Schultern und trat einen Schritt zur Seite, um ihn hineinzulassen. „Meinetwegen."

Als er ihre Wohnung betrat, musterte sie ihn ein weiteres Mal und bemerkte, dass sein Anblick sie völlig kaltließ. Kein Magenflattern, kein Rumoren in ihrer Herzgegend, kein Drang danach, ihn zu berühren. Da war rein gar nichts, was ihr sagte, dass sie etwas für ihn empfand, was über das Freundschaftliche hinausging, oder dass sie ihn vermisst hatte. Unter diesen Umständen sollte sie ihm vielleicht sagen, wie froh sie war, dass er die Hochzeit abgeblasen hatte.

„Willst du etwas trinken?"

„Hast du einen Kaffee da?"

„Sicher." Sie führte ihn in die Küche, in der sie gerade damit beschäftigt war, die Schränke auszuräumen, und trat an die hochmoderne Kaffeemaschine heran, die neben dem Weinregal in einen Küchenschrank eingebaut war und um die sie so manch ein Café beneidet hätte.

„Renovierst du?"

Harper war klar gewesen, dass Grant die Kartons im Flur und in der Küche nicht unkommentiert lassen würde. Mit einer Gelassenheit, die sie selbst nicht erwartet hatte, erwiderte sie: „Ich ziehe aus."

Als er nicht reagierte, warf sie ihm über die Schultern hinweg einen kurzen Blick zu.

Grant wirkte bestürzt. „Du ziehst aus?"

Harper gab frisch gemahlenes Kaffeepulver in die Maschine und setzte diese in Betrieb. „Ich habe die Wohnung verkauft. Nächste Woche ziehen die neuen Eigentümer ein – ein sehr nettes Paar. Sie ist Collegeprofessorin und er besitzt ein Autohaus. Falls du dir einen neuen Lexus anschaffen willst, kann ich dir seine Nummer geben."

„Ist das dein Ernst?" Grant klang fassungslos.

„Natürlich! Er meinte sogar, ich würde Prozente bekommen."

„Das ist doch nicht das, was ich meinte!"

„Ich weiß", entgegnete sie glucksend und erleichtert. Seit sie sich dazu entschieden hatte, ihre Wohnung zu verkaufen, war ihr ein riesiger Felsbrocken vom Herzen gefallen. Nachdem die Papiere unterschrieben waren, hatte sie nicht länger das Gefühl, an diese Stadt oder ihren Job gebunden zu sein, sondern konnte entscheiden, was sie nun machen wollte. Das wusste sie zwar noch nicht, aber irgendetwas würde ihr schon einfallen. „Es war meine Entscheidung, die Wohnung zu verkaufen, und ich bereue sie nicht."

Grant holte tief Luft und schaltete prompt in den Job eines Anwalts für Steuerrecht. „Wie viel hast du bekommen? Die Immobilienpreise sind momentan im Keller, sogar für Wohnungen mit dieser Ausstattung und dieser Lage. Wenn ..."

„Der Preis war okay", unterbrach sie ihn belustigt und verschwieg, dass sie nicht gefeilscht oder den Preis in die Höhe getrieben hatte, weil sie einfach nur froh gewesen war, einen Käufer zu haben, der alles so schnell wie möglich über die Bühne bringen wollte.

„Wenn ich dir helfen kann, sag mir Bescheid, Harper."

Sie drehte sich zu ihm um und lehnte sich mit dem Po gegen den Küchenschrank, während sie die Arme unter ihren Brüsten verschränkte. „Du könntest mir tatsächlich helfen. Blair und Jake kommen am Wochenende nach Seattle, um mir beim Kistenschleppen unter die Arme zu greifen. Du bist gerne eingeladen, dich zu uns zu gesellen."

Er schnitt eine Grimasse. „Das würde ich sofort,

aber dein Bruder würde mir bei der Gelegenheit sicherlich das Genick brechen wollen."

Harper dachte daran, dass Jake erst vor zwei Wochen damit gedroht hatte, nach Schottland zu fliegen und Cameron in den Arsch zu treten – nun ja, seine Wortwahl war noch drastischer gewesen, aber bei aller Liebe zu ihrem Bruder, wenn es zum Showdown zwischen ihm und Cameron kommen sollte, würde sie ihr gesamtes Geld auf ihren Mann setzen. Der war nicht nur ein Highlander, sondern besaß zudem beeindruckende Muskelpakete. Eher amüsiert stellte sie daher fest: „Stell dich hinten an."

Offenbar hatte Grant ihren Kommentar falsch verstanden, weil seine Miene sofort reuevoll wirkte. „Ich weiß, wie sehr ich dich verletzt habe, Harper."

Aha, er dachte wirklich, dass er der Grund für ihren Auszug und ihre Auszeit war. Falscher hätte er gar nicht liegen können. „Grant ..."

Mit einem Kopfschütteln unterbrach er sie und senkte wie ein Sünder den Kopf. „Bitte lass mich weiterreden. Mir liegt nämlich auf der Seele, was in Schottland passiert ist."

„Das muss es nicht."

„Doch, ich fühle mich schuldig deswegen, denn mir war schon lange klar, dass wir beide einander nicht glücklich machen konnten. Ich habe nicht das für dich gefühlt, was ein Mann für die Frau empfinden sollte, die er heiraten will. Aber das habe ich verdrängt. Mir gefiel nämlich die Idee, zu heiraten und Ehemann zu sein ... bis sie mir nicht mehr gefiel.“

Während er immer leiser und zögerlicher sprach, bemerkte Harper, dass seine Worte nicht schmerzten. Dass er ihr erklärte, dass sie nicht die Frau seiner Träume war, mit der er alt werden wollte, war ihr einerlei. Es berührte sie nicht einmal. Aber als Cameron ihr erklärt hatte, dass sie nicht aus Liebe geheiratet hatten, sondern aus Lust, hatte es sich angefühlt, als müsste sie jeden Moment sterben.

Schnell schob sie die Erinnerung daran beiseite und holte tief Luft, um sich auf den Mann zu konzentrieren, der ihr vor ein paar Wochen einen exorbitant teuren Verlobungsring an den Finger gesteckt hatte und der jetzt eine Miene machte, als wäre er für die Welthungersnot verantwortlich.

„Du hattest dich in eine Idee verrannt“, erklärte sie daher fast schon pragmatisch. „Das kommt mir bekannt vor.“

„Ich muss mich entschuldigen“, stieß er heiser hervor.

„Nein, *ich* muss mich entschuldigen, Grant.“ Hinter ihr piepste die Kaffeemaschine, jedoch drehte sie sich nicht um, sondern schaute ihm weiterhin ins Gesicht, damit er verstand, wie ernst ihr war, was sie ihm zu sagen hatte. „Mir tut es leid, dass ich dich förmlich dazu genötigt habe, mir einen Antrag zu machen, und dass ich dir keine andere Wahl gelassen habe. Und es tut mir leid, dass ich dir meinen Plan und meine Vorstellungen einer perfekten Hochzeit aufgezwungen habe, ohne mich dafür zu interessieren, ob das auch das war, was du wolltest. Ich bin ganz ehrlich, wir können beide froh sein, dass wir nicht geheiratet haben. Vermutlich wären wir als verheiratetes Ehepaar irgendwann in den Abendnachrichten gelandet, weil einer von uns es nicht mehr ausgehalten und seine eigene Entführung fingiert hätte, um sich nach Mexiko abzusetzen."

Seine Mundwinkel kräuselten sich. „Meinst du?"

„Ich bin mir sogar ziemlich sicher."

„Hm." Grant verschränkte die Arme vor der Brust und sah sich in ihrer Küche um. „Ich habe gehört, dass du im Job eine Auszeit nimmst. Von sechs Monaten war die Rede."

So etwas sprach sich also schnell herum. „Vorerst."

Grant war nicht dumm. „Vorerst? Soll das heißen, dass du gar nicht mehr zurückkommst?"

„Ich weiß es nicht", entgegnete sie ehrlich und drückte auf eine Taste, damit der frische Kaffee in die beiden Tassen einlief. Sie reichte ihm seine Tasse und pustete anschließend über den heißen Kaffee in ihrer eigenen.

„Liegt es daran, dass ich bei *Callahan, Weinstein & Smith* arbeite?"

Sie verdrehte die Augen. „Nein, es liegt nicht an dir. Glaub mir, ich hätte kein Problem damit, mit dir zusammenzuarbeiten und dir vor allen Leuten zu widersprechen, wenn du falschliegst."

„Damit hattest du noch nie ein Problem", stimmte er ihr zu. „Ich glaube, deine rechthaberische Art in Teammeetings werde ich nicht sonderlich vermissen."

Harper hob die Nase in die Höhe und wies ihn zurecht: „Ich bin nicht rechthaberisch, sondern ehrgeizig. Das ist ein Unterschied."

„Ja, Ma'am." Über den Rand der Kaffeetasse sah er sie neugierig an. „Wenn es nicht an mir liegt, warum überlegst du dann, in der Firma aufzuhören? Du warst ganz versessen auf den Posten."

Besessen wäre wohl ein passenderer Begriff. „Mir ist in letzter Zeit einiges klar geworden – zum Beispiel, dass ich zu ehrgeizig einen Plan verfolgt habe, der mich nicht glücklich gemacht hat." Der Ehrlichkeit halber fügte sie hinzu: „Du hast dazugehört."

„Ich? Was habe ich denn gemacht?"

„Eigentlich gar nichts – du warst sozusagen am falschen Ort zur richtigen Zeit. Oder umgekehrt, ich weiß es nicht." Weil die Situation etwas Komisches hatte, erklärte sie ihm belustigt: „Zu meinem Plan gehörte nicht nur eine perfekte Karriere, sondern ein perfekter Ehemann, der mit mir zwei perfekte Kinder bekommen sollte. Du warst der perfekte Anwärter dafür – klug, kultiviert, attraktiv, mit einem großartigen Job ..."

„Wenn du weiter so über mich sprichst, muss ich

mir wohl die Pulsadern aufschneiden." Grant schnitt eine Grimasse. „Ich klinge sterbenslangweilig und wie ein Kandidat der republikanischen Partei!"

Grinsend zuckte sie mit der Schulter. „Du bist schon ganz okay."

„Darf ich dich irgendwann in meiner Autobiografie zitieren?" Er wartete ihre Antwort nicht ab, sondern kam auf das eigentliche Thema zurück zu sprechen. „Was willst du machen, wenn du nicht länger als Finanzberaterin arbeitest?"

Sinnend schaute sie an die Küchendecke und spitzte die Lippen. „Vielleicht schreibe ich ein Buch. Vielleicht eröffne ich in Puerto Rico eine Strandbar. Mal sehen. Ich werde mich einfach treiben lassen."

„Wer sind Sie und was haben Sie mit Harper gemacht?" Er schnalzte mit der Zunge.

Harper verdrehte die Augen. „Du warst schon einmal komischer."

„Was sagt deine Familie zu deinem Vorhaben?"

Was die dazu sagten? Ihren Eltern hatte sie noch keinen reinen Wein eingeschenkt und würde es ihnen erklären, wenn sie ihr Zeug nach Ohio brachte, um es dort für die nächste Zeit zu verstauen, weil sie vorhatte, mit leichtem Gepäck zu reisen. Ihr Bruder hielt sie schlichtweg für verrückt und bot sich vermehrt an, Cameron den Kopf abzureißen, weil er ihn für den Schuldigen hielt. Und Blair war diejenige, die sie verstand und gebeten hatte, ihr von überall Postkarten zu schicken.

„Sagen wir einfach, dass sie meine Entscheidung akzeptiert haben."

„Du hast ihnen vermutlich keine andere Wahl gelassen."

Sie nickte und nahm einen Schluck Kaffee.

Grant räusperte sich und wirkte mit einem Mal so, als würde er sich innerlich winden. „Harper, ich muss noch eine andere Sache mit dir besprechen."

„Die da wäre?" Interessiert musterte sie ihn und bemerkte seine plötzliche Nervosität.

Etwas zuckte in seinem Gesicht. „Ich habe jemanden kennengelernt."

„Aha?"

„Ja." Er stellte seine Tasse auf der Kücheninsel ab. „Ich weiß, dass es sich nicht gehört, so kurz nach einer Trennung loszuziehen und jemand anderen kennenzulernen, aber es ist nun einmal passiert und ..."

„Willst du etwa meinen Segen?", platzte sie erstaunt und amüsiert zugleich heraus.

Grant runzelte die Stirn. „Ich habe noch keinen Verlobungsring gekauft, wenn es das ist, was du wissen willst. Aber ich glaube, dass ich verliebt bin."

Beinahe hätte sie vor Vergnügen geprustet. „Du *glaubst*, dass du verliebt bist?"

„Wir kennen uns schließlich erst seit einem Monat", wehrte er ab.

Was würde er wohl dazu sagen, dass sie nur vierundzwanzig Stunden nach ihrer Trennung einen anderen Mann geheiratet hatte?

„Ein Monat ist ziemlich lang. Da solltest du wissen, ob du verliebt bist."

Er holte tief Luft. „Es ist schwierig. Sie ist so unberechenbar und ..."

„Sie?"

Ihr Exverlobter richtete sich zu seiner vollen Größe auf und kniff die Augen zusammen. „Denkst du, ich wäre plötzlich schwul geworden?"

Grinsend wackelte sie mit den Augenbrauen. Nein, das glaubte sie nicht. Grant war so wenig schwul, wie Lady Gaga prüde war, aber es machte verdammt viel Spaß, ihn zu foppen. „Wer weiß? Man hört ständig von Männern in den Dreißigern, die urplötzlich die Vorliebe fürs eigene Geschlecht entwickeln. Also meinen Segen hast du."

„Du warst schon einmal komischer." Er verzog den Mund. „Ich stehe immer noch auf Frauen. Du hast mich nicht zu Männern getrieben, keine Sorge."

Harper gluckste. „Da bin ich aber froh." Sie verzog kritisch den Mund. „Wenn du frisch verliebt bist, verstehe ich nicht, weshalb du nicht vor Glück strahlst. Oder erwidert sie deine Gefühle nicht?"

Sie konnte sich täuschen, aber Grant brach plötzlich den Augenkontakt zu ihr ab und wirkte verunsichert. „Ich denke, sie ... Nein, ich *weiß*, dass sie meine Gefühle erwidert, aber ... es ist kompliziert."

Von komplizierten Liebesdingen war sie mittlerweile Expertin. „Und was ist dann das Problem?"

Wieder schien er nicht zu wissen, was er sagen sollte. „Ich war nicht immer besonders ... ehrlich zu ihr und ... es gibt einen Punkt, über den ... wir uns nicht einig sind. Sie ist sehr stur ... und loyal."

In Harpers Ohren klang das furchtbar mysteriös, aber sie wollte sich keine Gedanken um das Liebesleben ihres Ex machen, während ihr eigenes in Scherben lag. Aber eines war sicher: „Ehrlichkeit ist wichtig, Grant."

„Ich weiß. Deshalb bin ich ja auch hier." Er schluckte und holte tief Luft. „Und zwar ist ..."

Harper unterbrach ihn seufzend. „Hör mal. Es ist wahnsinnig rücksichtsvoll von dir, dass du extra hergekommen bist, um mir zu erzählen, dass du dich verliebt hast, aber du musst deswegen kein schlechtes Gewissen haben, Grant. Ganz im Gegenteil." Leichthin fuhr sie fort: „Nur ein paar Stunden nachdem du Schluss gemacht hast, habe ich einen anderen Mann kennengelernt, mich Hals über Kopf in ihn verliebt und ihn geheiratet."

„Was?" Er sah sie an, als spräche sie Suaheli. „*Was*?!"

Seufzend wiederholte sie: „Nur ein paar Stunden nachdem du ..."

„Das habe ich schon verstanden!“ Fassungslos starrte er sie an. „Du hast geheiratet?“

„Ja, ich habe geheiratet.“

Grant war sprachlos. Ganz eindeutig. Er musterte sie mit einem Gesichtsausdruck, der wohl zu bedeuten hatte, dass er sie für verrückt hielt, bis sein Blick zu ihrer linken Hand glitt. „Und wo ist dein Ring?“

Sie konnte ihm nicht sagen, dass es nie einen Ring gegeben hatte, weil ihre Hochzeit so improvisiert gewesen war, dass sie in einem Pub getraut worden waren. „Das ist eine lange Geschichte.“

„Komischerweise habe ich heute noch nichts anderes vor.“

Grimmig runzelte sie die Stirn und wollte ihm gerade antworten, dass sie noch einiges zu tun hatte, als es an der Tür klingelte. „Das wird der Postbote sein“, verriet sie ihrem Exverlobten und verließ die Küche, um die Wohnungstür zu öffnen. „Du kannst mit ihm zusammen den Aufzug nach unten nehmen. Ich will dich nicht länger aufhalten.“

Grant schnaubte. „Keine Chance, Harper. Ich glaube, ich bleibe heute hier und helfe dir beim Packen, während du mir diese lange Geschichte erzählen kannst.“

Das hatte ihr gerade noch gefehlt!

Während sie sich überlegte, wie sie Grant loswerden konnte, öffnete sie die Tür und hätte sich diese beinahe vor Schreck gegen den Kopf geschlagen.

Niemand Geringeres als Cameron stand vor ihr, hielt einen Blumenstrauß in der Hand und lächelte sie an – als sei nie etwas passiert.

Sein Anblick verschlug ihr die Sprache.

„Hallo, Harper."

Sie blinzelte. Und tat das einzig Richtige in dieser Situation.

Kommentarlos schlug sie ihm die Tür vor der Nase zu.

KAPITEL 20

Cameron hatte damit gerechnet, dass Harper wütend auf ihn sein würde.

Womit er nicht gerechnet hatte, war, dass sie ihm die Tür vor der Nase zuschlagen würde, bevor er auch nur in der Lage gewesen war, sich bei ihr zu entschuldigen. Doch genau das hatte sie getan, und er stand mit einem riesigen Strauß Blumen wie der letzte Vollidiot vor ihrer Wohnungstür, während er sich fragte, wer der dunkelhaarige Kerl gewesen war, den er hinter Harper entdeckt hatte, und warum ihm bei Harpers Anblick vor Erleichterung fast schwindelig geworden war.

Wie sehr er sie vermisst hatte, war ihm erst in dem Augenblick bewusst geworden, als sie vor ihm gestanden hatte – mit ihren riesigen blauen Augen und dem blonden Haar, das unter einem Tuch verschwunden war. Cameron hätte sie am liebsten an sich gezogen und seine Nase in der winzigen Mulde zwischen Hals und Schlüsselbein vergraben, die so gut duftete. Aber wie es schien, würde Harper ihn nicht einmal ansatzweise so nah an sich heranlassen.

Unentschlossen betrachtete er die Wohnungstür vor sich.

Sollte er noch einmal klingeln? Oder sollte er seine Entschuldigung lieber durch die Tür brüllen, auch wenn er dann Gefahr lief, von einem anderen Hausbewohner bei der Polizei wegen Ruhestörung angezeigt zu werden?

Bevor er zu einer Entscheidung kam, hörte er Geräusche von innen und verfolgte, wie die Tür aufging und der dunkelhaarige Mann kopfschüttelnd heraustrat. Hinter ihm flog die Tür mit einem unheilverkündenden Laut ins Schloss, ohne dass Cameron einen Blick hinein hätte werfen können. Wie bestellt und nicht abgeholt stand er noch immer vor der Tür und hielt die Blumen in seiner Hand. Der andere Mann sah ihn neugierig an.

„O Mann, ich weiß ja nicht, was Sie ausgefressen haben, aber so wütend habe ich sie noch nie erlebt! Nicht einmal damals, als ein Kunde lieber von einem männlichen Kollegen beraten werden wollte oder als Harpers favorisierter Hochzeitsfotograf wegen Terminschwierigkeiten abgesagt hat."

Argwöhnisch runzelte Cameron die Stirn. Er

wusste nicht, ob ihm gefiel, was er hörte. „Und Sie sind?“

„Grant.“ Geradezu fröhlich streckte der andere Mann ihm seine Hand hin. „Der Mann, der Ihre Frau eigentlich heiraten wollte und dann gekniffen hat. Schön, Sie kennenzulernen.“

Cameron teilte die Begeisterung des anderen Mannes nicht und ergriff die ihm dargebotene Hand eher widerwillig. Das war also der Mann, der Harper zwei Tage vor der Hochzeit verlassen hatte? Er hatte ihn sich anders vorgestellt. Irgendwie verschlagener und weniger sympathisch. Und bedeutend kleiner. Jetzt stand ihm ein gut aussehender und umgänglicher Zeitgenosse gegenüber, der in Harpers Wohnung gestanden hatte und zudem gut gelaunt war.

Innerlich begann Cameron zu brodeln.

„Und weshalb genau waren Sie bei meiner Frau?“

Der andere Mann war von Camerons düsterer Stimme keinesfalls eingeschüchtert. „Ich wollte nach ihr sehen und etwas mit ihr besprechen. Hätte ich gewusst, dass sie verheiratet ist, hätte ich …“

„Hätten Sie sich dann die Mühe nicht gemacht?“, wollte er angriffslustig wissen.

„Nein, ich hätte Popcorn mitgebracht.“ Amüsiert schob Grant die Hände in seine Jackentaschen. „Nehmen Sie es mir nicht übel, aber ich würde mein letztes Geld auf Harper verwetten, wenn Sie beide gegeneinander antreten.“

Das würde er vermutlich auch tun.

Cameron spürte, dass von Harpers Exverlobten keine Gefahr ausging, und entspannte sich ein wenig. „Ich will nicht gegen sie antreten. Ich will mich bei ihr entschuldigen."

„Tja, ich weiß zwar nicht, was Sie ausgefressen haben, aber so wütend wie Harper war, werden die Blumen allein nicht reichen."

„Sprechen Sie aus Erfahrung?"

„Nicht, was Harper betrifft." Er schnitt eine Grimasse. „Tut mir leid, aber ich fürchte, ich kann Ihnen nicht weiterhelfen."

„Schon gut." Cameron seufzte schwer, räusperte sich und rief laut und deutlich in Richtung Tür: „Dann warte ich eben so lange, bis sie mir entweder die Tür aufmacht oder bis ihr die Vorräte ausgehen."

Er konnte sich auch täuschen, aber es hörte sich an, als würde jemand hinter der geschlossenen Wohnungstür abfällig schnauben.

„Viel Glück", riet ihm der andere Mann und verschwand gleich darauf im Fahrstuhl.

In der Wohnung rührte sie nichts, also beschloss Cameron nach ungefähr einer halben Stunde, sich vor die Tür zu setzen.

Nach einem langen und anstrengenden Flug war er ziemlich erschöpft. Zuerst war er von Glasgow nach Reykjavik geflogen und hatte die wohl holprigste Landung aller Zeiten hinter sich gebracht, bevor er acht Stunden neben einem Australier gesessen hatte, der ebenfalls nach Seattle geflogen war und Cameron nicht nur seine gesamte Lebensgeschichte erzählt, sondern dabei auch rund ein Dutzend Bierdosen getrunken hatte. Das zusammen mit dem Teenager in der Reihe hinter ihm, der im Takt seiner Musik rhythmisch gegen Camerons Sitz getreten hatte, hatte nicht dazu beigetragen, dass er sich hätte entspannen können.

Und dann war da auch noch die Frage gewesen, wie er Harper dazu bringen konnte, ihm zu verzeihen.

Besonders gut waren seine Karten nicht, denn sie machte keine Anstalten, ihm die Tür zu öffnen.

Zwischendurch hatte er an die Tür geklopft, aber sie hatte nicht einmal reagiert. Immer wieder schaute er auf seine Uhr und stellte irgendwann fest, dass er bereits geschlagene drei Stunden hier saß und wartete. Mittlerweile musste sie den Fernseher angestellt haben, weil er Geräusche von innen wahrnahm, die verdächtig nach einer Verfolgungsjagd klangen. Er lächelte, weil er sich an die Abende erinnerte, die sie zusammen auf der Couch in seinem Cottage verbracht hatten, um Filme zu schauen. Sie hatte ein deutliches Faible für Actionstreifen, konnte blutrünstige Filme mit Aliens jedoch nicht leiden, wofür er wiederum schwärmte.

Als der *Ping* des Aufzugs ertönte, sah Cameron auf und entdeckte eine ältere Dame, die mitten im Schritt verharrte, als sie ihn sah, wie er vor Harpers Wohnungstür saß und einen Blumenstrauß im Schoß liegen hatte. Irritiert verzog sie den Mund und trat mit ihren Einkäufen aus dem Aufzug heraus.

„Hallo?“

Er nickte ihr höflich zu. „Guten Tag, Ma’am.“

„Guten Tag. Darf ich fragen, was Sie hier machen?“

„Ich warte auf Miss Kincaid.“ Ihr zu sagen, dass Miss Kincaid eigentlich Mrs. MacAlister hieß, hätte die alte Dame vermutlich völlig aus dem Konzept gebracht.

„Aha.“

Angesichts der beiden Einkaufstaschen erhob er sich und streckte fragend die Hände aus. „Darf ich Ihnen bei Ihren Einkäufen behilflich sein?“

„Das wäre sehr nett, junger Mann.“

Also trug er die beiden Einkaufstaschen in ihre Wohnung, erfuhr, dass sie Mrs. Carmichael hieß und seit dreißig Jahren in Seattle lebte, und schlug das Angebot nach einer Tasse Kaffee aus, weil er nicht wusste, wie lange er hier noch auf Harper warten musste, und nicht in die Verlegenheit kommen wollte, dringend pinkeln zu müssen, aber kein Klo in der Nähe zu haben. Bevor sie ihn aus der Wohnung ließ, hatte er sich ein paar Fotos ihrer Enkelkinder angesehen und versprochen, wiederzukommen, wenn Mrs. Carmichael das nächste Mal ihren Apfelkuchen backte.

Mehr als erleichtert verließ er wieder ihre

Wohnung und schloss eilig die Tür, bevor sie auf die Idee kam, dass heute ein guter Tag für einen Apfelkuchen wäre.

Sobald er aufblickte, sah er Harper in ihrer Wohnungstür stehen und den Blumenstrauß in der Hand halten.

„Hat sie dich auf ein Stück Apfelkuchen eingeladen?"

Cameron schluckte schwer, denn Harper sah in den zerbeulten Jogginghosen und dem alten T-Shirt so wunderschön aus, dass sein Herz wie wild zu schlagen begann. „Beim nächsten Mal. Aber ich durfte mir ein paar Fotos ihrer Enkelkinder ansehen."

Sie nickte ernst.

Keiner von ihnen sagte etwas, während Harper ihn unschlüssig musterte und nachzudenken schien. Die Sekunden tickten dahin, bis sie seufzte und eher resigniert als begeistert fragte: „Willst du reinkommen?"

Das brauchte sie ihn nicht zweimal zu fragen, schließlich befürchtete er, dass sie ihre Meinung ändern könnte, wenn er nicht schnell genug reagierte.

Beinahe wäre er über seine eigenen Füße gestolpert, als er ihr folgte und ihre Wohnung betrat.

Das Erste, was er sah, waren Umzugskartons, die überall in der Wohnung verstreut herumstanden. Das Zweite war ein Bilderrahmen, der dekorativ auf dem kleinen Tischchen im Flur stand und den er in die Hand nahm, um sich das Foto anzusehen.

Er sah vier junge Frauen in kurzen Kleidern, die nebeneinanderstanden, in die Kamera lachten und viel Spaß zu haben schienen. Natürlich hatte er Harper sofort erkannt, obwohl ihre Wangen auf dem Foto deutlich runder waren. Cameron musste lächeln, weil man sehen konnte, dass sie einen Schwips hatte – dafür sprachen ihr sichtlich gerötetes Gesicht und die strahlenden Augen. Damals hatte sie ein luftiges Sommerkleid getragen, während ihr blondes Haar völlig zerzaust gewesen war. Er hatte selten etwas Liebreizenderes gesehen.

„Das wurde auf Lucys einundzwanzigstem Geburtstag gemacht." Plötzlich stand sie neben ihm. Die Blumen musste sie bereits in die Küche gebracht haben. Harper nahm ihm den Bilderrahmen aus der Hand. „Sie war die Letzte von uns, die einundzwanzig wurde, also haben wir unser Geld zusammengekratzt und sind nach Florida gefahren, wo wir uns eine Mietwohnung ein paar Straßen vom Strand entfernt genommen haben. In meinem ganzen Leben habe ich nicht so sehr kotzen müssen wie in diesem Urlaub."

„Zu viel Alkohol?"

„Ich tippe auf schlechtes Essen, aber Alkohol gab es auch reichlich, deshalb kann ich das nicht so genau sagen."

Er schaute auf ihren Scheitel hinab und wollte einfach nur neben ihr stehen und zuhören, wie sie redete. Solange sie mit ihm redete, war ihm alles andere egal.

„Blair habe ich erkannt“, murmelte er in der Hoffnung, sie dazu zu bringen, neben ihm stehen zu bleiben. „Wer sind die anderen beiden?“

„Mac und Lucy.“ Sie tippte zuerst auf eine Dunkelhaarige mit einem gewagten Minikleid und anschließend auf eine rothaarige Elfe, die eine Plastikkrone auf dem Kopf trug und beinahe verschämt in die Kamera lachte. „Wir kennen uns vom College und sind noch immer befreundet.“

„Mh.“

Harper stellte den Bilderrahmen wieder auf das Tischchen und machte einen Schritt zurück, was augenblicklich Distanz zwischen ihnen schuf. Seine Schultern sackten nach unten, weil er das nicht wollte – keine Distanz. Er wollte ihre Nähe spüren, sie dicht neben sich haben und ihren süßen Duft riechen, während seine Fingerspitzen kribbelten, weil sie es nicht erwarten konnten, sie zu berühren.

Die Leichtigkeit, die noch vor wenigen Sekunden da gewesen war, verschwand, während sie ihn mit Misstrauen im Blick ansah. „Du hättest auch anrufen können, wenn du nachfragen wolltest, ob ich schon beim Anwalt war, um eine Annullierung zu beantragen, Cameron.“

Ihr Kommentar versetzte ihm einen Stich.

„Hätte ich Blumen mitgebracht, wenn ich eine Annullierung wollte?", fragte er ruhig.

Sie zuckte mit den Schultern. „Woher soll ich das wissen?"

„Warst du denn schon beim Anwalt?"

Stirnrunzelnd sah sie beiseite. „Noch nicht. Ich hatte zu viel zu tun."

„Mit einem Umzug?"

„So ungefähr", erwiderte sie wenig auskunftswillig.

Cameron hielt es nicht länger aus, vor ihr zu stehen, sie jedoch nicht zu berühren, also umfasste er mit beiden Händen ihre Oberarme und trat dicht vor sie. Ihr tiefes Luftholen ignorierte er. „Harper, ich will nicht, dass du zu einem Anwalt gehst. Ich will, dass wir verheiratet bleiben. Du bist meine Frau, und ich liebe dich."

Wenn er geglaubt hatte, sie damit zu beeindrucken, hatte er sich getäuscht. Harper schaute ihn völlig ausdruckslos an.

„Bist du sicher, dass es Liebe ist? Vielleicht verwechselst du sie mit Lust. Das passiert uns allen. Ständig!"

Cameron zuckte zusammen. „Du weißt, dass ich es nicht so gemeint habe ..."

„Nein, das weiß ich nicht." Sie schob seine Hände beiseite und ging zwei Schritte zurück, während sie abwehrend die Arme vor der Brust verschränkte. „Weißt du, was ich weiß, Cameron? Ich weiß, dass ich für dich da sein wollte, aber dass du mich weggestoßen und mir dann auch noch absichtlich wehgetan hast. Das habe ich nicht verdient."

Panik machte sich in ihm breit. „Lass es mich wiedergutmachen."

„Wie willst du es denn wiedergutmachen? Indem du zwei Wochen später mit Blumen bei mir auf der Matte stehst?" Sie schüttelte den Kopf. „Das ändert nichts an der Situation und auch nichts an unseren Problemen."

Wenn sie ihn wenigstens angebrüllt hätte, wäre er jetzt nicht bei jedem Wort aus ihrem Mund panisch geworden. Ihre Ruhe und Entschlossenheit machten ihm Angst.

„Harper, ich war ein Idiot und habe Sachen gesagt, die ich nicht gemeint habe – Sachen, die so abscheulich waren, dass ich wusste, du würdest mich verlassen."

„Eben! Du hast es mit Absicht gemacht!"

„Ja, aber ..."

„Vielleicht solltest du lieber gehen. Da vorne ist die Tür." Sie drehte sich auf dem Absatz um und lief in ein anderes Zimmer.

Cameron dachte gar nicht daran, ihre Wohnung zu verlassen!

Er schloss für einen kurzen Moment die Augen, atmete tief durch und ballte die Hände zu Fäusten. Wenn er nicht endlich die Kurve bekam, würde Harper ihm nie verzeihen.

Als er ihr folgte, sah er sie auf dem Boden ihres

Wohnzimmers sitzen und Bücher in ein paar Kartons packen. Sie war in Aufbruchsstimmung. Dafür sprachen die kahlen Wände und die leeren Regale sowie eine fehlende Sitzmöglichkeit im gesamten Raum. Cameron nahm stark an, dass auf dem einsamen Teppich gleich vor dem Kamin noch vor Kurzem ein Sofa gestanden hatte, das nun fehlte. Die Tatsache, dass Harper im Begriff war, aus ihrer Wohnung zu ziehen, verunsicherte ihn ein wenig, denn er glaubte nicht, dass sie mit dem Gedanken spielte, zu ihm nach Schottland zu ziehen.

„Du bist ja noch da." Harper sah nicht einmal auf.

„Ja, und ich bleibe so lange hier, bis wir geredet haben."

Sie schloss einen der Kartons und klebte ihn zu. „Das würde ich mir an deiner Stelle gut überlegen. In ein paar Tagen ziehen die neuen Besitzer ein und werden von einem schottischen Mitbewohner, der ihre Wohnung besetzt hält, bestimmt nicht sehr begeistert sein."

„Du hast deine Wohnung verkauft?"

„Ja."

„Und was hast du jetzt vor?"

„Du meinst abgesehen von der Tatsache, dich hier rauszubekommen?" Sie schaute kurz zu ihm auf. „Ich bringe meine Sachen zu meinen Eltern und schaue mir anschließend ein paar Orte an, die ich schon immer einmal sehen wollte."

Verwundert blinzelte er. „Hast du eine neue Liste?"

Ihre Miene wurde finster. „Von Listen und Plänen habe ich genug. Wie du weißt, bin ich bei den letzten Malen auf der Nase gelandet, wenn ich mich nach meinen Listen gerichtet habe."

Das war ein Tiefschlag, denn er hatte ein paar sehr schöne Erinnerungen an Harpers letzte To-do-Liste. „Ich habe noch deine alte Liste. Wenn du sie haben willst ..."

„Wirf sie meinetwegen weg." Das klang verdammt endgültig.

Cameron überlegte, was er sagen konnte, um sie ein wenig aus der Reserve zu locken. „Max vermisst dich."

Sie zögerte und hielt damit inne, Bücher in den nächsten Karton zu packen. Stattdessen sah sie zu ihm auf. „Das ist nicht fair", warf sie ihm mit belegter Stimme vor.

Fair zu spielen, brachte ihm seine Ehefrau anscheinend nicht zurück, also musste er an ihr Herz appellieren – und das ging am besten mit einem fiependen, nach seinem Wurfspielzeug süchtigen Border Collie. „Auch jetzt noch sucht er das ganze Haus nach dir ab und setzt sich neben deine Bettkante, um nach dir Ausschau zu halten."

An ihrem Hals konnte er sehen, dass sie schluckte.

„Seit du weg bist, ist er nicht mehr er selbst. Er rührt sein Futter nicht mehr an, kann nicht mehr schlafen, denkt ständig an dich und fragt sich, warum er so ein Idiot war und dir nie gesagt hat, dass du die Liebe seines Lebens bist." Natürlich sprach er von sich selbst, und Harper schien es zu ahnen, weil sie ihn musterte, als wolle sie herausfinden, ob er auch wirklich meinte, was er sagte. „Du fehlst ihm. Sehr."

Ihr Kinn bebte, als sie leise erwiderte: „Er fehlt mir auch. Sehr. Aber er hat mir auch sehr wehgetan und mich verletzt. Ich weiß nicht, ob ich ihm das verzeihen kann."

Cameron hockte sich vor sie hin und nahm ihre Hand in seine. Dass sie diese nicht sofort zurückzog, sah er als ein gutes Zeichen an.

„Es tut mir leid, Liebling. Ich wollte dir nie wehtun. Irgendwie war ich nicht ich selbst." Er seufzte schwer. „Du hattest mit allem recht – ich habe nicht mit dir geredet und habe mich verschlossen. Das hätte ich nie tun dürfen. Aber ..." Er stockte kurz.

Neugierig blickte sie ihn an, sagte jedoch nichts.

Dass sie ihm die Chance gab, ihr alles zu erklären, erleichterte ihn. Also drückte er ihre Hand und fuhr fort: „Ich hatte die Hosen gestrichen voll, was du wohl über mich denken würdest, wenn du die ganze Geschichte erfährst. Außerdem hatte ich mich schon so sehr daran gewöhnt, allein zu sein und alles für mich zu behalten, dass es zur Normalität geworden war."

„Was ist denn die ganze Geschichte?", wollte sie mit einem Flüstern wissen.

„Nun." Er verzog kurz den Mund. „Die ganze Wahrheit ist, dass meine Familie ziemlich kaputt ist – mein Vater hat meine Mutter nur wegen ihres guten Stammbaums geheiratet und sie nie geliebt. Mich auch nicht. Ich war nur der Stammhalter, der es ihm nie recht machen konnte und nie gut genug war. Früher habe ich noch rebelliert und wollte gleichzeitig mehr als alles andere, dass mein Vater stolz auf mich war. Ich habe Medizin studiert und dachte wirklich, dass er stolz auf mich sein könnte, wenn ich als Arzt praktiziere. Als ich ihm erzählte, dass ich den Sommer über für Ärzte ohne Grenzen nach Somalia gehen würde, war er empört und wütend." Bei der Erinnerung an jenes Gespräch drehte sich ihm noch immer der Magen um. „Er sagte, dass ich kein Recht hätte, mein Leben aufs Spiel zu setzen, schließlich sei ich sein Erbe. Mit anderen Worten machte er sich Sorgen darum, wer den Titel erben könnte, wenn mir etwas passierte – ich selbst war völlig egal. Ich war ihm egal."

Harper drückte tröstend seine Hand.

„Aber ich ging nach Somalia und kam drei Monate später zurück nach Hause. Ich hatte dort so viel Armut und Hunger gesehen, dass ich mit dem Reichtum bei uns nicht mehr klarkam. Damals wohnte ich noch in London und brauchte Abstand zu dem Schickimicki-Leben um mich herum. Zur gleichen Zeit fand ich heraus, dass mein Vater seit über zwanzig Jahren eine Geliebte hatte, mit der er drei Kinder bekommen hatte."

Harper holte erschrocken Luft.

„Dann wurde auch noch meine Mutter krank. Ich packte also meinen Kram und kaufte das Cottage." Cameron forschte in ihren Augen. „Bis dahin hatte ich vom Geld meiner Familie gelebt, aber als ich das Cottage gekauft habe, habe ich es mit dem Geld bezahlt, das ich als Arzt verdient hatte. Das war mir wichtig. Auf meinen Namen läuft noch immer ein Fonds, den ich von meinem Großvater mütterlicherseits geerbt habe, als ich ein Teenager war."

Harper antwortete nicht sofort, sondern fragte nach ein paar Momenten: „Warum erzählst du mir das von deinem Fonds?"

Ebenso ruhig wie sie entgegnete er: „Weil du meine Frau bist und wissen solltest, wer dein Mann ist. Und weil du ein Recht hast, alles über meine Finanzen zu wissen. Du sollst alles wissen, was du willst, Harper."

Er konnte sehen, wie sie mit sich rang. Langsam streichelte sein Daumen über ihre Hand und fand eine winzige Verletzung, über die sie ein Pflaster geklebt hatte. Am liebsten hätte er einen Kuss auf die Stelle gedrückt.

„Unsere Hochzeit war kein Witz, Harper, und ich habe dich auch nicht geheiratet, weil ich mit dir schlafen wollte."

„Sondern?"

Ihre heisere Stimme machte ihm Mut. „Weil ich fasziniert von dir war und weil ich dich lachen hören wollte. Und weil ich mich in deiner Nähe nicht mehr einsam fühlte, sondern glücklich. Ich liebe es, dass du ehrgeizig bist und dass du gerne das Zepter in die Hand nimmst. Ich liebe es, dass du über dich selbst lachen und einfach loslassen kannst, auch wenn du stur wie ein Esel bist. Und am meisten liebe ich es, wie einfühlsam du bist und wie geborgen ich mich fühle, wenn du bei mir bist und einfach nur meine Hand hältst."

Nach dieser Liebeserklärung wartete er auf ihre Reaktion, die kam jedoch nicht sofort.

Stattdessen starrte sie nachdenklich auf ihre beiden Hände, die sich mittlerweile ineinander verwoben hatten. Cameron wurde das Herz schwer, als sie nichts sagte, sondern den Kopf weiter gesenkt hielt.

Gerade als er dachte, dass es endgültig vorbei war, hob sie den Kopf und sah ihn zögernd an. „Mein erstes Reiseziel ist Brasilien. Warst du schon einmal dort?"

Mit einem Krächzen erwiderte er: „Nein, aber es soll sehr schön dort sein."

„Mh." Sie lächelte zittrig. „Ich weiß zwar nicht, wie dein Plan aussieht, aber vielleicht hast du ja Lust, mich zu begleiten."

Cameron merkte, wie seine Kehle eng wurde und wie sein Herz in einem Rhythmus zu schlagen begann, der alle Geschwindigkeitsrekorde brechen könnte. Dazu kam das schwindelerregende Gefühl der Erleichterung. Er ließ sich auf die Knie sinken und umfasste ihr Gesicht mit beiden Händen.

„Alle meine Pläne drehen sich um dich. Wenn du mich lässt, komme ich überallhin mit."

Ihre Augen strahlten ihn voller Wärme an. „Versprochen?"

„Versprochen." Zärtlich küsste er sie auf den Mund. „Ich habe meine Badehose nicht dabei, aber ich glaube, ich schulde dir sowieso noch ein Nacktbad."

Glucksend nickte sie. „Stimmt. Gut, dass du dich daran erinnerst."

„Brasilien eignet sich dafür sicherlich besser als Schottland."

„Schottland ist aber auch nicht schlecht", warf sie leise ein und legte ihre Hand über seine, bevor sie ihr Gesicht an seines schmiegte. „Ich liebe Schottland und seine Einwohner."

„Tust du das?"

„Zumindest einen." Sie lächelte ihn an. „Und seinen Hund."

Cameron lachte leise auf. Er hatte gewusst, dass Max ihm den Hintern retten würde.

EPILOG

Harpers To-do-Liste:

~~Ins Auto steigen und einfach losfahren~~

~~Spontan sein~~

~~Den perfekten ersten Kuss bekommen~~

~~Heißen, wilden Sex haben~~

~~Unterm Sternenhimmel schlafen~~

~~Einmal in einem Schloss übernachten~~

~~Die große Liebe finden~~

~~Sie festhalten und glücklich werden~~

Es war ein erheiterndes Gefühl, in ihrem alten Kinderzimmer zusammen mit ihrem Mann im Bett zu liegen und auf die Poster zu starren, die an der gegenüberliegenden Wand hingen, während sie den Kopf auf

Camerons Brust gebettet hatte und unter ihrer Handfläche seinen Herzschlag spüren konnte. Seit sie damals ausgezogen war, um ans College zu gehen, hatte ihre Mom das Zimmer gelassen, wie es war. Und das bedeutete, dass sie jetzt mit Cameron schon die vierte Nacht in Folge in ihrem mädchenhaften Bett samt blumenbedruckter Bettwäsche schlief, auf die Poster aus ihrer Jugendzeit schaute und von einer Horde plüschgesichtiger Einhörner und Katzenbabys beobachtet wurde, wenn sie ein paar Dinge mit ihrem Ehemann anstellte, von denen sie als Teenager nicht einmal gehört hatte.

Und das natürlich im Flüsterton, weil ihre Eltern am anderen Ende des Flurs schliefen.

Anders als Jake und Blair hätte Harper nämlich ein Problem damit, ihren Eltern morgens beim Frühstück ins Gesicht zu sehen, wenn sie nachts mit angehört hätten, was im Zimmer ihrer Tochter vorgegangen war.

„Herr der Ringe?“ Auch Cameron musste gerade die Poster betrachtet haben, die durch den schwachen Schein der Nachttischlampe beleuchtet wurden. „Warst du als Teenager ein Nerd?“

„Natürlich“, log sie belustigt und verdrehte die Augen. „Während andere nur zu Halloween als Frodo Beutlin verkleidet waren, habe ich das Kostüm das ganze Jahr über getragen.“

Als Cameron schnaubte, pustete er gegen ihr Haar.

„Heißt das, dass du dir auch künstliche Haare auf die Zehen geklebt hast, Liebling? Das hätte ich zu gerne gesehen. Ich mochte Gimli – der hatte frappierende Ähnlichkeiten mit meinem Lateinlehrer, auch wenn er sicherlich eine bessere Körperhygiene besaß."

„Gimli oder dein Lateinlehrer?"

„Kein Kommentar", antwortete ihr Mann glucksend und streichelte mit seiner Hand gedankenverloren über ihren Rücken.

Er wirkte zufrieden – und das nicht nur, weil sie heute in freigiebiger Stimmung gewesen war. Bereits während der letzten Tage hatte Cameron zufrieden gewirkt – und bedeutend gelassener als beim Kennenlernen mit ihren Eltern. Die letzten Tage waren unglaublich entspannend verlaufen. Er hatte sich von ihr ihre Heimatstadt zeigen lassen, war mit ihrem Dad fast einen ganzen Tag beim Angeln gewesen und hatte zusammen mit ihrer Mom ein Abendessen gekocht, das sie alle vier verspeist hatten.

Harper konnte gar nicht ausdrücken, wie erleichtert sie darüber war, dass er sich mit ihren Eltern so gut verstand. Vor allem mit ihrem Dad. Nach dem ersten Treffen, das eher unerfreulich geendet hatte, war der zweite Anlauf umso erfreulicher verlaufen. Vielleicht lag es auch daran, dass Cameron entspannter war und nicht mehr glaubte, etwas verbergen zu müssen.

Das gleiche Verhalten hatte sie schon an ihm

bemerkt, als Blair und Jake nach Seattle gekommen waren, um ihr beim Umzug zu helfen. Das Aufeinandertreffen der beiden Männer hätte schnell zu einem Drama führen können, weil Jake noch ein paar Tage zuvor am Telefon Drohungen gegen Cameron ausgestoßen hatte. Glücklicherweise war nichts dergleichen geschehen. Zu viert hatten sie Harpers Wohnung ausgeräumt und waren abends essen gegangen. Jake war Cameron gegenüber zwar anfangs skeptisch gewesen und hatte nicht verhehlt, dass er ihm am liebsten noch immer in den Hintern treten wollte, aber das hatte sich irgendwann gelegt. Tatsächlich glaubte Harper, dass ihr Bruder seinen Schwager gut leiden konnte, auch wenn es ihm sichtbar ein Dorn im Auge war, wie sehr Blair für Camerons schottischen Akzent schwärmte.

Und die hatte ihren Mann durchgehend damit gefoppt, wie sexy sie Männer mit Akzent fand.

Harpers Bruder war im Grunde seines Herzens ein eifersüchtiger Mann.

Das brachte sie auf eine Idee. Sie wollte testen, ob auch Cameron zur Eifersucht neigte. Also schwärmte Harper mit einem tiefen Seufzer: „Am liebsten hatte ich Aragorn. Der war ziemlich sexy."

„Sexy?" Augenblicklich hob Cameron den Kopf. Seine Stimme war lediglich ein Grollen. „Du fandest ihn sexy?"

Ihr Grinsen versteckte sie an seiner Schulter und

stöhnte gleichzeitig wohlig auf. „Und wie! Die langen Haare, der durchdringende Blick und nicht zu vergessen die Art und Weise, wie er mit seinem Schwert gekämpft hat. Ich glaube, ich habe die Filme nur deshalb so oft gesehen, weil Aragorn mitgespielt hat. Das war mal ein richtiger Mann."

Camerons Schnauben war fast schon ein Grunzen. „Du musst nicht glauben, dass ich nicht bemerke, was du hier versuchst."

„Was versuche ich denn?", wollte sie unschuldig von ihm wissen.

„Du versuchst, mich eifersüchtig zu machen, indem du von einem anderen Mann schwärmst." Seine Fingerspitzen kreisten über ihre Haut. „Muss ich mir jetzt auch lange Haare wachsen lassen und mich im Schwertkampf üben?"

Sein Schmunzeln fand sie hinreißend.

„Du bist ein Highlander", wies sie ihn hin. „Sind da lange Haare und Schwertkampfkünste nicht Pflicht?"

„Nicht in meinem Clan."

„Schade." Sie schmiegte sich an ihn. „Dafür kannst du Socken stricken, was auch nicht das Schlechteste ist."

„Und ich sehe nackt einfach großartig aus."

Fast hätte Harper laut gelacht, denn Cameron zog sie schon seit einigen Tagen mit ein paar Dingen auf, die sie ihm anvertraut hatte, als sie auf dem Weg von Seattle nach Ohio halt in Montana gemacht und dort in einem hübschen Hotel übernachtet hatten. Das Hotel hatte über ein romantisches Restaurant verfügt, in dem sie ein Abendessen bei Kerzenschein genossen und viel zu viel Champagner getrunken hatten. Harper war so angetrunken gewesen, dass Cameron ihr dabei hatte helfen müssen, ihre Schuhe auszuziehen – und alle anderen Kleidungsstücke ebenfalls. Dabei musste sie ihm das eine oder andere erzählt haben, was sie besonders an ihm mochte. Bis hin zu seinem Anblick, wenn er nackt war.

Da sie sich nur noch an Fragmente jenes Abends erinnern konnte, musste sie ihm in dieser Hinsicht vertrauen. Sehr wahrscheinlich log er nicht einmal, denn nackt sah Cameron wirklich großartig aus.

„Genau“, stimmte sie ihm daher zu. „Nackt siehst du wirklich großartig aus. Nicht auszudenken, welchen Aufruhr du verursachen wirst, wenn du an einem brasilianischen Strand auftauchst und das Nacktbad einlöst, das du mir versprochen hast.“

Cameron lachte heiser und versprach ihr belustigt: „Keine Sorge, Baby, du weißt doch, dass ich nur Augen für dich habe.“

„Vielleicht solltest du dir meinen Namen auf deinen Hintern tätowieren lassen“, blödelte sie herum. „Damit jede Frau direkt sieht, dass du mir gehörst.“

„Komisch. Einen ähnlichen Gedanken hatte ich auch schon.“

Erstaunt hob nun Harper den Kopf. „Du hast

darüber nachgedacht, dir meinen Namen auf den Hintern tätowieren zu lassen?"

„Nein." Cameron schüttelte lächelnd den Kopf und strich ihr anschließend das Haar zurück. Seine Miene wirkte vergnügt und zärtlich zugleich. Innerlich schmolz sie dahin. „Ich habe mir überlegt, was ich tun kann, damit jeder Mann im Umkreis mehrerer Meilen weiß, dass du mir gehörst."

„Also ich lasse mir deinen Namen ganz sicher nicht irgendwohin tätowieren", informierte sie ihn mit zuckenden Mundwinkeln. „Das wäre doch etwas drastisch."

„Das habe ich mir auch gedacht." Sanft entzog er sich ihr und schlüpfte aus dem Bett, bevor er zu seiner Reisetasche ging und in ihr herumkramte.

Harper setzte sich auf und beobachtete sein Treiben, während ihr durch den Kopf schoss, dass sein Hintern wirklich mehr als ansehnlich war.

Als er zurück zum Bett kam und sich auf die Bettkante setzte, wirkte sein Gesicht im Schein der Nachttischlampe weich, während die Konturen seiner breiten Brust umso ausgeprägter aussahen. Sofort machten sich Schmetterlinge in ihrem Bauch bemerkbar. Harper spürte, wie verrückt sie nach diesem Mann war.

„Wir haben etwas Wichtiges vergessen", erklärte er mit tiefer Stimme und nahm ihre linke Hand in seine, die er an seinen Mund zog. Sobald er ihre Fingerspitzen küsste, kribbelten alle ihre Nervenenden. „Als wir geheiratet haben, fehlte etwas ganz Entscheidendes. Zwar bin ich spät dran, aber ich hoffe, du bist mir nicht böse, dass du ihn erst jetzt bekommst."

Mit einem Kloß im Hals beobachtete Harper, wie er ihr einen wunderschönen Ring an die linke Hand steckte. Selbst im Dunkeln funkelte der schlichte Solitär in der hübschen Fassung.

Der Ring passte wie angegossen.

„Du hast mir einen Ring gekauft?", fragte sie gerührt.

„Zusammen mit deiner Mom", entgegnete Cameron. „Wir waren gestern bei einem Juwelier, während du mit deinem Dad unterwegs warst. Ich habe auf den perfekten Moment gewartet, um ihn dir zu geben."

Harper sah von ihrem Ring auf und begegnete Camerons Blick.

Einen kurzen Augenblick dachte sie daran, wie wichtig es ihr immer gewesen war, dass alles perfekt, dass alles geplant sein musste. Aber jetzt wusste sie, dass nur wichtig war, Cameron an ihrer Seite zu haben.

Mit Cameron war alles perfekt. Und mehr noch: Sie war glücklich.

Das zeigte sie ihm auch, als sie sich vorbeugte, sein Gesicht mit beiden Händen umfasste und ihn küsste.

„Vier Hochzeiten und ein Herzensbrecher“

Pleite, allein und ohne Mitfahrgelegenheit hockt Mac in der schottischen Einöde und wird beschuldigt, ein Autofenster zertrümmert zu haben, dabei war sie doch nur auf dem Weg zur Hochzeit ihrer Freundin Harper. Die lumpigen vierzig Dollar in ihrer Tasche reichen nicht einmal ansatzweise aus, um das kaputte Fenster zu zahlen - geschweige denn das Rückflugticket.

Glücklicherweise gibt es noch wahre Gentlemen, denn ein Fremder bezahlt nicht nur das Autofenster, sondern bietet ihr auch noch an, sie bis nach London zu fahren.

Grant ist völlig anders als alle Männer, mit denen Mac jemals zu tun hatte - höflich, zuvorkommend und charmant. Eigentlich wollte sie sich auf keine schnellen Affären mehr einlassen, aber Grant besitzt diese ganz besondere Wirkung, die Mac nicht leugnen kann. Als sie herausfindet, wer Grant wirklich ist, ist es schon zu spät, um ihn auf Abstand zu halten.

Aber das ist nur ihr geringstes Problem …

Erscheint am 3. Mai 2018

NACHWORT

Ich hoffe, dass euch auch der zweite Band der „Just married"-Reihe gefallen hat. Es hat mir großen Spaß gemacht, die Geschichte von Harper und Cameron zu schreiben, da ich selbst ein wahnsinniger Kontrollfreak bin und gerne alles organisiere, was es zu organisieren gibt - und wegen meiner nicht zu verleugnenden Obsession für Highlander.

Auf jeden Fall hoffe ich, dass ihr viel Spaß beim Lesen hattet und euch bereits auf Band 3 freut, der von Mac handeln wird.

Über eure ehrlichen Meinungen in Form von Rezensionen oder Rückmeldungen würde ich mich wahnsinnig freuen. Vielen Dank schon einmal im Voraus für die Zeit und die Energie, die ihr in eure Bewertungen steckt. Ich weiß dies sehr zu schätzen.

Wenn ihr über meine aktuellen Buchprojekte,

Veranstaltungen und Gewinnspiele informiert werden möchtet, dann könnt ihr mir gerne folgen.

Ich freue mich, von euch zu hören!

Newsletter: www.poppyjanderson.de
Facebook: Poppy J. Anderson
Instagram: PoppyJAnderson
WhatsApp-News: 0177/1464855
Alles Liebe

Eure Poppy

25493161R00235

Printed in Poland
by Amazon Fulfillment
Poland Sp. z o.o., Wrocław